清 馨 民 国 风

清馨民国风

亲情记述

梁启超

胡适等著

朱丹编

首都经济贸易大学出版社

Capital University of Economics and Business Press

图书在版编目(CIP)数据

亲情记述/梁启超,胡适等著;朱丹编. -- 北京:首都经济贸易大学出版社,2015.4

(清馨民国风)

ISBN 978 - 7 - 5638 - 2306 - 2

Ⅰ. ①亲… Ⅱ. ①梁… ②胡… ③朱… Ⅲ. ①散文集—中国—现代 Ⅳ. ①I266

中国版本图书馆 CIP 数据核字(2014)第 296676 号

亲情记述

梁启超 胡适 等著 朱丹 编

责任编辑	季云和	
封面设计	张弥迪	
出版发行	首都经济贸易大学出版社	
地 址	北京市朝阳区红庙(邮编 100026)	
电 话	(010)65976483 65065761 65071505(传真)	
网 址	http://www.sjmcb.com	
E - mail	publish@cueb.edu.cn	
经 销	全国新华书店	
照 排	北京砚祥志远激光照排技术有限公司	
印 刷	临沂圣贤印刷有限公司	
开 本	880 毫米×1230 毫米 1/32	
字 数	220 千字	
印 张	8.75	
版 次	2015 年 4 月第 1 版 2019 年 10 月第 2 次印刷	
书 号	ISBN 978 - 7 - 5638 - 2306 - 2/I・30	
定 价	26.00 元	

前　言

　　这本书中的几十篇文字,都曾刊载于民国时期的出版物。其中一些篇目,近二三十年中曾经从繁体字变为简体字,或多或少为今人所知;但更多的篇目,似乎一直以繁体字竖排的形式,掩隐在岁月的尘埃中,直到我们发现或找到它们,再把它们转换为简体字,以现在这套"清馨民国风"丛书为载体,呈献给当今的读者。

　　收入这套"清馨民国风"丛书的数百篇民国时期的文字,堪称历史影像,也可以说是情景回放。它们栩栩如生、有血有肉,是近200位民国学人的集中亮相,也是他们经历、思考与感悟的原味展示——围绕读书与修养、成长与见闻、做人与做事、生活与情趣,娓娓道来。透过这些文字,我们既可以领略众多民国学人迥然不同的个性风采,更可以感知那个时代教育、思想与文化生态的原貌。

　　策划、编选这样一套以民国原始素材为主体内容的丛书,耗费了我们大量的时间、精力和心血。而今本套丛书即将分批陆续付梓,我们欣喜地发现,她已经有型、有范儿、有味道了。

目 录

陈鹤琴（1892—1982），著名儿童教育家、儿童心理学家。1914年从清华学堂毕业，考取庚款留美。1917年获霍普金斯大学文学学士学位；1918年获哥伦比亚大学教育硕士学位，转入心理系攻读博士学位。"五四运动"爆发当年，中断博士论文研究回国。初任南京高等师范学校教授，东南大学成立后任教授、教务主任。抗战胜利后曾任上海市教育局督导处主任督学。著有《陈鹤琴教育文集》《陈鹤琴全集》等。

我们的祖宗

陈鹤琴

亲爱的小孩子：

我的童年是怎样的？我的青年是怎样的？我的壮年是怎样的？我的体格是怎样发展的？我的思想是怎样演进的？我的整个人格是怎样形成的？你们若要明白这种种问题，你们必须要追问我们的上代祖宗是怎样的。你们知道一个人是怎样来的？一方面固然要靠后天的环境和教育，一方面还要靠先天的遗传。所谓种瓜得瓜、种豆得豆，豆不会变成瓜，瓜也不能变成豆呢！所以你们要知道我是怎样的一个人，你们先要认识我们的祖宗。

我们的上代祖宗是种田的天字第一号老百姓，他们生长在浙江上虞沥海所。他们的祖宗从哪里来的？那无从查考了。他们在沥海所有几千年或几百年呢？那我也答不出来。我把所晓得的告诉你们吧。

一、 万经公是一位忠厚的好农夫

我们的上代祖宗最近的要算万经公了。那时正在清朝乾隆皇帝的时代，照公历算起来，大约在十八世纪末叶时期。万经公是一个刻苦耐劳、诚实忠厚的好农夫。他生了五个儿子，四个儿子跟着他种田过活，唯有小儿子种了几年田就异想天开，"单枪匹马"跑到附近的小镇——百官去谋生了。

这位年轻的小孩子，名字叫作正表，年纪不满二十岁，不知为什么缘故离开家乡的，为什么缘故到百官去的，那是无从查考了。不过我们晓得百官虽是一个小地方，却是一个交通要道，西边通杭州，东边通宁波，离开王阳明的故乡余姚，不过九十里，离开"天下闻名"的绍酒出产地绍兴，也不过百里路呢！在这个要道前面流过的，有一条终年滔滔不息的曹娥江。江东称百官，江西是曹娥。说起来很奇怪，两个地方，好像欧洲的两个小国，相隔虽不过一江，而两地人民的口音却有很大的分别。百官人说话很尖很高，曹娥人说话很响很重。所幸者他们所说的土语还能勉强相通呢！

百官不仅有滚滚滔滔的曹娥江做它的大动脉，还有巍巍峨峨的兰钟山做它的好屏藩。正表公选择了这样一个交通要道形势雄伟的地方，来建立他的事业基础。

小孩子，你们晓得他建立什么事业呢？他放弃了祖传的种田本行，拿了几十千铜钱①，走到百官中街，开了一爿小小的山货店。什么淘箩、洗帚，什么粪桶、扫箕，什么鲜蛋、灰蛋，什么竹管、竹凳。大概关于家用的竹器、种田用的简单农具，这爿山货店都有出售的。

一爿店要开得发达，不是一桩容易的事。他对己克勤克俭，对人亦忠亦诚。每天烧一小铜罐饭，这一铜罐饭要吃三餐。起早到晚，独自奋斗。

几年之后，营业逐渐发达，经济也渐宽裕，遂娶戴氏为妻，生了两个儿子。长子叫大鸣，次子叫大成。大成公没有儿子。大鸣公承继父业，同时也带种田。我们现在在金鱼湾所有的三亩半田和在湖田里所有的十余亩田，听说都是他亲手耕种过的。真所谓勤守本分，安居乐业。

这样看来，我们的祖宗正表公着实值得我们钦佩呢！他的开辟事业和刻苦耐劳的那种精神，都深深地注入陈氏子孙的心液里②，一直遗传到我们的身上。我们可以用八个大字永永远远来纪念他呢："勤俭起家，忠厚传代。"

二、 光浩公目光远， 胆量大

光浩公是我的祖父。他是个独生子，而且他的母亲养他的时候已经有四十二岁了。小孩子，你们看到此地不要轻易地把这一

---

①原文如此。——编者注。
②"心液"，原文如此。——编者注。

点忽略过去。你们知道我们中国几千年来都以忠孝为立国之本。"孝"有时候比"忠"还要重要呢。你们没有听见过老年人说过吗?"百行孝为先",中国又是建筑在宗法制度上面,一姓一家的继续必定要靠子孙的。所以那时候,社会还是重男轻女。我们的祖宗正表公虽有二子,但次子无后,只有长子生了一个单丁——光浩公。光浩公夫妇过了四十岁尚未得子,心里非常焦急。传说他们自从结婚之后就格外热心行善事,帮助人。他们深深地相信,行善事就是积德。积了德上帝一定会保佑他们,会满足他们求子的愿望。所以凡是穷苦而去求助的,他们必竭力救济。有一天,一个女子赤了脚,沿街讨饭,祖母看见了,就把自己的袜套脱下来给她穿。这种乐善好施、"己饥己溺"的精神,虽然是为求子而积德,但是对社会确有很大的益处呢!

我在前面已经说过,正表公是我们百官陈氏的开创鼻祖。光浩公要称为我们陈氏立业的祖宗了。他把正表公创办的一爿小小的山货店扩充为京广杂货店。

小孩子,你们现在不是在上海看见无数洋货店吗?可是六七十年前,除了几个通商口岸外,洋货是找不到的。那时所有的都是国货。国货中最通行、最时髦的要算京广杂货呢!"京"是指北京货,"广"是指两广货。

光浩公目光远,胆量大,就在山货店旧址建立了百官镇唯一的一爿京广杂货店。这种店究竟卖什么东西呢?什么布匹、瓷器,什么针线、纸张,什么明矾、火绒,什么刨花、扑粉,日用、衣着、化妆物品,应有尽有。光浩公奋斗了几年,这爿京广杂货店居然办得很稳了。

道光三十年（公历 1850 年），洪秀全竖起反清复明的旗帜，从广西出发，一路所向披靡，不三年占领了南京，同时遂收复江浙诸地。不过太平军那时称为"长毛"，到江浙时军纪荡然，看见百姓就杀，看见东西就抢，把百官街烧成灰烬；奸淫掳掠，无恶不作，使得人民流离失所，痛恨切齿。听说，当时老百姓一听见"长毛"来了，就四面奔逃；小孩若来不及提携背负的，就弃在河里、井里。甚至一两岁的婴儿若要哭叫，做父母的就把他们闷在怀里闷死，放在屁股下压死。那时候，我的母亲已经有八岁了，这些惨无人道的事情是她亲眼看见的。她每次讲的时候，我总要"毛发悚然"呢！

我们的祖宗光浩公那时也被"长毛"掳去充壮丁了。掳到离开百官五里的地方——荫岭，光浩公想逃走而不得脱，就被"长毛"一连斩了十三刀。一刀斩在鼻梁上，把鼻梁斩断；一刀斩在头颈上，几乎把喉管斩破。光浩公这样受了重伤，倒在田坑里，气息奄奄，朝不保夕！

三天后，一个乡下人路过，看见田坑里这样一个鲜血满面的人，吃了一惊。摸摸他的胸腔，还有点儿热气。仔细看看，似乎有点认识，就问他说："你不是光浩先生吗？"光浩公听见有人叫他，就想回答，但口已不能说话了，只得勉强点了一点头。乡下人看见他还没有死，连忙把他背到家里，一面设法医治，一面通报陈家。过了几个月，创伤治好了。上帝保佑，一命总算保全了。

　　光浩公确是有胆量、有魄力的。他虽然受了这样的重伤，一等到病好就鼓着勇气继续奋斗。在杂货店灰烬上，立刻盖了几间茅草屋，作为临时商店，进行买卖。我小时，在楼上门背后还看见放着两块木质的老牌子呢！上面写着：

　　茅草屋临时商店

　　陈聚兴冬夏布店

　　"长毛"平定之后，营业逐渐发达，经济日见充裕。光浩公就把茅草屋拆掉，改建两层楼房，楼上住家，楼下营业，店号改为"聚兴隆"，表示比前格外兴隆呢！旧店新开，气象蓬勃，生意兴隆，"名副其实"了。

　　如是营业一天发达一天，一年发达一年，一爿小小的京广杂货店在百官街上居然成为数一数二的大商号了。

　　说到这里，我不得不提起一个"赤胆忠心"的老经理。他姓顾，名字叫传忠。他从十四岁进店做学徒起，一直做到七十二岁方才告老回乡。他主持店务有三代之久。我祖父时他做学徒做账房。我父亲时他做经理。我的大哥做老板时，他仍做当手。不过不久，因大哥年轻，只知务外，不理店务，把祖宗惨淡经营传下来的一爿"闭着眼睛可以赚钱"的京广杂货店押掉了。那位"鞠躬尽瘁"的忠心老仆，不得不垂着头，含着泪，和那服务五十八年的老店告别了。

　　我们回过头来再说光浩公吧。光浩公为人非常正直，一无嗜好。嫖赌固然不来，烟酒也不沾染。他只晓得勤俭、耐劳、刻苦、奋斗、行善。他真是一个典型中国老百姓，不幸五十三岁就逝世了。那时我的父亲还只有十一岁呢！幸而我的祖母非常能干，治家固然井井有条，教子固然有方，而主持营业也胜任愉快。传忠先生专事进货对外，她呢？店里的大小事宜都由她来处置办理。这样大的一爿杂货店居然给她维持到几十年。不幸她七十三岁逝世之后，他的儿子因有残疾（跛子），不能亲自主持，致营业稍有褪色；而终于到了大哥时，这爿店就一败涂地，不可收拾了。

三、 子女必须孝顺父母

现在我要说说我们的祖宗怎样教训子孙的。他们教子孙是非常严厉的。有一天我的父亲上私塾读书去，因为起身太迟了，他就不吃早饭去上学。他经过一爿麦果店，看见火热的麦果就停了一停。卖麦果的看见了，就对他说："小东家要麦果吃吗？"

他想想有点饿了，说："是的，我要吃的，不过没有带铜钱。"

卖麦果的就提给他一个麦果，说道："你吃好了。等一下，我到你店里来拿钱好了。"

他就接着吃了。

到了中午，卖麦果的就到店里来向光浩公讨钱，说道："小东家有一个麦果钱欠咚。"①

"几个？"

———————————

①原文如此。"咚"字疑为方言。——编者注。

"两个？"

光浩公就拿出两个铜钱还他了。

过了一息，我的父亲回家吃饭了。一走进门口，光浩公拿起一块压布的方铁向他掷过去。幸运得很，掷了一个空，不然，不是"一命呜呼"，也要头破出血呢！

那时恰巧光浩公的老朋友俞汉阳医生看见了，就质问光浩公："你只有一个儿子，不能这样打他的！"

"要从小教起，恶习惯，不可养成的！"小孩子，你们想想看：这句话对不对？我想，这句话是千真万确的。小孩子是要从小教起的，恶习惯是不可以养成。但是这种严厉的教法恐怕是有问题的，也许你们不会赞成的。可是我的父亲受了这种严厉教训之后，就再不敢赊欠了，而且将来他教训我们也是这样严厉呢！

亲爱的小孩子，我们中国有句俗语："棒头底下出孝子。"这句话，我的祖父深深相信的，我的父亲也深深相信的。我因为小时受了这种严厉的教训，起了反应，所以用慈爱的方法来教你们了。我相信"爱"比"严"来得好些。但是"爱"不要变成"溺爱""宠爱"。"溺爱"比"严"还要坏呢！

在这里，我要声明一句：我们的祖宗以严教子，并不是不爱其子，他们以赤诚爱他们的子孙的。不过他们相信子女必须要孝顺父亲；若是不孝，还是不生好；若要他孝，若要他好，必须要从小教起。这种信仰，这种哲理，都值得我们景仰的。

（《我的半生》）

沙 汀（1904—1992），原名杨朝熙，又名杨子青，笔名沙汀、尹光。中国现代作家。1921 年在成都就读于四川省立第一师范学校。1928 年到上海，参与开办辛垦书店。1931 年用"沙汀"做笔名开始写作。1932 年出版小说集《法律外的航线》，加入左翼作家联盟。1936 年被选为中国文艺家协会候补理事。抗战爆发后回四川，任教于成都协进中学。1938 年赴延安，曾任鲁迅艺术学院文学系代主任。代表作品为《在其香居茶馆里》《淘金记》等。

祖父的故事

沙 汀

我已经记不清是在民国十年，或者还要早些日子，但总之，那年冬天，"驻军"才一换防，祖父忽然想出主意来，要给我们住宅的门面改装了。

这意见是他一天傍晚向祖母提出的，目的自然在避免军队再来驻扎我们的房子。他说得很详细，竟连如何改装以及改装后的布置，通通都说到了。他原来就是一个细心慎重的人，但使我永久忘不掉的，倒是他老人家那一天高兴的神气。

他在阶梯上十分轻快地踱着，但走不上几步，便又忽而停下来了，笑向了祖母。

"怎么样，我们就这样办吧？"他瞅牢她问道。

"还没有受够吗？当然就这样办！"祖母断然地回答。

于是她嘟一嘟嘴，又照例唠叨一遍历年来"驻军"带给我们的晦气，他们的蛮横，以及一切反主为奴的行动。她对于每一件微末的损害都很记得。比如，某一次，一个排长或班长烤火烤掉我们的桌凳，以及诸如此类的事，真好像上过账簿一样。她更没有忘记那一批新近才移防的，因为为了一点细故，那连长曾经辱骂过祖母一顿，叫她作"老鸡婆"，声言要抽她的"藿麻条子"①。而在临走时，更特意捣毁了我们的窗户、用具等等。

对于祖父的计划，不消说，我也是十分同情的。虽然我的目的是想玩一玩蒋木匠老头儿的斧头、锯子，检②几方木块，央他做一只缠风筝线用的"拐扒"。这并没使我等好久，不上三天，祖母便把那个红眼睛、满脸胡子的手艺人请到了。

这是一个沉闷而骄傲、不多说话、一开口却又是硬枝硬杆的角色。他一走进大厅，便把他装家私的木箱和木马从肩头上移下来，靠着板壁一顿，仿佛我们是叫他来"做官差"似的。

"说呀，做什么啊？"他闷声闷气地问。

祖父把他的计划告诉了他，并且惊问道：

"哼……你的老大呢？"

"他不得闲。"

"你去叫他来吧，我的事情急呢。"

"我家里就不要人了吗？"

祖母插嘴道："你家里的生活可以搁一下呀！"

---

①藿麻，一种植物，人一碰上它，皮肤就发痒。——编者注。
②"检"旧同"捡"。——编者注。

"搁一下——你们才这样说！"

听了他这毫无通融的口气，祖父和祖母沉默了，他们不安地互相望着，约有一分钟。这期间，我猜想他们一定想起了张木匠，转着要辞退这倔强老头子的念头。但大约怕反而耽搁了时间，祖母双手拍了一下衣包，终于拿出主意来了。

"好，不要说了！"她气冲冲地站起来，"你现在是该傲一手呀！"

"我家里不用人倒好啦！"

老头子咕咕着，用手背擦了一下胡子，抓起"丈尺"，走向大门口去了。

祖父叹了一口气，便也跟着走了出去。我们住的是三进深的房子，五开间阔。当街的一进，其中有四间是店铺形式，只是没有人居住；剩下的一间便是我们的八字龙门，门堂很深，夜里要是没有人伴送，我一个人是不敢单独进出的。祖父的计划是想把那四间铺面各开一道小门，招租几家小家户住；而龙门则改装成铺面，并且已经想定一两家裁缝之类的手艺人，打算招请他们开设店铺。

现在，祖父就正在和蒋木匠老头子计议着改装的工程。他面向门堂站着，划着他那长长的手臂，恰像一个乐队的指导人一样；他一面述说着他的意见，但他那缓慢的叙述不时为老头子否定的回答所打断，于是他的手臂便像吃了一击似的垂下来了。

"那么，依你又怎么样呢？"祖父充满烦忧地问。

"挑枋和柱头通通要换过……"

"这不太倍工吗?"

"是倍工呀!"

木匠回答着,横了祖父一眼,好像要强迫人承认他的意见似的,于是拖着丈尺,又径向屋子里面走过去了。

祖父从他背后嚷道:"你是怎么的……"

"我已经看清楚了——是那个样子!"

他走进大厅,在他的木箱子上面坐下,然后慢腾腾地从怀包里取烟叶,捏作几段,包卷好,打起火石,吸燃起来。他这一切动作都显得很庄严,一点也不留心跟进来追问的祖父。可是,等他畅畅快快地吸了几口,随意吐了一口唾沫之后,却又平心静气地说出他的意见来,而且竟使得祖父完全满意了。

他老人家表示赞成道:"好的,就这样做吧!……"

"那倒听你的便啊!"木匠继续道:"材料好坏是用在你身上的,我又不会咬它一口……"

"没有说的。……不过,要请你做得爽利一点。"

"一个人只有一双手呀!"

"啊……"

祖父忽而出神了一下,于是又很严肃地问道:

"这样,大门不是装修死了吗?"

"是装修死了呀!"

"那以后要还原,不是很麻烦吗?"

对于这进一步的追问,老头子装作不曾听见,只把烟斗在鞋底边一磕,磕出烟蒂,便起身来,闷声闷气地问道:

"木料呢？"

我当时以为祖父是定要得到一个答复才安心的。因为那时候他还照常憧憬着太平景象，仿佛只需三五年，人们便可以重新安安静静地吃、喝、睡觉，他的八字龙门也可以恢复旧观，而他母亲那块蓝底金字的节孝旌表也可以重新挂上的。他没有料到那些年代还不过是一种苦难的开头，不会料到我们那可爱的老屋，以后竟连一个四不像的门面也保不牢了，只剩下几行墙脚，在那里替灾祸和死亡、血和火的悲苦经历做着见证。

幸福的是他老人家早已躺进坟墓了。……

他并没有迫着那个木匠司务使他满意。他想着什么似的哼了一声，就把老头子引进堆存木料的柴房里去了。但当早饭时，他却忽而把筷子停在饭碗里面，又拿他的疑虑向祖母提出。她那时候正和我的媚居的母亲赌过气，她嘟着嘴忤他道：

"管它装死装活做什么啊，只要避得开那些瘟牲！"

祖母的口气虽然刺耳，话语一触住筋脉，他老人家倒也立刻就安静了。他之愿意牺牲我们那体面的门面，本来就是为了要避免驻兵的。他很担心蒋木匠不能在换防军队开来之前完工，因而一有空闲就要跑去催促他，每餐照例地动酒动肉，可是老头子却不管这些。有时候，祖父才一开口，他便双手揪住刨子的耳朵，生气地把脸抬起来了。

"你看我两只手都在做哇！"他堵住他说。

于是再也没有声音，重新哗哗地推刨起来。但不清楚是为了什么，不久老木匠却又叫了他的大儿子来帮工，因此装修门面的工作总算很快地就完成了。

真的，要想描写祖父那时候的兴高采烈，是太费事了。我现在只想说一说他邀同祖母去观光他的成绩时的经过。时候是下午，祖母、母亲和我那年轻寡处的姨母都正在堂屋边装干盐白菜，忽然他老人家笑着进来了。但又并不一直走进堂屋，只在耳门边停住脚，左手提着衣岔，右手举着他的硬顶瓜皮帽，像在给谁还礼一样。

"怎么样，你就去看一看吧？"他略带惊惶地笑说。

"已经完工了吗？"祖母满不在意地反问。

"早完工了。"

"好，那我们就去吧！看你的样子，像是等不得呢。"

于是祖母叫我从手腕上放下她那卷得高高的袖管，帮她解去围裙的纽扣。这费去三四分钟，但祖父却不曾改变一下他的姿势，也没有丝毫感到扫兴，像去赶赴酒席一样，我们可也终于出发了。

祖父一路上很少停过嘴。他傍着祖母走着，指手画脚的，就像他老人家发现了一桩值得开心的秘密似的。当走出大门时，他更激动得像一个新郎了。不过，和许多软弱的人类一样，我看出他正在被一种自信和随伴自信而来的怀疑交攻着，终究不知道怎样去理会他自己的命运。有三四次，他本已坚决而愉快地判断过，从此不会有人发现出他那座三进的住宅了，但不一会，他又忽而脱掉帽子，搔着脑顶，开始动摇起来。

"怎么样，是看不出来吧？"他瞅牢了祖母问。

"这怎么看得出！"祖母断然地回答。

邻人杨花猪捧着响水烟袋，从对面阶沿上赞赏道："这个想法真妙。"于是祖父略一回顾，便又移动过他那高大的躯干，转向我们那可爱的街邻去了。

他笑瞅住他问道："你看，看得出来吗？"

"简直看不出来！"花猪认真地说。

祖父松了一口气，愉快而平静地微笑了。回转屋里，他又立刻叫母亲和姨母去试一试她们的眼力。他们平日是不许在大门口停留的，这回是特别破例。她们自然也给他带回一份满意的报告，而且还不等他开口，她们便抢先似的说道："那无论如何也不会看出来了！……"

然而祖父好像没有听见。他叹息地响了一声嘴唇，于是自言自语道："真够麻烦！"他脸上的高兴全褪尽了。

他随即立起身，向着祖母发愁道：

"驼公爷的事究竟怎么办呢？"

"怎么办？"祖母回答着，向"倒罐"里塞进一把白菜，"少了四十串钱，我就留着把房子空起！我们是唐僧肉吗？什么人都想咬你一口！"

"不过，你仔细想想看……"

"我想来的——我怎么没有想！我不相信端起猪头还找不着庙门！"

祖父摆摆头，叹一口气，不响了。这招租的事使他重新碰到了烦恼，若是依照他的意思，对租金不太顶真，这本已该全部办妥了的。我们早已租出了四间住屋，只剩下一间铺面没有说妥。但祖母不愿在租金上多让一步，而那裁缝司务认清了我们的弱点，于是事情就弄僵了。

那一晚祖父比平常更少说话，而且更显得拘谨。好像和谁发气一样，他背着灯光坐在堂屋角里一把圈椅上，不时用手指抹一抹椅靠，叹一口气。他原来也很害怕祖母的，县城里早就流传着一两则关于他惧内的逸闻。我一觉察出他的苦恼和软弱，立刻连书也念不下去了，只是随口哼着，从灯台柱子边偷望着他。至于祖母，却一心一意地和佣人算着小菜账，责骂他们浪费了柴火，好像这屋里根本就没有祖父这一样。

但是这恼人的局面并没有延长多久。因为祖母次一日到观音堂烧早香回来，竟信了路上人的谣传，说是州里正在拉夫，军队就快开来县城"填防"了。她一到家，便一屁股坐在堂屋内边的大板凳上，脱着半截手套，秃头秃脑地叹起来了。

"这一下我又看怎么来得及！……"

她把新闻告诉了我们，于是祖父的脸色立刻就惨白了。

"这拿来怎么做呢？"他摊开手说。

"只有把驼公爷找来啰！"祖母黑着脸回答道，"这还有什么说头呢！"

"四十串他不一定答应的。"

"那就依他三十串好了呀！横竖吃亏吃定了的！"

然而，当那个身矮背驼、周身轻快、随常把胡子刮得很光的裁缝走来时，却推说为了搬家麻烦，他已经改变过主意了。

这意外竟使祖母那样结实的人竟也不免震动了一下，于是在指摘了他几句之后，她又只好给他甜头吃了。

她请他放心，说以后决不催逼他的租钱，还称赞他是个很受抬举的人。但这些似乎一点也不能够打动那个正直的工匠，他依旧一只手搭在那只微跛的右腿盖上，左手前后摇荡着，若无其事地笑着回绝了她。

"那是我知道的！……那是我知道的！……"

"你这个人！"祖母认真地说，"那你就搬过来呀！"

"呵唷，麻烦哩！你老人家不清楚！"

"话又说转来了！"祖母气急了，竟自走近他去，用食指点着他那微耸的背峰，一字一板地说道："老太爷也才说过，你搬的时候可以叫我们佣人相帮的。——听明白了吗？哎唷！"

"那我是知道的，还消说吗？都是自己人……"

"啊，这样想就对了啰！你明天就搬吧，老太爷已经翻过皇历……"

"呵唷！你老人家说得这样轻松！"

"那么后天也是好日子。"

"啊……不成！"

驼公爷摆摆头，手掌在大腿上一拍，好像觉得难于应付似的，准备就走掉了。

祖母生气道："你这个人才怪！"同时祖父也忽而脱掉了他的帽子，向前移动了一步。于是驼公爷抹一抹颈项，回转脸来，浑身表情地申说①了。

"你们两位老人家替我想想吧!"他摊开手大声道:"生意这样清淡,三十串钱的房租我吃不消呀!你就是把我驼公爷的骨头车成纽子去卖……"

一提到房租,祖母虽然略把脸一黑,可是祖父却显见得活泼起来了。在这以前,他仿佛找不出适当的话来似的,只是十分严重地皱着眉头,一时望着祖母的嘴巴,一时又转向驼公爷的。现在,他走近那个残废的手艺人,充满外交意味地笑了。

"那容易商量!你转来,这好商量得很!"他情急地说。

他们重新谈判起来,很快地就把契约弄妥当了。条件很简单,二十串一年,分四期缴纳,此外还附带一个条件,在五年之内不加租金。这自然是很使祖父吃亏的。但我想,即使驼公爷那时候要胁迫他倒贴他二十串,他老人家也决不会推口的。因为就是找遍全城,我们再也寻不出一个像他那样的人物来救急了。

并且就在驼公爷轻轻快快跛出大厅以后,竟连祖母也仅仅这样嘟哝了一句:

"我倒宁肯送给他住还好听些!……"

不上三天,驼公爷带着他的毡包等等搬来了,祖父也立刻安静了,只有时向一位生客提起他的计策时,还不免重新激动一下。可是我呢,却再也在家里坐不牢了。

我一天总想往屋子外面跑,不是溜去和那几个陌生的房客

---

① "申说",原文如此。——编者注。

瞎闹，便是站在驼公爷的裁缝案子边，帮他吹几口熨斗，玩一会他那削得尖尖的光亮亮的糨糊刮子，或者设法和别人家的孩子接近，向他夸耀一下祖父的成功。这后一件事，尤其使我得到过更大的满足，只在东街头钟狗少爷跟前，我却吃了一回小小的扫兴。

一天上午，我在大门边拦住那个小泼皮打赌道：

"你看得出来这里是大门吗？"

"呵唷稀奇！"钟狗少爷藐视地回答道，"我们还不是要这样做！"

我当时很想生气，但一转念到祖父的智慧已经有人模仿，却也立刻间高兴了。

那时候还有使我不能安静的，便是关于军队的事。我时刻都在希望他们开来，这动机许是想实地试验一下祖父的聪明，或者别的。从一些谈话里，我相信祖父本人也曾经有过这种奇怪的念头。因为曾经有两三次，他一个人忽而无缘无故地微笑起来了。

"莫就这样永远不会有军队来了哩。……"他自语地说。

等到灰线包和熨斗渐渐对我失掉了兴会，我更是坐立不安了，几乎一听见号声就往屋子外面跑。但每次发现的，却总照例是一些略带笨相的团队和三五名背着纸标赴刑场的土匪。在这种晦气的机遇里，我开始痛恨捆着人类去屠杀这恶习了。

但是这半个月又过去了，我的期待也慢慢移到准备"过年"的热心上去了。我于是很少关心到祖父的妙计，每天只想上"扯逛坝"看热闹。一到年终，那里每日都有市集。我在那些地摊间巡视着，或者见识一个戴着"耳朵罩"的老先生写对联，看他们把多余的墨汁往瓜皮帽上涂抹。

一天下午，我正在瞧塾师张剥皮写神匾，忽而一个老头子走来，矮矮的，撅着一节毛辫，他把"烘笼"提近鼻子边吹了几口，然后塞进胯下去，苦笑道：

"大家倒还在想过清静年哩。"

"你听见什么风声吗？"一个人张大眼睛问。

"还要听见什么风声！城里又快住满了哩。……"

我立刻离开张剥皮和他那红砂石砚台子。街上冷清得有些出奇，仿佛大年初一一样。城门口守卫的团丁已经让了位了，一队伙夫正抬着蒸饭大木桶走过去，打着吆喝。几家大院子门首飘荡着红边尖角的军旗。兵士们在大街上摇摆着，随意谈笑，有的又忽而蹲在街当中，把一块银元在青石铺道上叮叮地掷着，看是否真货。茶馆里只剩有堂倌和桌凳了。

才一穿过鼓楼，我便听见街邻们在叹息祖父的失败了。我们大门口已经聚集着不少生客，有的靠了柱脚坐着，有的在水桶里洗脸。驼公爷铺搭案子的木板在阶沿脚堆起来了，街当中摆着他的"行灶"；而他的驼背正在被兵士们嘲笑着，因为这手艺人抱了毡包，恰从铺堂里很狼狈地走出来，嘴里咕咕着自己的气运。

我在门槛边毫未留心地撞了他一下，陀公爷于是恶声恶气地叫吼了。

"吓！你眼睛瞎了呀！……我怎么处处碰着这些晦气！"

我在粗野的笑声里穿过大厅，想走进后院去。但耳门关上了。我就敲打起来，直到家里的人认定了打门的是谁。母亲和姨母已经藏起来了。院子里很沉闷。我胆怯地爬上一把圈椅，正像要受责罚的时候一样。祖父就在我的对面，他端坐着，手掌摩擦着圈椅的靠手，眼光显得慌乱。他不时叹一口气，伸伸腰，于是又假咳一声，摸一摸帽子，仿佛生怕自己忘却戴上一样。

祖母坐在一张矮椅上嘟哝着：

"冤冤枉枉花他妈一大堆钱！……"

那个女佣人跑来向她请示，细声道：

"灶檐上的腊肉通通都检起来吗？"

"检它做什么啊？横竖没有清静日子过的！"

祖父假咳了一声，耳门"乒乒乓乓"地响起来了。

祖母咕咕着站起来，准备向堂屋外面走去。和那些灰色朋友办交道，总照例是她老人家出马的。她已经一只脚跨出门槛去了，却又停留住，回转头来瞪了祖父一眼。

"那样会兴妖作怪，就自己去好啰。"他怨愤地说。

"想想，就是不装修……"

祖父的辩解还没有说到底，祖母已径自走掉了。于是他手脚无措地伫立了一会，然后摸一摸帽子，摆摆头，叹息道：

"这个日子真够活！……"

可是祖父，要是你老人家再能从坟墓里走出来看看，你会觉得你的判断是太早了！……

1943 年 7 月

(《兽道》)

顾毓琇（1902—2002），字一樵。著名教育家、科学家、诗人、戏剧家、音乐家、禅学家。清华大学电机学学士，美国麻省理工学院电机工程学学士、硕士、博士。1929年回国后，历任浙江大学电机工程系教授兼主任，中央大学工学院院长，清华大学电机工程系教授兼主任、工学院院长，国民政府教育部次长，中央大学校长，音乐学院首任院长。1950年移居美国。顾毓琇学贯中西，博古通今，著述甚多，除了科学专著与论文，还有大量戏剧、诗词、禅学、音乐方面的作品。

祖母的死

顾毓琇

是那闰年的七夕，我亲爱的祖母永别了她所有一切牵挂的人！

一

夏天的一个清晨，充满着善意的阳光透进了茜纱窗里。刚从一个难得清凉的夏梦醒来的我，隔着帐子已经看见早跟了枝头鸟语醒了的祖母靠窗坐着。前面一张八仙桌子上，似乎有一个刚打开的小包。还不等到我起床，祖母就同我说："趁今天早晨清凉，我想把这几件小东西交给你们……"接着她指着桌上的一小堆东西说："盘盘，你来看你喜欢哪几样？"

起床以后，我即刻来到了祖母的跟前。鹤顶般朱红的大宝石，嫩绿而细腻的翡翠护指，在坟地里埋没过不知多少年的黑暗色的压脐，明净而玲珑的白玉灵芝——各自在晨曦之光辉中表示它们得意的骄傲。祖母看见我很中意地挑了绿的翡翠、白的灵芝，也十分欢喜似的。

这些便是祖母特意的赏赐了，这些便是祖母的慈惠的赏赐的永久的纪念！

二

初秋的夜晚，一弯新月挂在屋梢头，祖母躺在凉榻上，若有所感地同我说："盘盘，这些你听过的不成诗的句子，明天有工夫替我写了下来吧。"不记得从什么时候起，每当夏夜乘凉时候，她每每背着唐诗教我。至今祖母吟"二十四桥明月夜，玉人何处教吹箫"等等悠扬的声调，还好像就在耳边。

但是，这时候，在初秋的月夜，年逾古稀的祖母重理了记忆的琴弦，弹出了往事的心音：

"欲言不言上高阁，我有心愁一万斛。……"

这当然还是她三十余年以前的事。凄切的声浪追诉着她以往的经历和悲哀。横飞过生命之海的老人，早把偶然的快乐送还归潮，却总忘不了一路辛酸的余味。这确是一首很长很长的心音的记载，祖母在一生的病中和梦里，织就了这样的创作。这些祖母从来不曾在纸上写过——我简直不记得几时看见她写过字。但是深深嵌在心坎里的字句，从白发的祖母的沉静而悲切的音调里，连续地唱出来了。我默默听着，幼稚的心灵感到了不可言说的情绪。

隔一天清晨，一个仆人挑了一些祭菜陪我到父亲坟上去。学校快开学了，这总算是表示一点祭扫的微忱。其实三年前父亲的死是我永远不能忘记而且永远不能逃其罪的——那年的夏天，我病了，父亲才病，害一样剧烈的传染病以至于不起！小孩子去上中年早死的父亲的坟，已经足够祖母的伤心，又况在祖母的心上凭空更添了一番隐恨，因为上坟便是我离开慈怀的预告。

临出门的时候，祖母嘱咐我早些回来，不要爬山，我还嬉皮笑脸地说我走惯了路的，这种山爬爬也不在乎。到了山麓，在丛密的松林里绕过了不少的荒茔和新冢才看见了刻着"当年燕翼宜孙子，此地牛眠大吉羊"的墓门。供了祭菜，深深地拜了以后，默默地想起了两年前的除夕。我从离家以后，从没有在冬天回来过。一别经年，这是祖母最引以为恨的事。那年的新正逢着祖母古稀之庆，所以我在除夕的清晨已经赶到了家。但是那大风雨里，又是我父亲下葬之期。我还想得起那时祖母的心，是怎样充满了旧痛新创，无限感怀。

祭罢，忽念九龙山巅我生来竟未登临，不免遗憾，于是奋足登山，竟忘了祖母的叮咛嘱咐。盛夏的炎威，余勇还在；恰巧有风，但是毫不凉爽的初秋的风，竟放肆得要吹倒山顶的行人。我终于不顾衣裳之飘舞，爬到了头茅峰。顺着山腰曲折，又到了二茅峰，最后到了三茅峰。从此下山，经过了石径崎岖的七十二个"摇车弯"，而至白云洞。此处石壁千仞，白云缭绕，颇饶胜趣。

就是这样乘兴地爬了山归来，脱开衣裳的时候，未曾晒惯的皮肤上已经显露着很深刻的背心影子。祖母见了，着实埋怨，我直说不要紧，同时深深感到了她过分爱惜我的至情。这时候已经过了午饭时分，别人都吃过饭了。母亲告诉我祖母因为忽然觉得胃口不好还没有吃饭，等着我一起吃呢。菜汤的泡饭煮好了，祖母同我一起吃。这是她所喜欢吃的，亦是我最中意的。她像每餐一样希望我多吃，并且不止地把满桌摆着的鸭和肉放到我的碗里。但是她自己却吃得很少。

就是从那天薄暮的时候起，祖母便卧病了。

起初只是肠胃有些不舒服，姑母归省，母亲说祖母每逢我快要离家便不高兴，这次大概又是这个缘故，无非心中不快，不免饮食不受用，不会是什么大病。隔两天祖母不见好，姑母又归省。姑母不放心，就要住在家里，但是祖母一定让她回去，甚至于说："你为我之故一定回去吧，我病不要紧的，要有什么也不在这几天。"祖母竟不许姑母留在家里，因为她病中还苦忆着微感风寒的外孙！

那是闰月七夕前一天的下午，祖母的四弟——年已花甲而且聋聩的老叟——颤巍巍地扶杖来问病。我当时还不知道祖母病得沉重，但觉得他来是一种很不好的暗示。白发姐弟默默地相对了一会。祖母只喘着说："你还来！"

薄暮医生来，就说现象不大好，无法用药。但是医生毕竟神通，总能给病人一线生机的。所以到底医生这样嘱咐了："姑且吃这些药，看今晚怎样。"

我当然做梦也想不到往不好处想，祖母自己说不要紧的，我也确实相信祖母的病无论怎样也不要紧。

她觉得胸腹胀闷不堪，我爬到病榻的里床不止地用手抚摩。这种事当我病着的时候，她不知做过多少次了。我自己觉得好像是很有经验的人，想来那样的抚摩总可以减少她一些苦痛。但是不知怎样，祖母的精神竟渐见虚弱起来。气息逐渐微细，目光渐渐出神，母亲和姑母都急坏了，着急地叫祖母。祖母听见了叫呼的声音，微微清醒些，眼皮也微微抬起来些。但是她究竟太虚弱了，眼睛好像上了翳。她像十分瞌睡似的，竟要沉沉睡去。在这紧急的关头，母亲极声叫出了："娘，你看看盘盘吗！"沉寂的心灵好像微微受了激荡，祖母竟挣扎着抬了一抬眼，向里床望一望她钟爱的盘盘！祖母，难道这是最后的一瞬吗？痴念的我，那时听见母亲着急的呼声，只觉得脆弱的心灵受了永不能忘的异样猛烈的激刺和震颤。祖母，我梦里也想不到这慈光流转便是最后的一瞬啊！

祖母已经虚弱得抬不起眼皮来。我们用尽了种种的方法，想延长这微微的残喘。手脚都冰冷了，我们不止地用热水去温热它们。

服侍祖母的丫头，由失望而呜咽饮泣了。我十分恨恨地想禁止她内心感发的悲哀。

我不时看着时计，我甚至跑到庭前去看天空，看东方发白没有。我好像痴想着清晨的一线曙光便是唯一的救星。

我来回地走过天井，总听着奇异的秋虫的叫声。不知怎样联想到鬼叫，我不管是不是，鼓尽壮气发出严厉的驱逐的声浪。我后来索性守在房里，再也不肯离开。我鼓起精神目光如电地圆睁着双眼，准备同夺我祖母的死神奋斗厮杀。

好容易天微微亮，赶早请医生的老仆也回来了。但是正当微弱的晨光透入碧纱窗里的时候，祖母奄奄的气息竟微弱到近乎没有了。忽然一刹那，一息转强，念出了一声佛号。在亲人忘命的极声的呼号里，慈爱的祖母含着微笑永别了。

三

祖母病前一夕背给我听的句子，我竟没有机会抄下来。祖母一生的心头的情绪，有了那样可宝贵的吐露，竟依然让那些心弦的韵音，永远埋没在终古常关的琴匣里，是何等后悔无从的事啊！

在静寂的黄昏，凄凉的月夜，我默默地追忆，只能记起开首的两句：

"欲言不言上高阁，我有心愁一万斛。……"

和感伤我二伯父童年夭折的两句：

"月落乌啼霜满飞，梦魂不许相周旋！"

四

不见祖母，已经忽忽五年了。嫩绿而滑润的翡翠，净白而玲珑的灵芝，在异国的初秋的月夜里，还放出得意的晚辉。我都依然只记得：

"月落乌啼霜满飞，梦魂不许相周旋！"

民国十三年中秋节前，风雨飘零之夜，于大西洋滨迦兰河畔

（《我的父亲》）

谢冰莹（1906—2000），中国历史上第一个女兵作家。1926 年考入武汉中央军事政治学校，旋即开往北伐前线参战，在战地写成并发表《从军日记》。1931 年从北平女师大毕业后，自费赴日留学。"七七"事变后，回国组织"战地妇女服务团"，自任团长，开往前线救助伤员，并写下了《抗战日记》。其一生出版的小说、散文、游记、书信等著作达 80 余种，代表作《女兵自传》被译成英文、日文等 10 多种文字。

祖母告诉我的故事

谢冰莹

新秋的气候似乎比夏天还炎热，晚间虽有微微风从破纸窗里吹来，但被抱在祖母怀中的我满身都是汗，白天被母亲用棍条打过的皮肤上现着一条条的血痕，在银白色的月光下面，照出我的脸是惨白的、忧郁的。

忽然间，我由抽噎而放声大哭了。

"小凤，我的宝贝，你再不要哭了，哭醒了你娘，她又会来打你的。"

祖母说着恐吓的话，轻轻地拍着我入睡。

"我……我不怕打，她为什么不打死我呢？"

我的话声音很大，好像故意要使母亲知道似的；然而睡在隔壁的母亲，终于忍着气没有作声。

"宝宝，你以后不要淘气了，你娘为你不知受过多少苦！记一记吧：你把铜钱吞在喉管，不能吐出，又不能咽下，整整的一天，你像断了气的孩子眼睛翻白，口沫滚流，你母亲急得爬过二十里的高山去请医生，她在别人面前像疯了似的磕着头说：'只要有人救出我的孩子，他要我的命，都可牺牲。'后来铜钱吞下肚里了，她又怕铜吸出了血，于你的生命有妨碍，又特地找人到宝庆去买了几十斤茨菰给你吃，而且每次检查你的大便，看铜钱有否出来。又有一次，你为了去弄屋梁上的燕子窝，从楼梯上掉下来，脸摔破了，气也断了，全身冰冷，完全失掉了知觉。你母亲急得眼泪双流，赶快一面请医生，一面跪在观音菩萨面前求灵水：'神啊，我的凤宝宝如果有灾难，就降给我吧，一切我来替代她，只要保佑她康健、活泼，以我的生命去换取她一切的灾难吧！'这几件事，你总还记得吧？"

我停止了哭，静静地听着祖母说着关于我的故事。

"唉！我的心肝！"祖母长叹了一声，又继续着说，"你的确太淘气了，不知是什么变的。你娘自从怀了你的第一个月起，无论吃了什么东西，都要呕吐，即使喝一口水、吃一颗豆子也要吐出来。每天头昏腹痛，到了最后的两三个月，她几乎苦痛得要自杀，可是一想到还有三个儿子、一个女儿要她抚养时，又只得转了生的念头。

"这是她的生死关头，你要出世了！她告诉我肚子特别痛，简直不能起床，不要说吃饭，就连水也不能进口。她在床上痛得打了两天滚，你的头忽然出现了。我以为你这个孩子立刻就会下来，怀着满脸的希望，眼睁睁地等着接生；不料候了一天一夜，长满了黑发的头还在原地方。你娘的精神早已不能支持了；你父亲又不在家，我一个人守着她，一步也不敢离开；后来好容易托六祖母请了接生婆来。唉！提起接生婆真气死人，以前你娘生了四个孩子，都没有请过接生婆，每次至多不过半个时辰（一小时）就下来了，谁知道这次生你，经过三天三夜还是生不下，接生婆来看只是摇头：'没有希望了，你们还是早点预备后事吧。'这样的话她居然也说出来了。六祖母坚决要接生婆将孩子弄出来，她说：'无论如何要救出大人，牺牲小孩是毫无关系的。'我那时急得全无主张了，倒是你母亲还清醒，她凄咽地对我说：'妈，你赶快替我在南岳圣帝面前许炷香吧！如果生的是男孩，他满了十六岁就去还香；要是个女孩，她二十岁时，我亲自带她去还。'于是我听了她的话，就跪在南岳圣帝面前许了'血盆香'①，果然快到天亮的时候，'哇'的一声，你就落地了。你的声音特别洪大，满院子的人几乎都给惊醒了！你的眼睛像两盏灯笼一样亮晶晶，眼珠转动得特别快，一双小拳头和两条腿动个不停。六祖母叹息着说：'可惜是千金，要是个男孩，一定会做大官的，你看这一对活溜溜的眼睛。'你母亲很不高兴地回答她：'儿子和女儿，都是一样的。'由此，你可知道你的母亲虽然为你吃了不少苦，可是仍然疼爱你的。宝宝，以后再不要使她难过了，你要体贴你娘的辛苦和慈爱呀！"

---

①我乡的迷信，凡是孩子难产的，要在衡山的南岳圣帝面前许"血盆香"，还香时需着红衣红裤，头上缠红巾。——原注。

六岁的我，静静地听着，祖母生怕我睡着了，其实我很清楚，脑筋里一面演映着母亲难产时的惨状，一面深深地刻着白天母亲第一次拼命鞭打我的情形；更有趣的，我怀疑刚才祖母叙述六祖母的话，也许就是她自己说的，不过为了祖母太爱我，也就不和她算账了。

哼！母亲既是爱我的，为什么要重重地打我呢？孩子不是人吗？她没有自己的主意吗？大人的每一句话，她都要服从吗？

这几句话，老是在我的脑海中萦绕着。是的，我是个淘气的孩子，我使母亲常常生气，母亲可以支配很多人，甚至可以支配整个谢铎山的男男女女、老老幼幼，但是驾驭不了我——淘气的小怪物，这是母亲最不高兴的一件事。有时她气愤到了极点，就恨恨地对父亲说："你带她永远离开我吧，这孩子不像我生的。"或者说："将来早点嫁了她吧，免得麻烦。"

可怜我在三岁的那年，就被许配给父亲一位朋友的儿子去了，躺在慈母怀里的小生命，谁会料到她一生的命运已经安排好了呢？

（《女兵自传》）

陈衡哲（1893—1976），新文学运动中最早的女学者、作家、诗人，我国第一位女教授，有"一代才女"之称。1914 年考入清华学堂留学生班；1918 年获瓦沙女子大学文学学士学位；1920 年获芝加哥大学硕士学位，同年应北大校长蔡元培之邀回国，先后任北京大学、四川大学、东南大学教授。1917 年创作白话短篇小说《一日》，以"莎菲"的笔名发表于《留美学生季报》。著有《小雨点》（短篇小说集）、《衡哲散文集》。

父亲和母亲

陈衡哲

我的祖父和外祖父是浙江官场的同僚，他们为我的父母在两人分别只有七岁和六岁的时候就订了婚，以纪念两个父亲之间的友情。我曾提到，旧中国子女的婚姻完全是父亲的责任，没有哪个体面人家会让他们的儿女在这个关系他终生幸福的问题上说三道四——至少表面上是这样吧。那时候，就是对自己未来的伴侣偷窥一眼都会被看作不正经、不害臊。因为我父母都出身于书香门第，他们自然循规蹈矩，直到成婚时才第一次见面。

那时候，中国人通常同省内、县内的人结为夫妻，很少有人从他省特别是千里迢迢的外省娶妻的。原因很简单：各地方言不同，风俗各异，在遥远的他乡也很难找到亲戚。最后这点对新郎和他的家人一点都不重要，但对新娘却至为关键。因为在父权中心的中国家庭制度下，婆婆执掌太后一样的大权。如果婆婆是近亲而婆家的日子与娘家的又大同小异，那新娘的日子就好过多了。这点在一个中国女人的生命中是那么重要，以致她的父亲处心积虑地要为她找到这样一个能让她感到自在些的婆家。

不过，我母亲的娘家庄家对于陈家并没有常人的这些顾虑。陈家世代为官，因为他们宦游各地，所以对四方的奇人异事习以为常。因此，他们家的思维方式不受省际界线的约束。另外，我的祖母来自常州当地的一户书香门第，而庄家也地处常州。陈氏和庄氏就这么联姻，两家从此走到一起。

每当我们抱怨当了他人的替罪羊的时候，母亲常给我们讲这样一个故事。她定亲的那天打扮得漂漂亮亮，可是只能被迫呆在她家隐蔽的一间小屋里，以免她看见来送彩礼的未来婆家的人或被他们看到。她是个聪明的孩子，知道这样做的道理，所以尽管外头客人欢声笑语，她却默不作声。她一整天都呆在那间小屋里，而且努力摆出羞涩的样子。

有个馋嘴的婢女就趁机作乱了。事情是这样发生的。两家除了珠宝、绸缎等等正式彩礼以外，还互赠了不少小食盒，里面装着糖果、蜜饯、水果、坚果、莲心等等，叫作"多生贵子果"，其中一部分分给那天来道贺的客人共享，剩下那些"多生果"收起来放在我母亲呆的小屋里。那个馋嘴的婢女走进来，吃了又吃，直到她撑得再也吃不下了。接着她又用自己的围裙拿了一大包吃食回房去了。要是在平时，她一定不敢在小姐面前这样放肆，可是她知道那天母亲不能责骂她，也不能制止她，否则，那个婢女就会用手指刮着脸皮对母亲说："哟，我们小姐为婆家的'多生果'操心呢！哈，哈，哈！"那可就有损母亲遵循礼数规矩的形象了。所以，母亲看着那个婢女偷嘴却一声不响，但事情还没完。

当我的外祖母在晚上客人走后进来查看"多生果"的时候，她很奇怪怎么只剩下那么一点了。她问那个婢女是谁吃的，婢女不要脸地撒谎说是三小姐也就是我母亲吃的。故事讲到这里，母亲对我们说："孩子们，要是你们被一个贪嘴又说谎的婢女诬告了，你们能不作声吗？不会，你们一定不怕羞地大叫：'不是我，是那个婢女干的！'可是你那么做就太不懂规矩了，而且那个婢女会造谣，她不但会坚持说是你偷吃的，而且会向你母亲和所有人散布谣言说你不知羞耻。所以你们看，有时候一点耐心、一点对不公平的忍受最后对你有益。不要什么样的小不平都抱怨。"

"外婆后来知道事情的真相了吗？"我们都会问她，心里头快被那个婢女的罪行和母亲小时候的忍耐挤炸了。

母亲微笑着说："她后来知道了，可那是在我出嫁十年以后！"

这个小故事不仅揭示了旧中国对待爱情和婚姻的态度传统到什么样的地步，而且显示了一个中国女人在行为举止方面受的训练。从童年时代起，她就要学习忍耐，学习能忍受一切委屈和不平。她必须沉静寡言，喜怒哀乐不形于色，特别是在婚姻恋爱问题上，更得如此。不管这样的训练（如果适可而止的话）如何令人敬佩，它对花季的年轻生命都是一种压制和摧残。在我看来，它带来的害处远大于好处。

我父亲是个感情热烈的人，心肠软，可是脾气暴躁。母亲的性格正巧相反，她脾气温和，遇到困难从不大惊小怪，对感情的事无动于衷，而且处理实际问题时总是头脑冷静。由于两人个性上的差异，虽然我父母亲彼此相爱（在父亲方面更是热烈的爱），但他们的家庭生活并不总是一帆风顺的。父亲不仅爱母亲，而且非常仰慕她的艺术天才。正是由于父亲的一再督促和鼓励，母亲才会在绘画领域获得深湛的造诣。

小时候我常常听见父母亲面对一张摊开的宣纸或绢绸，相互讨论画的"布局"。我不懂这个词的意思，可是可能因为父母亲用它时的严肃态度吧，听见它我心中总充满了崇拜和敬畏。我发现每当母亲要画什么重要作品时，父亲都会向她提出建议，而她只有在两人商定了画的"布局"，或者说是画的轮廓之后才会动笔。因为父亲是位称职的艺术鉴赏家，他富于创造性的批评是母亲艺术生涯发展中的一个重要因素。

我们这些孩子渐渐长大后，母亲曾告诉我们他们年轻时经历过的纠纷。她会说："你们的父亲是个好人，诚实守信用，又有学问。可是他脾气暴躁，容易发火，所以不能在别人面前显示出他的真正价值。你们这些孩子们不知道，为了保全这个家我受了多少苦。"

"可是，母亲，"我们会说，"他给了你那么多帮助。你自己也承认，要是没有他，你永远都只能是个庸庸碌碌的画家。"

"他当然帮了我很多，"母亲会微笑着回答，"可是我们年轻时他是怎么帮我的！你们听听这个故事。我新婚时每月要回一次娘家。你们的外婆会派轿子和轿夫来接我。那时候你们父亲急着要我的画技有所长进，他规定每天早晨我得先画完一张画才能开始料理家务。那一次我又要回娘家，正巧轿子在我开始作画之前就到了。我急着要见外婆，就说那天我不画了。可是他非要我画，他的固执也惹起了我的犟脾气，结果我们大吵了起来。后来我不再理他，径自坐进停在外厅的轿子里。你们父亲气得一脚踢翻了我才坐过的凳子，而且一直把它踢到轿子刚才停的地方。姑娘们，你们瞧，他虽然一片好心，可是表达的方式那么暴烈，我简直希望他对我的艺术生涯少关心点才好。"

他们那么大吵的时候都还不满二十岁。实际上，我父母亲生第一个孩子的时候，父亲十八岁，母亲才十七，即使在那个年代他们也算是早婚的。父亲年仅十三岁时，祖父母就去世了，而他的哥哥姐姐又都成家了，剩下他一个孤儿无依无靠。母亲从小就有能干的美名，所以大家都觉得最好让他们早点成婚，父亲也好有人照顾。

我有两个伯父，一个在当时的都城北京当翰林院的翰林，另外一个在江西当官，他的妻儿也在那里。因此，只有我们家住在祖母造的房子里，我也就不曾亲眼见到中国大家庭中婆婆像皇太后那样统治她结了婚的各房儿子家庭的复杂情况。但是，母亲的日子并不那么轻松简单，因为我的某个伯父有时候会带着一两个小妾回来探亲。这些小妾因为太太不在，就摆起了太太的架子，甚至要母亲像对待嫂子那样敬重她们。母亲是个大家闺秀，当然不能失礼，可她也要维护自己的尊严。要能两全其美真的很难，可是母亲以自己的练达、温柔和忍耐做到了这一点。

我们家在经济上并非大富之家。但过去在中国金钱并不受重视，特别是读书人，常常以他们的清贫自傲。我们今天可能会说这是"吃不着葡萄说葡萄酸"，可是也不尽然。比如，过去女孩一般宁愿嫁给贫穷的读书人，也不嫁有钱的商人，当然这种想法现在是快要完全消失了。

父亲从祖父母那里继承了一栋房和一些钱，这在他那个阶级算是富裕的。但随着家里人口的增多，他的经济负担也增大了，而且当时他还在读书，没有挣钱。那时候，中国读书人唯一可从事的职业是当官，如果当官不成，教书是另一条体面的出路。所以祖父母自然盼望有一天父亲能进入众目所瞩的官场。

清朝末年，有两条路可以进入官场——或者通过买官，或者通过程序复杂的科举考试。父亲开始不愿考虑前者，一来因为费用高，二来因为这样做有伤他的自尊心，所以他就为后者坚持不懈地努力了。要获取成功，他必须像他那个当翰林的哥哥那样连中三元。不幸的是，他只考了举人，相当于西方的学士学位。我懂事时他还在考进士。因此，他必须常常离开家去北京的哥哥家参加考试。他去了北京好几次，但每次都落第了。这倒不是因为他学问不佳，而是因为他的书法不够工整而他的文风又不合科举考试的规范。

父亲三十三岁时，听从了他明智又实际的朋友们的劝告，放弃了从"正途"进入官场的希望。他捐了一个四川的缺，带了除我之外的全家人在那儿一直住到1911年辛亥革命爆发。

我父亲不在本乡本省做官，是因为当时中国的法律规定不准任何人在他的家乡做县官，虽然他们能在家乡做县官的助理——书办或主簿。道理很简单，因为县官集立法、司法、行政大权于一身，只受制于远在他方的巡抚或总督。虽然一个好官从不忽视民声民情，但民声民情是那么一种无形无踪的东西，而且老百姓必须完全依赖于地方官的善意才能表达民情，所以不到事情弄得不可收拾，所谓民情对地方官并不具备约束力。

在一个要求人将他亲戚的利益置于个人最重要的利害之上的社会里，我们对一个大权在握的县官必须离开家乡才能做个公正独立的好官的情况又有什么可奇怪的呢？所以，任何人都得离开家乡做官的规定，正如我的祖先所经历过的，不但不是一个障碍，而且是帮助人忠于职守的有利条件；另外，这样也防止了一心只为个人或亲戚谋私利的人给国家和民众造成过分的危害。

这种强迫性的移民还带来了其他一些好处。第一，因为县官通常必须和地方上的乡绅结识交往，有时甚至还结为通家之好，它增进了中国人的互相了解。第二，因为县官和当地人方言不同，他们必须使用一种通用语，这种通用语至今还被叫作"官话"，成了我们现在国语国文的典范。第三，县官和他的家人因此而变得比从未离开过本省的人头脑更开放。小时候我常常听见家乡的当地人用轻视和势利的口气谈论外乡人，但我从来没有听见任何与陈家有关的人歧视外地人。这是因为一百多年以来，我们家族在扬子江上来往宦游，早就习惯了各处的奇人异事。这就是中国的"国际主义"，它同世界上的大国际主义没有什么大区别，而后者在我多年后留学异国时将对我产生莫大的吸引力。

　　我说过父亲常常离开家去北京参加考试。那时候男人很少带着太太一道出门的，所以母亲从来没有跟父亲一起去过北京。我长大以后，意识到父亲离家的日子里母亲常感到寂寞，虽然她从不对人说，甚至也不对我们这些她的孩子说。父亲离家的又一个晚上，我看到母亲独自坐在窗口，一边看着透过窗棂的明月，一边在一张纸上写着什么。我猜测那是首诗，虽然母亲从来没有以能诗而知名。而且，我认定那是写给父亲的情诗。母亲注意到了我的关心，可她没有意识到我的怀疑，也没有想到我的好奇心有多强。她一写完就把那张纸撕碎，扔进了一个插着几支毛笔的笔筒里。我想她根本没有把那首诗寄给父亲，因为她显然认为就是向自己的丈夫倾吐衷肠也是不雅的！

　　但我的好奇心很强。第二天，当我一个人呆在她书房里时，我从她桌上拿了那些碎片拼到一起。我能认出这几句："明月透窗棂，光照离人思。"但别的我就看不出来了。我又把那些碎片放回老地方，母亲直到几年前才发现我做的事。那时她在病中，心情不好，正对父亲发作，我突然想到这件往事，就当着父亲和弟弟姐妹们的面把它都说了出来！父亲很高兴，他问母亲："你为什么不把那首诗寄给我呢？"母亲脸红了，她所有的不悦也随即消失了。弟弟姐妹哄堂大笑，他们笑的不但是这个故事，而且是母亲的脸红。他们叫喊着："看哪看哪，母亲脸红了，哈哈哈！"一天的风暴就此散去。

母亲不仅是个富有才华的艺术家，而且是个出色的女人。因为有了她，父亲的坏脾气才没把亲戚朋友都赶跑。父亲是个重感情的人，对朋友很忠诚，可他年轻时这些优点都被"不讨人喜欢"的外表掩盖了，所以很少有人能有机会欣赏他。但母亲在亲戚朋友圈中却是人见人爱，以致她常常因为应酬累坏了。她甚至能在赌徒身上发现优点，并帮助他发扬那些优点。她在经济方面也很有才干。父亲从不愿为家庭的开支问题操心，他通常把他挣的钱全交给母亲，只留一小部分供他在书店、古玩店的消遣——这些至今是他最爱光顾的地方。不管他一月挣一千块也好还是一年挣十块也罢，他决不操心。因此怎么保证一家大小衣食无缺就成了母亲的责任。我从没见过她因为金钱问题跟父亲闹纠纷，她也不曾要父亲给她买首饰或衣服。所以我至今仍然认为一个女子向丈夫索要钱物十分庸俗，仍然相信一个女人应当克己奉人。

我的父母共有八个孩子，五女三男，但我们最小的弟弟五岁就夭折了。现在还在的七个孩子，六个已经成婚。我写下这章的时候，父母亲正在母亲的老家游览那儿的名胜古迹。但愿为丈夫和孩子操劳了四十年的母亲晚年生活无忧无虑！

　　至于父亲，随着年龄的增长，他的脾气也变好了，他现在真成了一个和蔼可亲的中国老先生了。他现在的乐趣是一杯酒，每天一趟古玩店，打打牌，再就是读书，读书，读书。他也写诗，偶尔还作画。因为我们俩现在相处得像朋友，他会挑最好的画送给我，还让我评点他写的诗。他仿佛是在为把文言诗给一提倡白话的人看道歉，说："不管怎么说，你懂诗，而且从你提到的西方文学看，世界各国的诗人有很多共同之处呢。"

顾毓琇（1902—2002），字一樵。著名教育家、科学家、诗人、戏剧家、音乐家、禅学家。清华大学电机学学士，美国麻省理工学院电机工程学学士、硕士、博士。1929年回国后，历任浙江大学电机工程系教授兼主任，中央大学工学院院长，清华大学电机工程系教授兼主任、工学院院长，国民政府教育部次长，中央大学校长，音乐学院首任院长。1950年移居美国。顾毓琇学贯中西，博古通今，著述甚多，除了科学专著与论文，还有大量戏剧、诗词、禅学、音乐方面的作品。

我的父亲

顾毓琇

一、 虹桥湾里

（一）

无锡是一个幽美的地方。靠近万顷汪洋的太湖，相传是陶朱公范蠡泛隐五湖的所在。太湖经过了五里湖通到溪河，这条河因为梁鸿、孟光夫妇隐居于此，所以名曰梁溪，亦就是无锡的别名。

无锡自称是文化之邦，舜柯山纪念着虞舜的耕耘，独山门追怀到大禹的治水。泰伯墓永远埋葬着礼让谦和的吴太伯，泰伯庙里的道士还有拿妖捉怪的本领。

无锡城里当然有孔子的圣庙，庙旁边当然有文昌阁，阁上金鸡独立的魁星掌管着全邑的文风。文风的成绩记载在一个牌楼上，历代的状元、榜眼、探花都在金榜题了名，而"六科三解元""一榜九进士"又特地大书特书诏示给未来的文人做榜样。学庙当然有隔河的照墙，所以前面有一条河通西水关而达太湖。河上有桥，靠近学宫东辕门"文武官员至此下马"石牌的叫学桥，再向东的叫虹桥。

虹桥湾里都姓顾，是明末从昆山搬来的旁支。普通说是顾亭林的后裔，我父亲亦刻过"昆山亭林子孙印"的图章，这个图章后来被偷鸡贼连两只活鸡、一篓烧卖偷去了。但从六十年陈的"锡山顾氏支谱"看来，迁锡始祖鹤，在明天启年间迁居无锡开原乡蓉湖庄。迁居的时候若是一个三十岁光景的壮年，则生年当在万历二十年左右，而卒年在清顺治二年，寿亦当在五十以外，所以至多同亭林先生同族，不能发生直接系统的关系。旧谱上又载鹤父荣祥，世居"苏州府昆山县华定乡"，卒清顺治元年，享寿七十五岁，则推其生年当在明隆庆四年，恐怕还是亭林先生的族伯呢。

无锡顾氏之中，在明朝就赫赫有名的，便是讲学东林的顾宪成。大约是宪成之祖，从昆山搬到了无锡。万历二十二年，顾宪成削职还乡，就讲学于东林。这时候虹桥湾里的迁锡始祖恰刚生在昆山的华定乡。这两支的子孙现在都很蕃盛，但是这两支的贯通，要追溯到明末的昆山（一说是昆山顾鼎臣——绰号顾大麻子——的后裔，但我新近到昆山查考顾文康公家谱，不曾找出线索来）。

（二）

鹤公传了四代到起凤公，这是虹桥湾里有神像可考见的最老老祖宗。起凤长子闻钟。闻钟有三子：文山、晋川和影恬。他们在嘉庆十二年搬到城里，搬到学宫旁的虹桥湾里。后来虹桥两岸扩充到十二个姓顾的大宅子。文山、晋川、影恬兄弟又各捐祭田，在附近建造了"顾氏义庄"。

晋川公配张氏，没有子女。他娶了侧室孙氏，但孙氏不久自缢，亦无所出。一天，晋川公下乡收租米，收到惠山脚下的三周巷。三周巷上恰巧有一个十八九岁的小姑娘在做针线。好一双朱砂手，城里的先生看见了就心爱。

后来央人去说媒，这乡下人家的姑娘却也不好惹，只肯做"大"，不肯做"小"。但是晋川公的大太太亦不是好说话的，怎肯答应这样的荒谬事。不知什么人想出了一条妙计，把一顶小轿披着红椅披，鼓乐喧天簇拥到三周巷上的张家。迎娶了新娘以后，半路上卸去了红椅披，鼓乐亦不再喧闹到虹桥湾里。这样来了我们的"开族太婆"。她生了四个儿子，根据"母以子贵"的原则，终于名登在宗谱之上。

晋川公比这位乡下姑娘长十五六岁，结婚的时候，她不过二十年华。晋川公死时寿不满五十，他们的长子达甫不过是十三岁的小孩子。这群孤儿——四男三女——要抚养到成人，岂是容易的事？那时候大伯文山公——绰号叫大老头子——又善于教训人，所以做人更是难。每次大老头子来，达甫只靠着母亲吓得说不出话来。

咸丰十年庚申，达甫公三十岁，他的母亲正在喜欢儿子已渐长成，发军骤然来了，四月初八破了无锡城。她们匆匆地逃难到乡下，在混乱中挣扎着过活。

时局平静了再回到虹桥湾里来，什么都没有。高厅大屋剩了砖片和瓦屑。只有厅上的方砖还存在，但已经增添了千万条的碎纹。这些花砖至今还保存在大厅上，后人尊称为"冰梅方砖"。

这时候"开族太婆"却不慌不忙，到屋后粪坑旁边掘出三个蟋蟀盆来，这盆里安藏着金条。从此顾达甫在他贤母指导之下，做了中兴顾家的人。

晋川公很是一个能干人，开米行、开当铺都能发财。达甫公继承先人的遗传，亦努力从事于经商。他的信用最靠得住，全无锡无人不知道。当时有一爿米行，因为资本不充足，预备就要关店。将要倒闭的前一晚，顾达甫先生在路过。他进去坐一会，逢巧开夜饭，也就坐下去吃。隔一天外面盛传顾达甫入股，大家纷纷添资本，这米行至今都没有倒。

达甫公配张太夫人，她不幸二十四岁就失了明。他们生了三个儿子，长干臣公，还有两位都早死。干臣公配秦太夫人，是当地学者莅风先生的次女。干臣公有三个儿子：长赓良，字康伯，能以继承干臣公的事业；次赓辰，早死；三赓明，字晦农，便是我的父亲。晦农公嗣三叔和叔公后，三叔早死，他的三婶孙太夫人便做了"齐眉两阅月，守节五十年"的悲剧中似疯非疯的主角。

（三）

我的父亲生在清光绪八年壬午（即公历 1882 年）十月十五日。他同他大哥同月同日生，只是小了八岁。他生时祖父达甫公才过世了半年，祖母年五十一，但双目早已失明。他的曾祖母还健在，年已七十二，隔年十一月才过世。

他的父亲正在壮年，父年三十二，母长一岁。他的三叔却早已去世，三婶已经守节七八年了。他生时大哥九岁①，二哥七岁，大姊十一岁，二姊三岁，一家很热闹。但隔了三年，他二哥夭折，他父亲十分伤心，瘦弱的他却还不懂人事。但大姊许字钱塘诸以旅，已经定了婚期，已经别了祖，试了花，正要上送亲船的时候，忽然接到诸家报丧的电报，后来她在家郁郁而死，青春才二十四，就完成了贞女的一生。现在她长眠在杭州老东岳山龙驹坞下，算是诸家的鬼了。二姊比他长两岁，同他最为要好，嫁给同邑浙江知府杨经笙先生。

他生在一个经商而富有的家庭。他的外祖父家却是世代书香，从明到清，文章传家，三百年不绝。乾隆下江南，曾经到过这淮海后裔的秦家，这位皇上午睡过的一张竹榻至今还高挂在梁间。他的外祖父莅风先生，道德文章都为人佩服，几个舅父莱臣、尧臣、湘臣、岐臣亦个个是饱学之士。岐臣舅为书画名家，尤以花鸟山水、篆书出名，晚年丧子，自号聧叟。湘臣

---

①过去按虚岁计年龄，小孩生下即为"一岁"，故大哥庚良九岁，长庚明八岁。——编者注。

舅幼负盛名，为梁溪七才子之一，后在旧京操笔史馆多年，对晦农公出外就学，很竭力主张并帮助。

他有三位姑母。长适孙，次适杨味云先生，三亦适杨。味云姑丈宦游燕鲁多年，所以他到外面谋事，很多靠这位姑丈提拔。

他的父亲干臣公是一个忠厚而勤俭的人，继承了达甫公的遗业，办里典当、药材铺等等，算是光绪年间一个商业管理专家。他很懂得医道，对于风水亦有研究。晚年游山水，看了几块坟地。他死后就检了一块孟湾的地安葬。这块地三面皆山，宛如圈盘椅，前临太湖，恰对湖心的三山，风水不敢说，风景倒是的确不差。干臣公酒量很好，晚年吐血，后来在五十七岁就去世。晦农公才是一个二十六岁的少年，怎样可以没有父亲呢！

他的母亲是一个贤孝而能干的人。她侍奉祖姑及姑，两大之间，很不容易。况姑氏失明，更属难于侍奉。晚年她因痛晦农公早死，常是悲伤不乐。她寿到七十岁，但她疼爱的孙子们，她还没等到看见他们的长成。

晦农公家庭的背景大概如此。

以下且从蒙学时代叙起，叙到那不满半生的尽头。

二、 五里湖畔

（一）

我父亲小时身体很弱，所以读书读得比较晚。七岁入学，发蒙的是他四母舅秦岐臣先生。岐臣先生字画诗文都很好，每天到虹桥湾里教这位小外甥，但他实在还是太小，只能随便识点字。

一年以后，换了朱晋斋先生。十岁时候，顾小冬先生来。这时他二姊十二岁，一起读书很有兴趣。二姊很疼爱他，所以他读得格外高兴。有一次他要买糖吃，二姊就代他向父亲要一个小铜钱，父亲发觉了，还把二姊打了一顿。

十二岁时候他大病，病得死去活来，养了一两年才好。病好，李豫严先生来。先生的父亲刚烈公在广东守城殉难，同他志同道合的，有同邑王"包头"里的武愍公。

王家开了"包头"店，所以出名叫王"包头"。他们的儿子本来是一个穷书生，后来中了举人，分发到湖北。那时武昌城已经为发军围困，胡林翼的兵驻在外面亦没法搭救。胡氏劝他不要进城，他同一子二仆却偏缒城进去。城陷，父子主仆同敌军巷战，战败方死。当时人不但称赞他的忠勇，而孝子义仆集于一门，尤算是举世无双。武愍公三子子泉先生后来官至武昌知府，很有政声，配李太夫人，便是刚烈公的女儿。荩承先生为武愍公幼子，从小就在燕京服官，后来历任宝坻、怀来、柏乡知县。光绪二十年甲午（1894 年），因为中日战役，避乱回锡，明年春天，经亲友的介绍就把长女许配于晦农公，那时他才十四岁。

我们的母亲那时才十三岁。她生在无锡，不满周岁就随父母到北边，做了十年多北京小姑娘才初次回到了故乡。她有三个哥哥，一个弟弟，一个妹妹。她母亲侯太夫人是当地名儒石琴公长女，待人最好，人家有急难，她典当了自己的衣物都肯去救济。

这门亲事，一半还是她的"看房"妈先提起。"看房"妈是嫁时伴房的女仆，常有伶俐而善于说吉利话的专家伴了一房又一房。我外祖母的伴房妈恰巧是我祖母看房妈，所以从中撮合，亦有一部分不可磨灭的功绩。

但是，更有关系的，还是因为我父亲是秦苣风先生的外孙，我祖父是一个忠厚长者，我祖母是一个贤孝的人。而秦氏的岐臣兄弟，同王氏的鉴如、芙伯、次清、昆季，有诗文唱和的亲密，更足以促成这重要姻缘的缔定（芙伯、次清都是子泉公子，后来都是我父亲的亲家）。

隔一年，父亲曾经随祖母到杭州烧香。游了西湖回来，依然还是读点旧书，直到就学五里湖畔，才开辟了新知识的途径。

（二）

光绪二十五年己亥（1899 年），父亲十八岁。那年十月二十九日，他同我的母亲结婚，结婚后才百日，他下乡去求学。人家乡下人到城里来从师，到府里去应考，但这个新婚的青年却到五里湖畔的河埒口去。

现在游无锡的都到梅园去，梅园过去到万顷堂，堂旁有禹王庙。万顷堂可以摆渡到鼋头渚，渚上有陶朱阁。鼋头渚几乎是一个岛，伸出在太湖、五里湖的交口，所以风景特别好。太湖水带黄，这黄绿的水冲破了江、浙的畛域，浩浩荡荡；五里湖水则带蓝，这碧绿的水辉映着梁溪的秀丽，温柔而妩媚。这显然的分别，在梅园高处极容易看出来。

由无锡西门到梅园去的第一个大镇便是河埒口，惠山在望，离湖亦比较的近了。河埒口大族姓蒋，就像荣巷上都姓荣一样。晦农公的从前二婶是蒋家的小姐，她的弟弟叫蒋仲怀。

蒋仲怀先生是一个当时讲究新学的人。那时废去八股的诏书还没下来，但是蒋先生早已废了八股。他教的仅是些算术、天文、地理和格致的学问。我父亲亦唯其因为要受科学的新洗礼，才抛弃了新婚的贤妻，离开了花天酒地的城市，来到这僻静的乡间，来到这明媚的湖畔。

他到河埒口在庚子（1900 年）二月十一日，就宿食在蒋家。他的日记从此写起，所以当时的情形记得很详细。后来他从《北山移文》读得了一个"恒"字，记日记一直继续不断，至今供给我们了解他一生的最可宝贵的材料。

那时的功课是：

习算术，读时文，观《支那通史》，绘八行星绕日轨道远近图。

一月后他记着：

阅天文地舆之学而知星辰移轧而悟晦朔……

他自号晦农，恐怕就是这时候悟了晦朔才用起，"农"字更表现他对于乡野的好感和热情。

他很喜欢算法。有人劝他"弃算学，以时文勉成篇，待至明年亦可小考取功名"，他却不听。继续研究了五年，他越觉得兴趣无穷：

> 余以减递加比例法以代数演之，甚有趣味。凡人于学问之道，若有心得，必有发愤忘食之时。

他不但自己学算，还教人学算。他的第一个学生是我母亲，后来我们都做了小门徒。记得在一个夏日的傍晚，父亲口述着大和尚小和尚分馒头的算题。总共七十五个和尚吃七十五个馒头，大和尚一人吃两个，小和尚两人分一个，怎样可以分得匀？我躺在床上用心算，算出了，父亲十分称赞，至今回忆起来，还觉得有无限高兴。

现在所谓物理，从前叫作格致。在法京初放气球的时候，我父亲起始研究"电气"。有人主张"西洋格致……皆出我佛经之义理……德律风……人皆谓一口气贯中，故得相闻"，他听见了就加以辩驳，肯定地断说："由此观之，岂德律风正恃一口气哉！"

他不久就开始做实验：

> 晨以小口瓶满贮水，入以二钱六分之沉香。将溢出之水权之，得二钱四分，可为物与水等体而重于水者必沉之一证。……

　　这时候还有另一方面的训练，我们不能不佩服这位蒋老师的眼光。这位先生不但教算术，还讲《水浒》。我们要记得这是在拳匪变乱的庚子年，还没预料到有"五四运动"，有胡适之讲《红楼梦》。《水浒》讲完了，我父亲自己看《今古奇观》，很钦羡李太白的放逸。他很会喝酒，几乎有不醉之量，自然同"酒仙"很表同情。他一生未必所过皆是顺境，但无时不自寻快活，这也许得力于这位诗人的乐观。还有他生平喜欢骑马，不知是否得力于《水浒》。

　　他在乡下欣赏自然机会很多，有时先生还领他去游玩。现在可以分别记载如下：

　　庚子二月十二　游粲山、惠山。

　　五月初一　伴美领事游惠山头茅峰。

　　闰八月二十八　游青山寺。

　　十月初三　游张山。见鸟之飞有瞬息千里之势，而天际风鸟之声……令人想见天地一孤人，不历其境不知也。

　　十月二十一　随师收租，始游五里湖。……后一里许，水面渐广，两岸芦苇丛杂。舟子告余曰：五里湖在目前矣。余喜，亟登船头眺望，果见水天一色，远山若沉若浮。有水鸟千百成群，随波上下，其形类鹜。舟子曰：此野鸭也，能高飞，瞬息千里，饥则入水捕小鱼以果腹。言顷忽见数鸟汩入水中，少焉复出水面，已在数尺外矣。……两山之凹，波光荡漾，一望无际者为犊山门，盖过此始为太湖云。

　　辛丑正月初九　　下午……下舟赴苏。解维，顺风扬帆四十里，至新安泊。夜月明如昼。……

　　正月初十　　游虎丘，过五人之墓前，至留园。

　　他一生喜欢游览风景，大约起始于这时候美化的熏染。三十年前一个青年的生活如此如此。科学打倒了义和团，梁山泊又打倒了八股；五里湖的秀丽和太湖的雄伟，更陶醉着放酒跃马的青春。

三、　北上求学

（一）

　　辛丑（1901年）正月，丁云轩先生到馆，始教他"读浅书，写短论……"，所以在塾十月，很觉得有进境。那时无锡已经提倡办新学，吴稚晖先生等的谈论，他常跟着"云师"去听。后来先生到三等学堂教书，就随师进学堂。

　　这时候科举考试已到末路，但壬寅（1902年）二月初一，无锡圣庙里还考正场。那天早晨，他就到学宫门前散步，午后便写了两页信，大骂孙邑尊办事糊涂。写好了信结在瓦上，到学衙里投入这神圣的考场之中。同年八月，他记载着："闻□师今年乡试，竟不为名而实为利。为人代作，若人不中得洋四百元；若人卷出房而不中，可得洋一千元；假使某君竟能得举人，而□师可得洋三千元。"可见那时秀才、举人已经几乎是公开的贩卖品。

他自己读书，已采用"抄文"和"剪报"两个方法。他看的是《欧洲政治史》《论治外法权》一类的文字。《中外日报》他常剪贴。他读了梁启超的《时务学堂》文，更喜欢看《新民丛报》。

他很注意吴稚晖先生从日本到香港游学的消息，后来听见胡敦复兄妹留学等等，他都充满了欣羡。他一生没有离开过中国，他只好希望他的儿子们会飞到天外去，飞得远远的，以偿他未尽的壮愿。

他有一位表兄亦到了日本，便"在东洋聚同志，习兵法，拟为义勇队兵"。那时清朝皇帝严拿爱国学社的新党，获案后就立地正法，于是上海会审公堂拘《苏报》馆主笔经理，他很"以为不平"。这时候革命的领袖还多潜伏在外洋，但内地的青年亦已经感受到潮流的澎湃。

办学堂、讲爱国的波涛里涌出了兴实业的呼声。无锡起始开工厂。他曾作文论开厂于风水无碍，他不信开工厂要同造宝塔一样的郑重其事。

在这样的潮流里，无锡首当其冲，而无锡的青年更易感受到潮流的激荡。但是瘦弱的他又病了，病到人事不知，病到"死去活来"。我母亲于万急之中默祷着天公，郑重地在臂下割了一块肉，放在药里。父亲于昏迷了两昼夜之后竟渐渐有了转机，他起始微微睁开了眼，开口问："定宝呢？"定宝是他宝贝的儿子，就是我的大哥。他万劫余生里还在惦念着。

我母亲小心服侍他，有二个月没解衣带，就是在小榻上睡，还担负着将要出世的我的重载。等到两个儿子都已很有趣，他病也渐好。一边自己看书，一边就教儿子，教他们识字，教他们唱歌，教他们游山玩水。

但是，美满的家庭生活宁可暂时牺牲，他决然要冒了千辛万苦，到"弯舌头说话"的北边去。乙巳（1905 年）夏天，他禀告父亲，要到京都去考学堂，"父亲坚不承允"。他央湘舅来劝他父亲，但父母还是"竟不许行"，以致他"涕泪跪求"。后来他母亲答应他北上，他自然喜出望外。

一个商业家庭的少年于是转变了途径，指望着出了家门便上青云。

（二）

他先到京都看译学馆，再到保定打听农业学堂、陆军学堂和武备学堂。他请农业学堂的侯疑始教东文，兵备处的丁慕韩教兵操。他的岳父那时在保定，同他讲《韩信赐漂母》《官少年论》。他竟决然要进武备学堂，去尝试那横戈跃马的生活。

但是，这同他身体不很相宜，经许多人的劝说和讨论，都以为处他之境，"莫妙于自资赴日本，习工艺，三年回国，必能得功名，且能得厚利"。他果真就找了两个东洋人打听，他们举荐"大阪工艺公司"，习一年即可回国，自行生利。一个稍受点科学训练的人，自然很易趋向于工艺，可惜他没能自资到日本去，以后只常在劝工场一类的地方，时致其钦慕的热忱。现在他的儿子们有一半在外洋学了工，电气、机械、化学都有，说不定在襁褓之中已经得了父亲的暗示（那时学电气的儿子在无锡，学机械的儿子刚跟母亲到北边，学化工的儿子就要检中了保定做他的"一生身地"）。

不当兵，不做工，他自然趋入于做官的途径。要学做官，先进法政学堂。进法政是他家长所赞成而希冀的。他家里从前常被人家来敲竹杠，自然需要法律的保护。进法政亦是他自己觉得"差强人意"的，因为他从小就读过《治外法权》。

法政学堂须"到省"人员方可入堂肄业，他只得凭着中书科中书的资格改捐县丞。他在堂很奋发，日记上有两段事迹：

> 答四题而错一题，交卷而知，胸中闷极……不如早死！
> 考坏，自击掌二十板。

其实他考得并不算顶坏，他毕业在优等三十一名。可痛心的却是在留学期间，他父亲竟呕血死了。他带着妻子赶回故乡，已经来不及"亲视含殓"。他总觉得这是弥天大憾。后来他有空就到惠山坟堂屋里去瞻拜灵柩，他对于怎样显扬他的父亲，更无时不耿耿在怀，念念在心头。

四、 从东华门到东陵

（一）

他刚到保定，没有朝珠，没有补挂，只是向人借。法政毕了业，重新晋京，却已是冠冕堂皇，可以见得"真命天子"了。

专制时代的皇帝固然神圣，但是只要肯花钱，谁亦可以见到。这见皇帝的手续叫"办引见"，代办手续的人叫"吏部尚书"，手续费亦曾经上谕的规定。我父亲平生很好奇，家乡多庙，每年有庙会，他逢巧在家，看会总是很热心。这次进京，他亦遇见过两宫的銮驾。所以，更进一步，他要到东华门去。

金銮殿上的"真命天子"只可当作葫芦里的药，到底是怎样的西洋镜，只有花过钱的人才知道。大概地说，进了东华门进景运门，"验看"了才"验放"。到过东华门资格就不小，有执照为凭，领了执照便可以"到省"。

但是，事有凑巧，这次的执照没有"兑现"，因为忽然慈禧太后约好了光绪皇帝一同去"升遐"，于是乎有所谓国丧，于是乎有红帽结子的强迫换蓝结子，于是乎领了"钦照"亦不能"到省"（照官方公布的消息，光绪酉刻死，太后未刻，竟先光绪而瞑目了）。

他惆怅地回了无锡。他母亲请了岐舅来为他和大哥分析遗产。他只觉得父亲蚤①死的悲伤，人亡物在，更增加无限惆怅。产业的多或少，他没放在心上——多，他不想；少，亦仅凭亲生母的主张。这时候他所放在心上的，是把父亲的神位请入惠山尊贤祠里去，为的是可以"春秋二祭，载入志书"。

父亲的神位入了祠还不够，他还要请诰授。所以，为了进学堂虽曾捐过官，为了见皇帝虽曾捐过官，等三岁的小天子登

---

①此处"蚤"同"早"。——编者注。

了极，他还要捐官，为的是父亲好晋授诰封，为的是神像上的白顶戴好更换蓝顶。

（二）

到过了东华门，他索性有始有终，送短命皇帝到东陵去。他的职使叫"工程委员"，他平生第一次学做监修黄道的工程师。

在三河县见过了总办，就到通州城外的八里桥庙去。监工情形大略如下：

己酉九月初八　至栅栏店勘道，来回约有八里路。

九月初九　骑驴子至钉格庄勘道……往返约二十六里，颇倦。

九月十四　步行至第二段看桥工，以树作柱，上盖芦柴，再铺泥土，须坚固，能容一千斤之分量。

九月十五　骑驴至朝阳门，约三十里。沿路看京旗营之做法，借可饬工人仿照办理。

九月二十五　监修驾台。

九月二十六　有民政部消防队马车四辆行走御道，以致车沟甚深，即饬伕子彻夜修补。监工半夜，终夜未睡。

上面工程的记载，同二十年后"迎榇大道"的情形相对照，才有意味。试想御道是宣统年间最考究的工程，桥梁只用树、芦柴和泥土造，道上禁不起四辆马车的践踏。但是，经过张勋的验收，端方的查勘，一切文武官弁就都"加恩赏加一级"（后来端方却因为"沿路派人照相，横冲神路"，被参革职)。

到底办事的人如何尽职，我父亲在监过半年工以后，有下面的记载：

> ……查窍黄道添修各工并各项卯工，有许多不尽不实，谅□司事必有得贿赂，我独无之。……

后来出力人员另受保举的三十八人，但道工上七十人之中不过三人。可见"工程师"之不受人注意自古已然，修黄道的亦不是例外。

无论如何，他总算看见了坐元色八轿的隆裕太后和罩黄团龙套的金漆棺材，他觉得比家乡朝山进香的庙会，年年一样的老玩意，格外好看得多了。

这时期还有两件小事值得记：

（1）同乡□□□为安徽兵变充军到直隶，他知道了就代为请人具结免解。

（2）仆人胡顺杀一鸭，请他吃，他觉胸中不忍杀生害命，反申斥之。

第一件事表明他"急公好义"，几乎出于天性。他见人有急难，无有不帮忙，革命党人充了军，亦自告奋勇去搭救。第二件事显出他"赤子之心"，无往而不存在。这同类的表现从前已经有过。一天晚上，他吃鸭，鸭是在火炉上熏熟的，他起初不知道，"后闻此故，即不忍食之"。还有一匹马死了，他亦亲自去吊。

他的爱人爱物，使他一世做一个软心肠、热心肠人，他只顾待人好，他不怕为人忙，更不管吃人亏。

五、 两次在天津

（一）

他已经有了五个儿子，一家十分快乐地过活着。己酉（1909 年）冬天，他同诸儿在家守岁，日记上引着东坡诗句："儿童强不睡，相守夜喧哗。"这时候可惜没有发明有声电影，否则照出来定是很热闹的。

他是我们的父亲，他的责任渐渐觉得重。他家从前略有富名，但是他父亲死后分起来，除了田地、房屋外，没有"金条"，没有"银元宝"，他却承继了近万的现债。

他是嗣给三房的，但三叔早死，嗣母因受环境的压迫，算是一个"疯子"，所以三房的家产向由大房经管。现在总算把上一代未了的账，由他四舅来代了一下。他不但承继了生父的债，并且还要担负嗣母每月的供养，所以预算起来，全年的收入同债息和嗣母月费相抵，所余真是无几。一个经商而富有的家庭的幼子，至此才觉悟虚名的可怕，至此才感受现实的冷酷！

他毅然抛弃了老母和妻子到天津去。幸而有他姑丈的介绍，弄了一个小小位置。"人地生疏，四顾无亲"，他深深感觉到一个没有父亲的儿子独自到万恶官场里挣扎的悲苦。他仍然羡慕人家到分科大学去学工，但是他再没有力量。他上督院见陈□帅，候见了多少次，□帅不过问他姓顾一句。他觉得没有希望，但又不得不向这漩涡里去周旋。正是"有家归不得",且做"天涯沦落人"！

听戏，打牌，还是无聊；一腔烦闷无处消，却好殷勤招待的有菊花的仙子。在这里，他不贪官，不爱钱。在这里，他茶余酒后，只顾谈天。

他为了家才离家，离了家更是念念不忘家。端午，他想起家中诸儿的欢歌曼舞，为之闷闷。中秋，他听见了我母亲的病信，意至于"魂魄齐飞，夜不成寐"。后来他曾二次接眷，我母亲同四弟、五弟都到了天津。一天父亲特地买了一只鸡回来，着重慰劳我母亲抚育五个儿子的辛苦——这段故事，亲友至今还传为佳话。

庚戌（1910 年）的冬天，藩台叫他送"剩黄"喜诏，他冒尽了风雪，经正定、栾城、赵州、冀州、宁晋、新河而回保定。新的希望来了：藩台办了甄别，出了考详，他得了"年力富强，供差勤敏"八字的考语。照说是列了优等，照说是留省补用，但是，这仍然是敷衍的虚文。年力尽富强，供差尽勤敏，要做官还自有终南的捷径！

这末世官场的黑幕，我们且试揭开看：

　　庚戌九月十八　午后钱□□来……伊与□二爷相识，可谋优缺，只要庆邸电报中告陈□帅以某缺着某署理，无有不应。该价数千元，俟悬牌后交付。……

　　辛亥四月二十二　午后访□□，谈及谋署之事，系走阉官门路，索价甚昂，需银三千四两百。

　　六月十二　方□□自京都来信云：洪君须银三千两，外加小费六百两，非此数不能办到。

　　这时候他刚接了家眷，一面当差，一面候差，一面有人来接洽卖差。在这万恶的空气里，听见了武昌起义的枪声。接着各处响应，破碎的清朝江山就到了强弩之末，只剩奄奄一息。匆忙间他带着家眷回到了已经"光复"的无锡。

　　明年改用阳历，一月一日午刻，孙中山过无锡，各界到车站去欢迎，"各代表登车握手为礼，诸学生去冠三呼万岁"。他在热烈参加之后，便狠心地剪去了三十年来朝夕紧相随的乌黑辫子。

（二）

　　他二叔嗣四叔祖，二叔无后，嗣了他的二哥。他二哥死的时候才十岁，没有成丁，在谱上少不得要注一个"殇"字。现在他二婶过去了，这复杂的立嗣问题就在民国开元的时代开始。大家劝他"兼祧"，因为他最有资格来承继这份产业。但是他回答他的堂叔说："决不愿意。"后来费了很多话说，不是因为没人承继，是因为要承继的人太多了。结果，他大哥的次子做了嗣孙。

　　忠厚人总是忠厚人，他凭空少承继了一份产业。但是，他的经济状况实在不见好，难怪他每每"辗转不成寐"。他千思万虑，还债只有抵债，争产不如让产。要抵偿祖遗的欠债，还是把祖遗的会馆来出让。

　　这时候他的感触很深，他还是怨己不怨人：

今日我卖产业与大哥……殊堪难受，皆我不能自立有以致之也。以后倘不发愤谋生，将何以立于共和之国乎？……

这"自立"的呼声，他到死喊着！到如今他的儿子们还不曾忘记！

笔据签过字，他重又离家到天津。

这一次他去帮他姑丈办盐务，先当了官硝局总稽查的差使。后来虽屡次想法升调，总因为他到津过晚，用人早已委定，无从更动。他姑丈、姑母待他很好，他亦努力工作。但是他总觉得所用非所学，不足以大发展。他仍念念不忘于候补县知事。他姑丈及同乡廉南湖先生等都帮忙推荐，省长亦认为"顾令以法政毕业，历充要差，适合法定资格"。不久他去见民政长，请见十多人，依次询问到他，民政长却以为他"年纪太轻"。他自己觉得发展已嫌落后，哪知道上司们认为他做官还太早。他原不过是三十二岁的青年，但是他家境的困难，他家庭的负担，使他早凭空老了十年！

冬天来了，他惊讶地听见了他三内兄在栾城任次病重的信息。恰巧他姑丈卸了盐运使任，新运使来了。但是他不管他的位置有没有动摇，他且护送他的内嫂到栾城去探望病中挣扎的三哥。

官硝局换了局长，撤差的公文来了。薪水只有半个月，还扣了两天。他并不懊悔，并不失望，且收拾了行李回家，回家为他二十岁就守寡的嗣母做六十岁的寿，且静候"瓦片也有翻身日"，且指望"老天不负有心人"！

六、 抱病登泰山

（一）

他自己总恨小时读书读得晚，所以对于子女的入学特别注意。他教他们识字，教他们唱歌，同他们讲《三国志》，还买三轮脚踏车给他们骑。小时候，在私塾里请先生教；大一点，白天送到学堂里去，晚上在家再请人来补习。

民国元年春天，我大哥考进了侯实学堂，暑假时候，父亲亲自去看分数，品行得了九十分。再隔半年，我亦考进了侯实。国文考题是"志学说"，算题四个都没错，榜列第一。暑假，我们各得名誉证书两张，我品行全校第一，另得银牌一块。这些都可以从父亲的日记上考据出来的。

那年夏天，他特地回家，送三个小儿子进学堂；毓琭、毓珍进了市立第一小学，毓瑞进了第三师范附属小学，就在虹桥湾里的学桥头。在没有开学以前，他领着五男一女照过一张相，照过相，就送五个儿子一个一个进学堂。

民国三年，他离开天津以后，就索性在家里指导儿女读书。他虽然是嗣出的儿子，但是他母亲倒同他住在一起。虽然他小时候她管束很严，多穿了一双鞋子也要闹，但现在看见他有志向上，刻意训子，她亦很是喜欢。又况他孝友性成，侍奉更是周到。从前每次出门，到了上海候船，就检老母喜欢的东西买回家去。到天津，过烟台，水果、蜜饯等等都尽量带回去。她六十岁寿辰，更曾郑重其事地买了补服和金袖，带了麻姑仙来祝寿。他经济上的窘迫，她虽然大略知道，亦是无从补救。后来他不幸早死，她看见一群孤儿穷苦无告，才不禁惨然泪下。等她七十岁的时候，她再也不高兴做寿吃面，因为这带麻姑仙回来的儿子，已经长眠于泉下了！

不幸的事情，不久就要发生了。但是他半生的事业还没有完，他还要送大儿毓琦进同济，二儿毓琇进清华，三儿毓琅进南洋；进同济好学医，进南洋好学工，进了清华好出洋去留学。他要他们将来都"自立"，他要他们学实在的学问。他没有遗产留给他们，他希望他们凭着本领去做共和国家的好国民！

他家住在学宫之旁，却还没有到过圣人之邦。在家留了十个月，他欣然到山东去就事。游了趵突泉游大明湖，游了珍珠泉游千佛山；一年之中，他谒了孔林，又抱病登泰山。

（二）

民国五年之夏，我跟父亲到上海去接我大哥回锡，归途买了些香蕉，我放在洋车的后面，到车站却已不见了。这就是不幸事件的起始。到了家里，我就有点头昏，头昏了就发热，发热了就人事不知。躺在床上只当在上海坐电车，半夜里带了枕头心慌意乱地爬下床来，只当电车到了站头。上海的混乱是我病中无从解脱的印象。我的病呢，亦是上海才有的，叫作猩红热，无锡没人会治！

一天傍晚，我稍为热退一点，父亲坐着陪我，从此他就病了，染着同我一样的死症病！无锡没有注射的药水，派专差到上海去带。打了一针果然好，医生说不必再打了。但是，在朦胧的夜色里，经过一度的"回光返照"，我们亲爱的父亲就长辞了人世！不幸的事情，终于在不幸的人家发生了！

他的老母哭他哭得痛，他的爱妻哭他哭得哀，他成群的儿女哭得听见的人都流泪。白发的外祖父自来拜奠这儿子般亲热的女婿，以至于老泪横流。受过神经刺激的外祖母，因了这重大的震惊，倒恢复了她已经半失的神经知觉。饱尝人生惨苦的嗣祖母，从来不曾同世界上任何人有过一点同情心，至此也流泪了。我的姑母至今还同我们说："我听见了你父亲的死信真是急坏了，比父母死了都着急，因为他的一生是这样的可怜！"

亲友都说："晦农死了，可惜！"他也挣扎了半生，只有死是他最大的同情。他卒年才三十五，我大哥不过十六岁。几天以后，三岁的弟弟毓珊就跟父亲去了。半年以后，毓琛遗腹生，他从没有见过父亲一面。

二十五年来，他的儿女们跟着他们的母亲挣扎着。现在大的都已经可以自立，在社会服务；最小的亦在大学毕业。但是，父亲远远的，儿女们还有什么可骄傲？还有什么可欢欣？可怜的父亲，可爱的父亲，你为什么一去不复返，永远的，远远的，远在东海之滨，远在泰山之顶？

民国二十年夏，初稿，为父亲五十纪念作

民国三十年冬，重订

（《我的父亲》）

朱渭深（1910—1987），中国现代诗人。1930年出版第一本诗集《期待》，同年创办《湖州报》，成立流星文学社。1936年至1937年，创办旸谷文学社，应聘为《妇女旬刊》《妇女与儿童》周刊特约撰稿人，为《湖报》主编《民间》周刊。抗战爆发后，在湖州主办《救亡三日刊》。1946年在湖州中学高中部任中文教员，同时为《湖州商报》主编《湖风》文艺周刊。作品主要有《期待》《秋花集》《霞飞诗选》等数十部，还有许多散见各报刊的作品及未刊本。

我的父亲

朱渭深

　　读了朱自清君的《背影》，就会想到我自己的父亲而心怀凄楚。这篇文章也特别与我有缘，前后遇着它有过四五次，每回读到都有同样的情绪唤起。

　　啊，我也不能见我的父亲！但他们是"生离"而已，我们却已是"死别"了。"生离"还有重会的时期，"死别"就永无再见的日子！我们生于现在，又不能信任死了会做鬼有灵的话，连那"泉下"的机会也已经决绝了。所以我的悲哀是更绵绵无尽期的！

　　咳，我的父亲，我一生坎坷的父亲！我一想起他，就使我幻见人生另一面的阴影——佝偻的，局促的，蜷伏的，"无能为力"的人生的阴影！

　　有时想：我的父亲一生的不幸，原为了他的病；但最大的原因，我想还在他的癖性的太"孤"、太憨直与太老实的缺点。不必提起他不会说一句花言巧语、甘媚人的话，简直连自白一句真心的话的本能也没有的；有时反把好意说坏了惹人不快。我真不平造物的生人，他使一片婆心的人偏生了不争气的嘴，使他们满怀的好意不能传给只用耳朵的肤浅的人——世界上原大多数是肤浅的人——也能使他们知道，而把甜蜜的微笑，反去挂在胸怀利刃的人的口角！就像我的叔父，依他的存心，真可算得这世数得上指的好人，但他的坦率无城府，不留宿物的人，只是说出话来直爽爽的，时有令人感到刺耳。婶母也曾说："怎么这样赤心的人，阎罗王偏把他的牙齿上带了毛。"而我的父亲，尤其是不会说话，所以令他多的时候是沉默。有时候想到极底，我只好譬解：这怨艾许是无须的。我觉悟了，于是反感谢造物的公平——把甜蜜的微笑挂在胸怀利刃的人的口角——不然，好好歹歹，都表露在外面，使人一览无余，不是将使歹人无以自容了？

父亲平时的冷淡，对于他的妻儿们也是如此的。我的母亲何尝享受他半点儿温存？在他的癖性下，她寂寞寡欢，含泪到死！我后来渐渐地知道，起先大家以为他只知分析毫厘地具着一副冷静头脑的人，而在母亲的病中，许多次有人见过他暗地里垂泪。他绝不是没感情的人，对于我更是深刻。我小时本是全家最被荣宠的人，无论什么大小的案件，理曲与理直，判起来大抵是我占优胜的时候多，他也是更偏袒我的。有时只独自的时候，哀矜人似的劝我，我那时真不知好歹，大约嫌他的话多说了，反惹起我的不服气。如今回想，多么愧疚。

　　自从我读书在城里，离别了生身地的故乡，三年中只见了半年的面。我的年岁大起来了，任性的强硬也递变而柔软了；大家反以为我太懦弱。十四年的秋天，我有了"事"到 C 城去，叔父在湖州给我齐备了一切用件，教我到父亲处辞了行再走。到荻港是下午，父亲见了我异常地欣喜——是他的面上从没表现过的欣喜——他阴晦的面上发了光了！他爱我的文字，他爱我的品性，说我出去一定是好的，只教我谨慎一点，睁着老花眼频频地在我身上打量，半吞吞地赞颂我。他更感谢叔父，给我找到了他极称心的职业，同时他更感到叔父待他的别的事来，随后嗫嚅地好像在为谁祝福似的。

　　平时他一直是俭省，主张淡泊的，这天的晚膳，却为我备了好多的菜肴。就餐时，更不住地箝肉到我的碗里来。当我才伸筷到素菜里，他见了，连忙伸他的筷夹住了我："不……你不要吃……要吃不完……"

　　一夜过后，明晨起来，盥洗过了，时光距开船时还早，他就买了点心陪我出门。促我从早走，宁可让时间宽舒点——他一直是这样划一持重的。临走的时候，我在堂前下跪告辞，他抱住了我，旁人说他对自己的儿子何必多客气？他不清楚地喃喃说，意思像是"现在儿子是上任去，只算要贺贺他的"那类似的话。大家笑了，他们何尝能领略他的真诚！

　　在轮局里坐了长久，逢人问我，他总得意地为我夸奖。但他的不善说话依然，与我谈谈，尽是牵到无关紧要的事上去；并且叮咛得也太重复与频繁了，厌他啰唆腻烦起来。不过想到这回离别的时间要长久一点了，自家也有点凄动，不忍拂逆他，总算是连连地应着了。等到轮船开到，我上船去时，他才换了一句话："城里亲戚给问问！"

匆匆地，从南向开来的过路轮船，一霎又向北行了，"阿爸，你回进去吧！"我伸手挥一挥向他说。他也向我挥了挥手，两唇颤颤着地像在说什么，人声嘈杂，听不清楚；我体谅他费力，只好强不知以为知地点着头，终于不知道那些什么话。只见他并不照原路回去，也在岸上依着我的船向北行走，一头又撇转了头望着我，一直走到河岸不能再前进的尽头才站定了。他的两眼还望着我！好像是在落泪，因为隔远了不能辨别。渐渐地，他瘦怯的身形在我的眼帘下小了，渐渐地小了；船一驶出风水墩，连影子也不见了！

谁知这一别，竟成了永诀！现在所能回想得的当时的凄酸，如今是更加上一层绝望的悲哀了！

"啊，我的父亲！"

九月一日晨于湖州

（《秋花集》）

林无双（1926—2003），林语堂次女，三姐妹中唯一继承父亲"神定气闲，从容不迫"的文风和"林家的艺术家的气质和不可救药的乐观"精神的人。本名玉如，后改名无双，再改为太乙。1943 年第一部英文小说《战潮》出版，被誉为"小妞儿版的《战争与和平》"。1944 年从美国陶尔顿中学毕业，到耶鲁大学教中文。1952 年主编文艺月刊《天风》。1965 年出任《读者文摘》中文版总编辑。著有多部小说，多以英文撰写。

父　亲

林无双

吩咐我写一篇关于父母、姊妹的素描，现在我就先写我的父亲。

父亲是一个四十四岁的人，说到年龄问题的时候，他时常弄不明白的。他用中国老法子来计算他的年龄，但这样来计算我们的年龄时，可就有些麻烦了。

譬如：我们同时用中国老法子和美国的年龄计算法来计算年龄，每到新年增加一岁，到生日时又增加一岁。那一年里面，不是要长了两岁吗？所以最后，他勉强肯定说，我们都是中国人，应该依照中国法子，每到新年，来计算我们的生日和年龄，不再拿四月、五月、七月、八月、十月，我们的生日来增加我们的岁数了。

父亲常常夸耀，他认为他的脚是世界上最清洁的。因为他每逢散步回来，总要洗一次脚，他说：

"我的脚是世界上最清洁的，有谁的脚能够像我一样的清洁？罗斯福总统，希特勒，墨索里尼，谁都比不上我。我不相信他们能像我一样，每天要洗三四次脚的。"

这是他常常说的笑话。

大家都知道父亲是最喜欢吃烤牛肉，每逢我们到 R. W. 家里去，总有这种烤牛肉吃。

父亲喜欢到小铺子里去参观参观，但每次总没有买东西，大约是为了省钱吧？

父亲对于演讲和短文都表示讨厌，但实际上他在纽约的时候却常常写短文的，他以为短文很有意义。

林语堂写了许多惊人的著作，使人读了再读，连读六次以上的。他又喜欢旅行，到著名的地方去参观。像巴黎、伦敦、北平……他也在那些地方写作销路很好的书。在纽约，他所写的书销路也很好，可是他说纽约是"地狱"。

父亲是祖父最宠爱的儿子，他是弟兄们中最年幼的。他常把他幼年时代的事情告诉我。有时候，他讲得使母亲也好笑起来，他也时常说起他将来会成一个胡子。他每天吻母亲的面颊，父亲说她是和妹妹双胞胎呢！

父亲喜欢洗澡，他也把洗澡当作一种运动。他唯一的娱乐，就是散步。但他在少年时代时，却是圣约翰大学中的一英里赛跑的选手。父亲奏钢琴的本领很好，但他却连一首曲谱也记不熟。

他爱乡村和大山。只要有山景可以眺望的时候，他常是眺望着，欣赏着，赞美着。父亲却憎厌近住宅的高建筑物。他说："这是阻碍我们眺望的啊！"

父亲也憎厌青年人把头发梳得很光亮，加上许多生发油。他喜欢穿棕色、宽大、不透水、发亮光、经穿而舒适的皮鞋。

父亲时常把许多玩笑的故事讲给大家听，而且也已经说过不知有多少次了。但每次他说的时候，总是一样有趣，而且听的人也从不感到厌倦。

父亲和家里人一同出去参加宴会时，总换上别的衣服，但他却不喜欢把上衣和裤子穿得一样，他觉得只有侍者才是那样穿着的。

父亲也爱漂亮，他把有架的眼镜换成新式无框的；他知道如何配置他的衬衫、领带，使服饰调和。

父亲的消化力是惊人的。有一次，他在写给母亲的信里说过："我的肚子里，除了橡皮以外，什么也能够消化的。"我们听母亲读出来时，都不觉大笑起来，而且这是确实的情形。我从来不曾听到父亲有过不消化的事情发生过。到了半夜，如果他觉得饥饿，他便起来煎鸡蛋，或吃些他爱吃的东西。就是他病了，他还是照平常一样吃得多，也说还要多些。他说他的病要吃才会好。但是母亲病了，她却吃不下，父亲常常奇怪她怎么不像自己一样的吃喝。

（《吾家》）

蒋　英（1919—2012），音乐教育家，女高音歌唱家。其父为民国时期著名军事理论家和军事教育家蒋百里（1882—1938）。自幼爱好音乐，1936 年随父亲游欧洲，旅行意大利、奥地利诸国，1937 年进入德国柏林音乐学院学习，1941 年毕业。后赴瑞士继续研究"音学"。1946 年回到上海。1947 年与著名科学家钱学森（1911—2009）结婚后，随钱学森前往美国。1955 年回国。著有《西欧声乐艺术发展史》等。

哭亡父蒋公百里

蒋　英

　　凭空像一个霹雳般地，我接到你的噩耗。当时我正在欧洲这多事的角落里快乐兴奋地用着功。即刻我的神经立刻痉挛起来，心也震动了！

　　浮现我眼前的，是你不久以前离开欧洲时的容貌，为祖国奔走的矍铄精神，谆谆嘱我埋首上进的声音，没有想到那些话竟成为永诀的遗言了。我仰天痛哭，我几乎发了狂！我想起这时家中披麻带素的妈妈，想起可怜无恃的手足，我好像听到她们绝望的号啕，我意识到了自己永恒的孤单！

　　我失措了，我像一只掉在沙漠里的羔羊。可是，我又恍然地安定下来，决不能，我决不信你会离开我们的。我们几个孩子需要你，临危的祖国需要你！你不能弃下国难当头的祖国独自飘然而逝。你忍得弃了你白头偕老陪你奋斗一生的妈妈吗？

你更不肯丢下你这一群弱小的毛羽未丰的孩子。我等待，我希望能再得到你健在人间的佳音。然而一天，两天……我绝望了！

现在我眼前的只是一片无尽头的黑暗，我看不见太阳，甚而也没有了星光。我的生活失了光明，只有黑夜——连续不绝的黑夜呀！我怎么能活下去呢，没有了你的向导，没有了你的鼓励！爸爸，你是我生命的火炬，失了你，让我永远和黑暗接近吧！好！让黑暗吞噬了我，那样我还许在梦中拜见你，听你的声音，做你吩咐的事。唉！爸爸，真的快来看我吧！你不会嫌柏林太远的吧？

六年前那时你刚从南京回来，咱们一家重聚，是多么快乐呀！每次你上街回来，总是大包小包的水果带回来。照例老用人总会站在楼梯上叫声："老爷你回来啦！"我们便打雷打鼓似的从楼上跳下来。这个喊那个叫的，呀，什么广东荔枝啰，新会桔啰，外国香瓜啰，葡萄啰，说不尽的好东西。十只手，来得快，一会都抢光了。你总是说："给妈妈留些啊！给妈妈留些啊！"于是又一齐闹着去找妈，妈妈不是在书桌上记账，就是坐在沙发上结毛线衣。于是一家子便坐在一块儿，有时谈正经的，有时闹着玩，家，真是说不出的香甜啊！

两年后，病魔插足到我们那乐园的门槛了，一向多忧的大姊被它侵袭了。一个月两个月，终不见起色。于是一家都慌张起来，最慌张的还是你！什么中国郎中、外国医生都请到了，你急得连客也不会了，门亦不出了，整日闷在屋里看书。最后，还为了想随大姊的心愿，一家都搬到北平去，为她养病。哪知三个月后，我们重踏津浦路时，大姊已经一病不起地长眠了。你那时脸上两行流不尽的泪，真是表示出天下最伟大的父爱啊！唉，爸爸！我们何福，竟蒙你这般的怜爱？可是我们现在又有何罪，竟半空中失去了你——我们的光明，我们的一切！还记得大姊临终时，她左手搂着你，右手搂着妈妈，带着满足而惭愧的微笑，同你们道了永诀。有人在旁边看见了都说：大姊真有福气，能有这样熨帖的父母！唉，现在想你竟一人在陌生的小城中，左不见妈妈，右不见孩子们，空房冷榻的就这样悄悄地去了，连一声再会也没有说。世界上还有什么事比这个事更可悲的呢？

记得 1936 年，我们随你一同来欧。初在维也纳城外住家，开始学德文。有一天，你刚从德国参加秋操完毕回来，我们为了欢迎你，大家一同下厨房，妈妈大显身手，做了一大桌菜，我们一面细嚼，一面高谈，乐气融融。渐渐南欧媚人的夜幕垂下了，妈妈命我们上床后，自己亦预备休息。哪知她胃病复发，不能安睡。她不愿再打扰我们，自己又不愿起来，所以还是躺在床上自言自语地说："唉，到外国来，真不如在国内享福。如果在国内的话，只要一嚷：'老三妈——'小脚娘（家中十九年的老用人）一定要连跑带跳地下楼拿热水袋，现在只能忍着算了。"哪知道，你听见了这话竟一个人悄悄地走到厨房去，生着了火，静静地一面抽烟斗，一面守着水壶。水开了，装满热水袋，再回房去，悄悄地把热水袋搁在妈妈床脚，一声不响地又去看书了。第二天妈妈把这事讲给我们听的时候，我们互相怔怦着，我们骄傲您这位充满了人性的父亲啊！

最后，我们来到德国，您把我们的一切学校手续安定好了，在进学校的前一天，您还带我们到动物园去玩。那时柏林动物园的大狮子刚养了四只小狮，我们好奇心重，特意一人去抱了一只小狮子一块儿照了一张相。后来您把照片寄给我们时，还在相片后面附着这几个字："乖老雄心犹未歇，将来付与四狮儿。"唉！爸爸：两年前柏林的狮子已经能跳出院吃人了，我们还如此幼稚呢，您怎忍竟弃下我们在这险艰的人世呢?！

严冬去而复来，大姊逝世已经四年了，却始终没有重来过，您此去什么时候再来呢？从前死神把大姊从妈妈怀抱中攫去时，我们时常从母亲心坎里听到这几个血泪的字："你们五姊妹，正好比我的一只手，如今大姊去了，好像人家把我的拇指割了一般，怎么能叫我不痛心呢？"唉，爸爸，现在您又走了，为妈妈想，不是比人家割了她的心还痛呢！唉，我们是失去了心的妈妈，失去了光明的孩子们呀！

爸爸，您真的去了吗？不，不，您不能去，小妹的唐诗还没有背完，我书桌上 Schiilr 的 *Aonder Gtloeke* 也何曾讲完了呢？呀！还有多少书，我们需要你那生动有趣的解释呢！回来！爸爸，祖国需要你，我们不幸的这一群需要你！

廿八年十二月在柏林

刘小蕙（1916—?），上海外国语学院教授，翻译家。刘半农（1891—1934）之长女。与其父合译有《苏来曼东游记》，译有《法国中古短笑剧》、《神曲》和法文版《朝鲜民间故事》、《誓约》，译制片《警察与小偷》《她在黑夜中》等，著有《父亲刘半农》。

父亲的死

刘小蕙

人生的变化是多么的快啊！谁会想到平时十分强健的父亲会抵抗不住三日的病魔，而永远永远地与我们分离了呢？在这转瞬的三日中，我们尝到人生各种的甜酸苦辣，但现在回想起来，那时的我们比现在的我们要幸福得多了！因为那时父亲还在啊！现在呢？在黑暗而又潮湿的房屋中，只剩下我们陪伴着失偶的母亲度这无尽头的痛苦，而父亲呢？一个人躺在棺中，在一个寺院里该有多么的寂寞呢？

一个夏日的清晨，母亲极早地把我们从床上唤起来，因为在八点钟时，父亲所坐的火车将要到了。在路途上，我们愉快地谈笑着，因为离开了我们出去三星期的父亲一定会带回许多离奇的故事讲给我们听。

我们穿过了车站的铁栅，走进了月台，在那边我们已可望到远处的树木和天边半露着的紫色山峰。突然的一声汽笛从清早的云雾中尖锐地传入了我们的耳中，即刻之间，车已站在我们的面前喘气了。父亲从窗口露出了平日少见的面孔来，并且很惊奇地说："为什么要这么多的人来接我啊！西直门车站又是这样的远。"我们回答道："母亲说的，叫我们都来接呢！""喔，我病了！怕要传给你们呢！"父亲说完后，双手一摊，脸上现出无可奈何的样子。于是我们心中一昏，为什么平时身体很壮的父亲，会在这不见的三个星期中变得这么的苍老呢？

父亲回家之后，立刻去请了一位住在附近的中医来诊治，看完以后，证明这病并非什么大了不得的病症，只不过是重一点的感冒罢了。

"喔！那么我不是生伤寒吧？"父亲胆小地问。"绝对不是，没有什么关系，吃两剂药就会好的。"大夫满不在乎地说着。"啊！这样我就放心了，因为在大同时我发现了一种蚤子，假如有人被它咬着，那一定要犯伤寒的，并且还是很危险的啊！"父亲微笑着说，因为大夫的话，父亲眼见得是放心了。他同平常一样的和我们玩笑，并且仿效着蒙古人吃饭的样子。在表面上看来，他只是有一些小病，我们也放心了。

第二天午后，父亲的热度变高了，头上滴着汗珠，但是精神还是很好。我们劝他在床上躺躺，他觉得躺在床上太硬，想躺在帆布椅上。我们把帆布椅打开，没有躺到一刻钟他又觉得帆布椅太软了。这样，他就从床上到帆布椅上，由帆布椅上到沙发，再由沙发到床上地不住走动。我们问他有什么痛苦没有，他总是轻轻地摇着头，慈爱地注视着我们微笑。

傍晚到了！三叔不知父亲的病，所以在家中备了酒菜给父亲接风。父亲怕拂了三叔的好意，因此让母亲及弟弟妹妹们去。前几次父亲病时他总是不需要人家去照看他，但是这次他把我叫到床前很温和地说："蕙儿！我病了，我不愿那些粗野的仆人们照应我，你在家中陪我吧！你知道这是使我多么的高兴啊！"本来我心中好像觉得有一件大事将要来到，丝毫没有出去的兴趣，我就在他的身旁坐下。因为病人怕亮光，我把灯弄灭了。父亲静静地躺在那里，我听着他平静的呼吸，心情也慢慢地放宽了。忽然他抓住了我的手摇了摇说道："蕙儿！不要睡着啊！你今天为什么这样的沉静呢？时光是很宝贵的啊！离开了三个礼拜，你念的书有生字没有？你没有什么话要同我说吗？"我十分的后悔了，父亲走后，我一个字也没有写，一本书也没有翻过，这叫我怎样去答复父亲的话呢？我只得不作声了。

我希望着母亲回来，因为我的心中十分地紧张。父亲平静的呼吸忽然带了微微的哼声，开灯一看，他的脸红得像生气一样，热度提出了许多的汗珠。我惊问道："父亲！怎样了？要不要去请大夫来？"他摇了摇头，停了一刻，又向我说道："去胡同口上的西药铺问问有什么药吃没有，我受不了啊！"我拿起雨伞走了出去，外面正下着细细的毛毛雨，一阵凉风吹散了我的愁思，心中想着十余年前在伦敦同了母亲冒着雨给父亲请大夫的情景。

药铺不知吃什么药好，就介绍了一位很有名的梁大夫。我打了电话去请他，他答应即刻就来，我心中满含着希望地回去了。母亲已然回来，正在给父亲预备稀饭吃。

大夫来了，父亲把他在张家口得病的情形报告给大夫，然后又问道："喂！梁大夫，我不会是犯伤寒吧？"在情形上看来，父亲是很怕这种病似的。

"绝不是！这不过是重的感冒罢了！"大夫又是这样说着，父亲及我们的心都轻松了。吃过药后，父亲觉得肚中好像有一股气往上冲来，冲过后，全身就要大大地振动一下，然后他打起嗝来，不住地打着，父亲痛苦地说："打吧！打吧！永远地打吧！等到我的力完时，大概你也要完了吧！"大家十分地惊恐了，但是父亲不愿看见我们孩子晚睡，我们只得上床，半夜醒来时，还时时听到父亲在深夜中打着嗝。

闹钟在响了，我们从床上跳下来，大家不约而同地先跑到父亲的房中。我们首先看到了母亲焦急而又失眠的脸，然后又看到了父亲，他枕着手躺在靠门的帆布椅上，脸发着黄色，眼球上布满了血丝。他向我们微微地笑着。

三叔、姨夫及父亲的几个好友来了，他们看到了父亲的脸十分地惊恐了，大家商量过后，还是去请昨日来看的梁大夫。他打了一针，当父亲再问他是否伤寒的时候，他仍肯定地说并非是伤寒，又加了一句道："伤寒是不能吃泻药，如果是伤寒而我们做医生的开了一味泻药，是有罪的，昨天你吃的完全是泻药，可见不是伤寒。"

大夫走了，父亲安心地躺着，是伤寒及不是伤寒两个问题都在我们的心中占了一个很大的位子，只要大夫说不是伤寒，我们就觉得前途还有很大的希望。

父亲归家的第三日，他才渐渐地好了一些，热度也少些地退了，但是汗还是不住地流，嗝是少微地平静了，隔了一两分钟才打一个。他坐在帆布椅上看我们用晚饭，我们问他吃不吃，他只是微笑着摇摇头，回过去看天边的夕阳和美丽的彩云。

忽然他说道："给我拿一支香烟来，让我也来舒服一下，假如一个病人连吸烟都觉得无味了，那么这个人也算完了。"我们给他送过一支烟去，他仅仅吸了两口就说："不吸了！"以后就不言语了。夜晚的凉风吹走了无限好的夕阳，吹走了美丽的彩云并且吹走了父亲一切的希望。一阵乌鸦的叫声打散了他的幻梦，他俯看着地面，眼中一亮，两颗明清的水珠——泪呢，还是汗呢？——黯然地落在他青色的布褂上，慢慢地又被布吸走了。

在明日的清早，我们看到父亲的情形不对，又去请了首善医院的方石珊院长来，他很快地断定是黄疸病，劝父亲入北平设备最完全的协和医院，并且告诉父亲这病并非易治的病。母亲和叔叔婶婶们商量入院的事，但是父亲不同意。"我不去，我受不了那医院！"父亲说完后就沉思了，也许他正在想着他幼小的侄子在这医院中的惨死吧？

母亲也不言语了，那么只有再请一位大夫了。大夫是德国人，在中国的名望也不算小，他检查完了，便向我说："小姐，他的心脏很弱，假若他再劳动，那是要达到死的目的。"虽然他说的是法文，却被父亲听明白了，父亲抬起头来微微地一笑。

这位大夫的药吃下去后，不到半个钟头就全数地吐出来了。嗝是更打得多了。在这几位大夫口中说出了几种不同的病时，我们的心乱了！无头绪地乱着！这时的父亲已同病了几个月的病人一样了，眼已花了，耳也不大能听见了，母亲轻轻地叫他时，他只是无力地微笑着，唉！

傍晚时又请了一位中医来，父亲又用力地把他的病情说出来后，这个中医又断定这不是很危险的病。是的，如果按父亲的精神及声音，谁会想到他已是一个垂死的病人了呢？

在黑昏的病房中，仅仅点了一只灯，暗淡地照着，谁也不再说话，谁都想让父亲睡一刻；但是父亲的神经非常清楚，睡眠怎样也侵犯不了他。父亲不敢闭上眼，只要一闭上眼，许多的往事就会回到他的心上；而就在这一闭眼中，他的口中还会说着梦话。

十一二点钟的时候，他的腹部胀了，同时他换床的次数更多了，他的脸上表示着痛苦，皱着眉，但是母亲一问他什么地方难受的时候，他的脸上会勉强地露出笑容，因为他平时顶顾全他的最亲近的人们啊！

夜间二点的时候，父亲自动地命我及二叔家的琴妹舅舅上一个地方去请一位按摩的医生来，但是医生还未下手的时候，父亲已支持不住了，他喊道："快不要按了！我没有力量来抵抗了啊！快不要再按了啊！"医生摇着头走了，我们失望地哭着。母亲轻轻地给父亲捶背，呜咽着不敢放声。弟弟妹妹被婶母拉去睡了，我同母亲看守着病人，灯光暗暗地照着这悲哀的境像。

四点多钟的时候，父亲叫母亲把他扶到他的书桌前坐下，头靠着桌边呆呆地看着他桌上的一切，难道他自己知道要死了吗？他想着平日一步不离的书桌吧？在这上面有多少的成绩啊！堆积了多少友人的书信！这些书信还有谁再来看呢？他又立了起来回到床上。五点钟时，他的手脚渐渐地冷了，大口地咯着胃血，他向母亲说道："天亮时，你去请我的好友们来，我要写遗嘱了！我的力量都完了啊！"

以下的情形我不忍再细想了，父亲在十时入了协和医院，在下午二时一刻就永远永远地离弃了人世，走进了安息的区域中去了。

父亲的遗像前的蜡烛已换了许多副了，他的照片很和蔼地在我们眼前微笑，他的书桌再也望不见父亲低头写文章的样子了，更听不见父亲在深夜时高声地念古人的诗歌了。

有谁再来给我们讲我们所不懂的功课呢？在家中我们呆呆地想着父亲，出去玩时又被过去的一个景象弄得无趣，黯然而返。

在泪光中我们忆起了父亲生前的教导，我们望着青青的天空。我的心几乎碎了。母亲走来，她痛哭了："唉！我想不到你们已是无父的孩子了！"母亲呜咽着，我们抱着母亲放声地哭了！但在心的深处，我们起誓愿永远地随了父亲的教训做一个忠厚而为工作努力的人。

赵景深（1902—1985），现代作家、文学史家、文学翻译家。生于浙江丽水，少年时在安徽芜湖读书。酷爱文学，1922年从天津棉业专门学校毕业后，任天津《新民意报》文学副刊编辑，并任文学团体绿波社社长。1925年任上海大学教授；1927年任开明书局编辑；1930年起任复旦大学中文系教授，同时兼任北新书局总编辑。其著作和译作数量多、范围广，在学术界和教育界颇有影响。

先父的周年忌

赵景深

我做无父之儿，到现在已经一年了。父亲誉船是最爱我的。我抬起头来，望着云天，总好像父亲在云层里，戴着近视眼镜，从稀疏的胡子里露出微笑来。他一生坎坷，唯一的安慰就是他那独子，也就是我自己。记得他在安庆做《国民日报》主笔的时候，写信给我，说是工作非常繁忙，一天要写一篇长的社论，两三篇时评，手也写酸了，但看看桌上的我的照片，他就兴奋起来，又打起精神来做下去。这番话使我很受感动，至今犹为不忘。

父亲虽是前时代的人物，头脑并不顽固。在新文化运动初起的时候，我写信给父亲便改用白话，把"父亲大人膝下"改作"亲爱的父亲"，并且说明理由，说是文言的套语已经成为公式，什么"比维福体安康，为颂为慰"之类的话，使得写的人只知道应该如此写，早忘了写这话的意义，反不如从心坎里发

出，有一句说一句的来得亲热；与其庄严地跪在父亲面前喊着
"膝下"，是不如握着父亲的手喊着"亲爱"的。当时父亲就立
刻回了我一封白话的信，信里就赞同我的主张。此后他不但用
白话写信，还常用白话来写文章，来著书。

在治学的态度上，我与我的父亲相同的地方很少。他的趋
向是一个"博"字，而我却竭尽我的努力，想获得一个"精"
字。我的父亲无论在经学、史学、哲学、文字学、文学、政治、
经济、医药、星相卜筮各方面，是都要涉猎的；我则仅只研究
文学。我觉得我们都有缺点，尤其是我。因为一切的学术，绝
没有孤立的；倘若不涉猎其他各科，这成就怕也就很有限吧？
比方说，我想做一个创作家，不知道植物学和动物学，不多识
草木鸟兽之名，描写起自然景物来就不能精细入微，只能说一
丛树或是一些鸟，而不能写出树和鸟的专名以及它们特有的姿
态。不知道色彩学，那么像《老残游记》上写云和月就办不到，
更别提写徐志摩的《泰山日出》或是孙福熙的《红海上的一
幕》了。不知道物理，写起天气或人事来，准要闹笑话。倘若
要做批评家呢，只研究文学，所见到的只是艺术一方面，思想
方面就没有法子批评，非兼读哲学和社会、政治、经济等科不
可。可怜自然科学方面，我只在中学和专门学校得到一点皮毛，
早已还给了先生，哲学书根本不曾读过一本，社会科学方面只
读了两本《社会问题概观》，一本《三民主义》，一本《各国革
命史略》，如此而已。在这一点上，我实在不及我的父亲。我是
我的父亲的不肖儿。他是老国民党，曾在芜湖执《日讽报》《直

言报》《平民报》《芜湖日报》笔政，著论纵谈时事；而我却根本没有政治的兴趣，做了一个国民，从来不看报上的时事，问起我时局来，每每瞠目不能对答，真是非常惭愧。我父亲博而不精也和我一样的没有成就。大约我们如能彼此分得各人的一部分，或许可以有一点成功，也未可知。

我不知道自己的简陋，却常劝我的父亲要专精。结果，我依然不看文学以外的书，父亲却逐渐有了专精的趋向。他在宁波土地局第一科科长的任中，买了一部鲁迅的《中国小说史略》，还买了许多石印本的旧小说，至少总有一百多种，好多都是我连名字都不知道的。不限定章回小说，也有笔记、鼓词、弹词之类。此外，新文学方面，他最喜欢戏剧，像嚣俄①、萧伯纳、巴蕾②、莫里哀等，他都读了不少，我还不及他读得多。皮黄也是他所喜爱的，记得他临死前几天，还在读青木正儿的《中国近世戏曲史》，我还拿《清人说荟二集》《黎国系年小录》《〈都门纪略〉中的戏曲史料》等书供给他做参考，想不到很迅速的，以五十三岁之年，竟患丹毒（Erysipelas）死了。他刚要往专精的路上走，与我一同去探索中国文学的遗产，踏上了道路，负上了干粮，就遇到死神把他攫去，这使我多么悲伤地感到旅途的寂寞啊。"赍志以殁"，这四个字应该作为他的墓志铭吧？我安定地住在上海，到现在不过七八年，奉父母同居也只

---

①今译雨果（1802—1885），法国文学家，《悲惨世界》之作者。——编者注。
②今译巴雷（1860—1937），英国作家。——编者注。

有这样几年。这几年中，屡经北伐、"一·二八"沪变等战事的恐怖，又加以文士生活的穷苦，父亲就简直不曾过着什么好好的日子。他恐怕我的负担太重，时常自己投稿《铁报》《上海报》《正气报》等，略得一点稿费贴补零用。我不能供给父亲，还要他自食其力，真是分外惭愧。他不能专精，恐怕也是由于这一点的阻碍吧？那么，他的不曾成就，实在是我所造成的了。"爸爸，请你恕我！我是没有能力的孩子啊！"

我父亲与他所不相识的新文学家也有过一些交涉。他最喜欢骂人，曾向周作人提出《上海气》篇（《谈龙集》）的抗议，曾与林语堂辩论过《子见南子》的考证，又曾与巴金讨论过《灭亡》里的四川故实。他是很重感情的，对于尊敬他的人，也给他尊敬。例如，李青崖和陈子展常来看他，他评论到他们的著译时，也着实称赞。他在小报上还写过一部很有趣味的《文坛人物志》。

我父亲自写作以来，差不多有二十几年了。单行本就我所记得的说，约有以下各种：中原书局的《古文评注评解》《〈西堂杂俎〉评释》《四大奇童》，世界书局的《江湖奇侠传》续编（原名《霹雳剑》，署名赵亦娱），卿云图书公司的《倭袍记演义》，广益书局的《小朋友古事通》《小朋友小说》。最后一本是写他最爱的孙子易林的生活的。还有一部《语录选》，不久将由北新书局刊行。遗稿很多，除小报上的杂文有十余厚册外，还有《忆旧诗》一卷，《六号室》一卷（记其因革命而入狱之事），这两卷的价值似在他的一切著作以上。

我很想精选父亲的著作刊行，不过，我又要说不肖的话了，他的著作每多说谎的话，使我这老实的人在选择时常常感到困难。因为他喜欢吸食鸦片，麻醉了以后的神经，像 De Quincy 似的，每每现出一个想象的境界。魏仑（Verlaine）嗜 Absinthe，罗赛谛（Rosseti）饮 Chloral，在作为一个浪漫文学家的条件上，我实在有愧于我的父亲。我只会拘谨地、老实地、战战兢兢地说自己所要说的话，不能构造出想象的故事来，而我父亲却能无中生有，说得像煞有介事。最有趣的是他有一次投稿《民国日报》之《觉悟》，明明是创作，却写作法国保罗作，篇末还杜撰了一篇小传，注明生卒年和重要作品目录，《觉悟》栏居然给登了出来。

在写作的态度上，我与我的父亲是这样的不同。屠格涅夫的《父与子》写的是父代与子代思想上的冲突，而我和我父亲却只是写作态度的不同，虽不曾发生冲突，显然是走了不同的路。

在我父亲的周年忌，我不曾寄我沉痛深挚的哀思，却反而理智地像是在暴露我父亲的弱点，我真该第三次说我不肖。但是，我父亲虽是学无所专，言未立诚，他的为人却是极其善良的，能急友人之难，轻视金钱如粪土，这人格永远在我的心上打着烙印。

父亲死时，我不曾发过"泣血稽颡"的讣闻，那么，就拿这篇朴实无华的忤逆文字来代替吧。

（《琐忆集》）

胡　适（1891—1962），原名嗣穈，学名洪骍，字希疆；后改名胡适，字适之，笔名天风、藏晖等。安徽绩溪人。因提倡文学革命而成为新文化运动的领袖之一。历任北京大学教授、北京大学文学院院长、中华民国驻美利坚合众国特命全权大使、北京大学校长等职。胡适兴趣广泛，著述丰富，在文学、哲学、史学、考据学、教育学、伦理学、红学等诸多领域都有深入的研究，被誉为现代思想文化界最稳健、最优秀、最高瞻远瞩的哲人智者。

我的母亲的订婚

胡　适

一

太子会①是我们家乡秋天最热闹的神会，但这一年的太子会却使许多人失望。

神伞一队过去了。都不过是本村各家的绫伞，没有什么新鲜花样，去年大家都说恒有绸缎庄预备了一顶珍珠伞，因为怕三先生说话，故今年他家不敢拿出来。

昆腔今年有四队，总算不寂寞。昆腔子弟都穿着"半截长衫"，上身是白竹布，下半是湖色杭绸。每人小手指上挂着湘妃

---

①太子会是皖南很普通的神会，据说太子神是唐朝安史乱时保障江淮的张巡、许远。何以称"太子"，现在还没有满意的解释。——原注。

竹柄的小纨扇，吹唱时纨扇垂在笙笛下面摇摆着。

扮戏今年有六出，都是"正戏"，没有一出花旦戏。这也是三先生的主意。后村的子弟本来要扮一出《翠屏山》，也因为怕三先生说话，改了《长坂坡》。其实七月的日光底下，甘糜二夫人脸上的粉已被汗洗光了，就有潘巧云也不会怎样特别出色。不过看会的人的心里总觉得后村很漂亮的小棣没有扮潘巧云的机会，只扮作了糜夫人，未免太可惜了。

今年最扫兴的是没有扮戏的"抬阁"。后村的人早就练好了两架"抬阁"，一架是《龙虎斗》，一架是《小上坟》。不料三先生今年回家过会场，他说抬阁太高了，小孩子热天受不了暑气，万一跌下来，不是小事体。他极力阻止，抬阁就扮不成了。

粗乐和昆腔一队一队地过去了。扮戏一出一出地过去了。接着便是太子的神轿。路旁的观众带着小孩的，都喊道："拜啊！拜啊！"许多穿着白地蓝花布褂的男女小孩都合掌拜揖。

神轿的后面便是拜香的人！有的穿着夏布长衫，捧着炷香；有的穿着短衣，拿着香炉挂，炉里烧着檀香。还有一些许愿更重的，今天来"吊香"还愿，他们上身穿白布褂，扎着朱青布裙，远望去不容易分别男女。他们把香炉吊在铜钩上，把钩子钩在手腕肉里，涂上香灰，便可不流血。今年吊香的人很多，有的只吊在左手腕上，有的双手都吊，有的只吊一个小香炉，有的一只手腕上吊着两个香炉。他们都是虔诚还愿的人。悬着挂香炉的手腕，跟着神轿走多少里路，虽然有自家人跟着打扇，但也有半途中了暑热走不动的。

　　冯顺弟搀着她的兄弟，跟着她的姑妈，站在路边石磴上看会。她今年十四岁了。家在十里外的中屯，有个姑妈嫁在上庄，今年轮着上庄做会，故她的姑丈家接她姊弟来看会。

　　她是个农家女子，从贫苦的经验里得着不少的知识，故虽是十四岁的女孩儿，却很有成人的见识。她站在路旁听着旁人批评今年的神会，句句总带着三先生。"三先生今年在家过会，可把会弄糟了。""可不是呢？抬阁也没有了。""三先生还没有到家，八都的鸦片烟馆都关门了，赌场也都不敢开了。七月会场上没有赌场，又没有烟灯，这是多年没有的事。"

　　看会的人你一句，他一句，顺弟都听在心里。她心想，三先生必是一个了不得的人，能叫赌场、烟馆不敢开门。

　　会过完了，大家纷纷散了。忽然她听见有人低声说："三先生来了！"她抬起头来，只见路上的人都纷纷让开一条路，只听见许多人都叫"三先生"。

　　前面走来了两个人。一个高大的中年人，面容紫黑，有点短须，两眼有威光，令人不敢正眼看他；他穿着苎布大袖短衫，苎布大脚管的裤子，脚下穿着苎布鞋子，手里拿着一杆旱烟管。和他同行的是一个老年人，瘦瘦身材，花白胡子，也穿着短衣，拿着旱烟管。

　　顺弟的姑妈低低说："那个黑面的，是三先生；那边是月吉先生，他的学堂就在我们家的前面。听人说三先生在北边做官，走过了万里长城，还走了几十日，都是没有人烟的地方，冬天冻杀人，夏天热杀人；冬天冻塌鼻子，夏天蚊虫有苍蝇那么大。三先生肯吃苦，不怕日头不怕风，在万里长城外住了几年，把脸晒得像包龙图一样。"

这时候，三先生和月吉先生已走到她们面前。他们站住说了一句话，三先生独自下坡去了；月吉先生却走过来招呼顺弟的姑妈，和她们同行回去。

月吉先生见了顺弟，便问道："灿嫂，这是你家金灶舅的小孩子吗？"

"是的。顺弟，诚厚，叫声月吉先生。"

月吉先生一眼看见了顺弟脑后的发辫，不觉喊道："灿嫂，你看这姑娘的头发一直拖到地！这是贵相！是贵相！许了人家没有？"

这一问把顺弟羞得满脸绯红，她牵着她弟弟的手往前飞跑，也不顾她姑妈了。

她姑妈一面喊："不要跌了！"回头对月吉先生说："还不曾许人家。这孩子很稳重，很懂事。我家金灶哥总想许个好好人家，所以今年十四岁了，还不曾许人家。"

月吉先生说："你开一个八字给我，我给她排排看。你不要忘了。"

他到了自家门口，还回过头来说："不要忘记，叫灿哥抄个八字给我。"

二

顺弟在上庄过了会场，她姑丈送她姊弟回中屯去。七月里天气热，日子又长，他们到日头快落山时才起身，走了十里路，到家时天还没全黑。

顺弟的母亲刚牵了牛进栏，见了他们，忙着款待姑丈过夜。

"爸爸还没有回来吗？"顺弟问。

"姊姊，我们去接他。"姊姊和弟弟不等母亲回话，都出去了。

他们到了村口，远远望见他们的父亲挑着一担石头进村来。他们赶上去喊着爸爸，姊姊弟弟每人从挑子里拿了一块石头，捧着跟他走。他挑到他家的旧屋基上，把石子倒下去，自己跳下去，把石子铺平，才上来挑起空担回家去。

顺弟问："这是第三担了吗？"

她父亲点点头，只问他们看的会好不好，戏好不好，一同回家去。

顺弟的父亲姓冯，小名金灶。他家历代务农，辛辛苦苦挣起了一点点小产业，居然有几亩自家的田，一所自家的屋。金灶十三四岁的时候，长毛贼到了徽州，中屯是绩溪北乡的大路，整个村子被长毛烧成平地。金灶的一家老幼都被杀了，只剩他一人，被长毛掳去。长毛军中的小头目看这个小孩子有气力，能吃苦，就把他脸上刺了"太平天国"四个蓝字，叫他不能逃走。军中有裁缝，见这个孩子可怜，收他做徒弟，叫他跟着学裁缝。金灶学了一手好裁缝，在长毛营里混了几年，从绩溪跟到宁国、广德，居然被他逃走出来。但因为面上刺了字，捉住他的人可以请赏，所以他不敢白日露面。他每日躲在破屋场里，挨到夜间才敢赶路。他吃了种种困苦，好容易回到家乡，只寻得一片焦土、几座焦墙，一村的丁壮剩的不过二三十人。

金灶是个肯努力的少年，他回家之后，寻出自家的荒田，努力耕种。有余力就帮人家种田，做裁缝。不上十年，他居然修葺了村里一间未烧完的砖屋，娶了一个妻子。夫妻都能苦做苦吃，渐渐有了点积蓄，渐渐挣起了一个小小的家庭。

他们头胎生下一个女儿。在那大乱之后，女儿是不受欢迎的，所以她的名字叫作顺弟，取个下胎生个弟弟的吉兆。隔了好几年，果然生了一个儿子，他们都很欢喜。

金灶为人最忠厚，他的裁缝手艺在附近村中常有雇主，人都说他诚实勤谨。外村的人都尊敬他，叫他金灶官。

但金灶有一桩最大的心愿，他总想重建他祖上传下来、被长毛烧了的老屋。他一家人都被杀完了，剩下他这一个人，他觉得天留他一个人是为中兴他的祖业的。他立下了一个誓愿：要在老屋基上建造起一所更大又更讲究的新屋。

他费了不少工夫，把老屋基扒开，把烧残砖瓦拆扫干净，准备重新垫起一片高地基，好在上面起造一所高爽干燥的新屋。他每日天未明就起来了。天刚亮，就到村口溪头去拣选石子，挑一大担回来，铺垫地基。来回挑了三担之后，他才下田去做工；到了晚上歇工时，他又去挑三担石子才吃晚饭。农忙过后，他出村帮人家做裁缝，每天也要先挑三担石子，才去上工；晚间吃了饭回来，又要挑三担石子，才肯休息。

这是他的日常功课，家中的妻子女儿都知道他的心愿，女流们不能帮他挑石头，又不能劝他休息，劝他也没有用处。有时候，他实在疲乏了，挑完石子回家，倒在竹椅上吸旱烟，眼望着十几岁的女儿和几岁的儿子，微微叹一口气。

顺弟已是懂事的了，她看见她父亲这样辛苦做工，她心里好不难过。她常常自恨不是个男子，不能代她父亲下溪头去挑石头。她只能每日早晚到村口去接她父亲，从他的担子里捧出一两块石头来，拿到屋基上，也算是分担了他的一点辛苦。

看看屋基渐渐垫高了，但砖瓦木料却全没有着落。高敞的新屋还只存在她一家人的梦里。顺弟有时做梦，梦见她是个男子，做了官回家看父母，新屋早已造好了，她就在黑漆的大门外下轿。下轿来又好像做官的不是她，是她兄弟。

三

这一年，顺弟十七岁了。

一天的下午，金灶在三里外的张家店做裁缝，忽然走进了一个中年妇人，叫声"金灶舅"。他认得她是上庄的星五嫂，她娘家离中屯不远，所以他从小认得她。她是三先生的伯母，她的丈夫星五先生也是八都的有名绅士，所以人都叫她"星五先生娘"。

金灶招呼她坐下。她开口道："巧极了，我本打算到中屯看你去，走到了张家店，才知道你在这里做活。巧极了。金灶舅，我来寻你，是想开你家顺弟的八字。"

金灶问是谁家。

星五先生娘说："就是我家大侄儿三哥。"

"三先生？"

"是的，三哥今年四十七，前头讨的七都的玉环，死了十多年了。玉环生下了儿女一大堆——三个儿子，三个女——现在都长大了。不过他在外头做官，没有个家眷，实在不方便。所以他写信来家，要我们给他定一头亲事。"

金灶说："我们种田人家的女儿哪配做官太太？这件事不用提。"

星五先生娘说："我家三哥有点怪脾气。他今年写信回来说，一定要讨一个做庄稼人家的女儿。"

"什么道理呢？"

"他说，做庄稼人家的人身体好，不会像玉环那样痨病鬼。他又说，庄稼人家晓得艰苦。"

金灶说："这件事不会成功的。一来呢，我们配不上做官人家。二来，我家女人一定不肯把女儿给人做填房。三来，三先生家的儿女都大了，他家大儿子大女儿都比顺弟大好几岁，这样人家的晚娘是不容易做的。这个八字不用开了。"

星五先生娘说："你不要客气，顺弟很稳重，是个有福气的人。金灶舅，你莫怪我直言，顺弟今年十七岁了，眼睛一眨，二十岁到头上，你哪里去寻一个青年郎？填房有什么不好？三哥的信上说了，新人过了门，他就要带上任去。家里的儿女，大女儿出嫁了；大儿子今年做亲，留在家里；二女儿是从小给了人家了；三女儿也留在家里。将来在任上只有两个双胞胎的十五岁小孩子，他们又都在学堂里。这个家也没有什么难照应。"

金灶是个老实人，他也明白她的话有驳不倒的道理。家乡风俗，女儿十三四岁总得定亲了，十七八岁的姑娘总是做填房的居多。他们夫妇因为疼爱顺弟，总想许个念书人家，所以把她耽误了。这是他们做父母的说不出的心事。所以他今天很有点踌躇。

星五先生娘见他踌躇，又说道："金灶舅，你不用多心。你回去问问金灶舅母，开个八字。我今天回娘家去，明朝我来取。八字对不对，辰肖合不合，谁也不知道。开个八字总不妨事。"金灶一想，开个八字诚然不妨事，他就答应了。

这一天，他从张家店回家，顺弟带了弟弟放牛去了，还没有回来。他放下针线包和熨斗，便在门里板凳上坐下来吸旱烟。他的妻子见他有心事的样子，忙过来问他。他把星五嫂的话对她说了。

她听了大生气，忙问："你不曾答应她开八字？"

他说："我说要回家商量商量。不过开个八字给他家，也不妨事。"

她说："不行。我不肯把女儿许给快五十岁的老头子。他家儿女一大堆，这个晚娘不好做。做官的人家看不起我们庄稼人家的女儿，将来让人家把女儿欺负煞，谁来替我们伸冤？我不开八字。"

他慢吞吞地说："顺弟今年十七岁了，许人家也不容易。三先生是个好人。……"

她更生气了："是的，都是我的不是。我不该心高，耽误了女儿的终身。女儿没人家要了，你就想送给人家做填房，做晚娘。做填房也可以，三先生家可不行。他家是做官人家，将来人家一定说我们贪图人家有势力，把女儿卖了，想换个做官的女婿。我背不起这个恶名。别人家都行，三先生家我不肯。女儿没人家要，我养她一世。"

他们夫妻吵了一场，后来金灶说："不要吵了。这是顺弟自家的事，吃了夜饭，我们问问她自己。好不好？"她也答应了。

晚饭后，顺弟看着兄弟睡下，回到菜油灯下做鞋。金灶开口说："顺弟，你母亲有句话要问你。"

顺弟抬起头来，问妈有什么话。她妈说："你爸爸有话问你，不要朝我身上推。"

顺弟看她妈有点气，不知道是怎么一回事，只好问爸。她爸对她说："上庄三先生要讨个填房，他家今天叫人来开你的八字。你妈嫌他年纪太大，四十七岁了，比你大三十岁，家中又有一大堆儿女。晚娘不容易做，我们怕将来害了你一世，所以要问问你自己。"

他把今天星五嫂的话说了一遍。

顺弟早已低下头去做针线，半晌不肯开口。她妈也不开口，她爸也不说话了。

顺弟虽不开口，心里却在那儿思想。她好像闭了眼睛，看见她的父亲在天刚亮的时候挑着一大担石头进村来，看见那大块屋基上堆着他一担一担地挑来的石头，看见她父亲晚上坐在黑影地里沉思叹气。一会儿，她又仿佛看见她做了官回来，在新屋的大门口下轿。一会儿，她的眼前又仿佛现出了那紫黑面孔，两眼射出威光的三先生。……

她心里这样想：这是她帮她父母的机会到了。做填房可以多接聘金。前妻儿女多，又是做官人家，聘金财礼总应该更好看点。她将来总还可以帮她父母的忙。她父亲一生梦想的新屋总可以成功。……三先生是个好人，人人都敬重他，只有开赌场、烟馆的人怕他恨他。……

她母亲说话的声音打断了她的思想。她妈说："对了我们，有什么话不好说？你说吧！"

顺弟抬起眼睛来，见她爸妈都望着她自己。她低下头去，红着脸说道："只要你们俩都说他是个好人，请你们俩做主。"她接着又加上一句话："男人家四十七岁也不能算是年纪大。"

她爸叹了一口气。她妈可气得跳起来了，忿忿地说："好啊！你想做官太太了！好吧！听你情愿吧！"

顺弟听了这句话，又羞又气，手里的鞋面落在地上，眼泪直滚下来。她拾起鞋面，一声不响，走到她房里去哭了。

经过了这一番家庭会议之后，顺弟的妈明白她女儿是愿意的了，她可不明白她情愿卖身来帮助爹妈的苦心，所以她不指望这门亲事成功。

她怕开了八字去，万一辰肖相合，就难回绝了；万一八字不合，旁人也许要笑她家高攀不上做官人家。她打定主意，要开一张假八字给媒人拿去。第二天早晨，她到祠堂蒙馆去，请先生开一个庚帖，故意错报了一天生日，又错报了一个时辰。先生翻开《万年历》，把甲子查明写好，她拿回去交给金灶。

那天下午，星五先生娘到张家拿到了庚帖，高兴得很。回到了上庄，她就去寻着月吉先生，请他把三先生和她的八字排排看。

月吉先生看了八字，问是谁家女儿。

"中屯金灶官家的顺弟。"

月吉先生说："这个八字开错了。小村乡的豪馆先生连官本（俗称历书为官本）也不会查，把八个字抄错了四个字。"

星五先生娘说："你怎么知道八字开错了？"

月吉先生说："我算过她的八字，所以记得。大前年村里七月会，我看见这女孩子，她不是灿嫂的侄女吗？圆圆面孔，有一点雀斑，头发很长，是吗？面貌并不美，倒稳重得很，不像个庄稼人家的孩子。我那时问灿嫂讨了她的八字来算算看。我算过的八字，三五年不会忘记的。"

他抽开书桌的抽屉，寻出一张字条来，说："可不是呢？在这里了。"他提起笔来，把庚帖上的八字改正，又把三先生的写出。他排了一会，对星五先生娘说："八字是对的，不用再去对了。星五嫂，你的眼力不差，这个人配得上三哥。相貌是小事，八字也是小事，金灶官家的规矩好。你明天就去开礼单。三哥那边，我自己写信去。"

过了两天，星五先生娘到了中屯，问金灶官开"礼单"。她埋怨道："你们村上的先生不中用，把八字开错了，几乎误了事。"

金灶嫂心里明白，问谁说八字开错了的。星五先生娘一五一十地把月吉先生的话说了。金灶夫妻都很诧异，他们都说，这是前世注定的姻缘。金灶嫂现在也不反对了。他们答应开礼单，叫她隔几天来取。

冯顺弟就是我的母亲，三先生就是我的父亲铁花先生。在我父亲的日记上，有这样几段记载：

[光绪十五年（1889 年）二月]十六日，行五十里，抵家。……

二十一日，遣媒人订约于冯姓，择定三月十二日迎娶。……

三月十一日，遣舆诣七都中屯迎娶冯氏。

十二日，冯氏至。行合卺礼。谒庙。

十三日，十四日，宴客。……

四月初六日，往中屯，叩见岳丈岳母。

初七日，由中屯归。……

五月初九日，起程赴沪，天雨，行五十五里，宿旌之新桥。

十九，六，廿六

(《四十自述》)

胡　适（1891—1962），原名嗣穈，学名洪骍，字希
疆；后改名胡适，字适之，笔名天风、藏晖等。安徽绩溪
人。因提倡文学革命而成为新文化运动的领袖之一。历任
北京大学教授、北京大学文学院院长、中华民国驻美利坚
合众国特命全权大使、北京大学校长等职。胡适兴趣广泛，
著述丰富，在文学、哲学、史学、考据学、教育学、伦理
学、红学等诸多领域都有深入的研究，被誉为现代思想文
化界最稳健、最优秀、最高瞻远瞩的哲人智者。

先母行述

胡　适

先母冯氏，绩溪中屯人，生于清同治癸酉四月十六日，为
先外祖振爽公长女。家世业农，振爽公勤俭正直，称于一乡；
外祖母亦慈祥好善；所生子女禀其家教，皆温厚有礼，通大义。
先母性尤醇粹，最得父母钟爱。先君铁花公元配冯氏遭乱殉节
死，继配曹氏亦不寿，闻先母贤，特纳聘焉。

先母以清光绪己丑来归，时年十七。明年，随先君之江苏
宦所。辛卯，生适于上海。其后先君转官台湾，先母留台二年。
甲午，中东事起，先君遣眷属先归，独与次兄觉居守。割台后，
先君内渡，卒于厦门，时乙未七月也。

先母遭此大变时，仅二十三岁。适刚五岁。先君前娶曹氏
所遗诸子女，皆已长大。先大兄洪骏已娶妇生女，次兄觉及先
三兄洪骓（孪生）亦皆已十九岁。先母内持家政，外应门户，

凡十余年。以少年做后母，周旋诸子诸妇之间，其困苦艰难有非外人所能喻者。先母一一处之以至诚至公，子妇间有过失，皆容忍曲喻之；至不能忍，则闭户饮泣自责；子妇奉茶引过，始已。

先母自奉极菲薄，而待人接物必求丰厚；待诸孙皆如所自生，衣履饮食无不一致。是时一家日用皆仰给于汉口、上海两处商业，次兄觉往来两地经理之。先母于日用出入，虽一块豆腐之细，皆令适登记，俟诸兄归时，令检阅之。

先君遗命必令适读书。先母督责至严，每日天未明即推适披衣起坐，为缕述先君道德事业，言："我一生只知有此一个完全的人，汝将来做人总要学尔老子。"天明，即令适着衣上早学。九年如一日，未尝以独子有所溺爱也。及适十四岁，即令随先三兄洪骐至上海入学，三年始令一归省。人或谓其太忍，先母笑颔之而已。

适以甲辰年别母至上海，是年先三兄死于上海，明年乙巳先外祖振爽公卒。先母有一弟二妹，弟名诚厚，字敦甫，长妹名桂芬，次妹名玉英，与先母皆极友爱。长妹适黄氏，不得于翁姑。先母与先敦甫舅痛之，故为次妹择婿甚谨。先母有姑适曹氏，为继室；其前妻子名诚均者，新丧妇，先母与先敦甫舅皆主以先玉英姨与之，以为如此则以姑侄为姑媳，定可相安。先玉英姨既嫁，未有所出，而夫死。先玉英姨悲伤咯血，姑又不谅，时有责言，病乃益甚，又不肯服药，遂死。时宣统己酉二月也。

姨病时，先敦甫舅日夜往视，自恨为妹主婚致之死，悼痛不已，遂亦病。顾犹力疾料理丧事，事毕，病益不支，腹胀不消。念母已老，不忍使知，乃来吾家养病。舅居吾家二月，皆先母亲侍汤药，日夜不懈。

先母爱弟妹最笃，尤恐弟疾不起，老母暮年更无以堪；闻俗传割股可疗病，一夜闭户焚香祷天，欲割臂肉疗弟病。先敦甫舅卧厢室中，闻檀香爆炸，问何声。母答是风吹窗纸，令静卧勿扰。俟舅既睡，乃割左臂上肉，和药煎之。次晨，奉药进舅，舅得肉不能咽，复吐出，不知其为姊臂上肉也。先母拾肉，持出炙之，复问舅欲吃油炸锅巴否，因以肉杂锅巴中同进。然病终不愈，乃异舅归家。先母随往看护。妗氏抚幼子，奉老亲；先母则日侍病人，不离床侧。已而先敦甫舅腹胀益甚，竟于己酉九月二十七日死，距先玉英姨死时，仅七阅月耳。

先是吾家店业连年屡遭失败，至戊申仅余汉口一店，已不能支持内外费用。己酉，诸兄归里，请析产，先母涕泣许之；以先长兄洪骏幼失学，无业，乃以汉口店业归长子，其余薄产分给诸子，每房得田数亩，屋三间而已。先君一生做清白吏，俸给所积，至此荡尽。先母自伤及身，见家业零败，又不能止诸子离异，悲愤咯血。时先敦甫舅已抱病，犹力疾为吾家理析产事。事毕而舅病日深，辗转至死。先母既深恸弟妹之死，又伤家事衰落，隐痛积哀，抑郁于心；又以侍弟疾劳苦，体气浸衰，遂得喉疾，继以咳嗽，转成气喘。

时适在上海，以教授英文自给，本拟次年庚戌暑假归省；及明年七月，适被取赴美国留学，行期由政府先定，不及归别，匆匆去国。先母眷念游子，病乃日深。是时诸兄虽各立门户，然一切亲戚庆吊往来，均先母一身措挂其间。适远在异国，初尚能节学费，卖文字，略助家用。其后学课益繁，乃并此亦不能得。家中日用，皆取给于借贷。先母于此六七年中，所尝艰苦，笔难尽述。适至今闻邻里言之，犹有余痛也。

辛亥之役，汉口被焚，先长兄只身逃归，店业荡然。先母伤感，病乃益剧。然终不欲适辍学，故每寄书，辄言无恙。及民国元二年之间，病几不起。先母招照相者为摄一影，藏之，命家人曰："吾病若不起，慎勿告吾儿；当仍倩人按月作家书，如吾在时。俟吾儿学成归国，乃以此影与之。吾儿见此影，如见我矣。"已而病渐愈，亦终不促适归国。适留美国七年，至第六年后始有书促早归耳。

民国四年冬，先长姊与先长兄前后数日相继死。先长姊名大菊，年长于先母，与先母最相得。先母尝言："吾家大菊可惜不是男子。不然，吾家决不至此也。"及其死，先母哭之恸。又念长嫂二子幼弱无依，复令与己同爨。先三兄洪骓出嗣先伯父，死后三嫂守节抚孤，先母亦令同居。盖吾家分后，至是又几复合。然家中担负日增，先母益劳悴，体气益衰。

民国六年七月，适自美国归。与吾母别十一年矣。归省之时，慈怀甚慰，病亦稍减。不意一月之后，长孙思明病死上海。先长兄遗二子，长即思明，次思齐，八岁忽成聋哑。先母闻长孙死耗，悲感无已。适归国后，即任北京大学教授；是年冬，归里完婚，婚后复北去，私心犹以为先母方在中年，承欢侍养之日正长；岂意先母屡遭患难，备尝劳苦，心血亏竭，体气久衰，又自奉过于俭薄，无以培补之；故虽强自支撑，以慰儿妇，然病根已深，此别竟成永诀矣。

溯近年先母喘疾，每当冬春二季辄触发，发甚或至呕吐。夏秋气候暖和，疾亦少闲。今冬（七年）旧疾初未大发，自念或当愈于往岁。不料新历十一月十一日先母忽感冒时症，初起呕逆咳嗽，不能纳食；比即延医服药，病势尚无出入；继被医者误投"三阳表劫"之剂，心烦自汗，顿觉困惫；及请他医诊治，病已绵惙，奄奄一息，已难挽回；遂于十一月二十三日晨一时，弃适等长逝，享年仅四十有六岁。次日，适在京接家电，以道远，遂电令侄思永、思齐等先行闭殓，即与妻江氏，及侄思聪，星夜奔归。归时，殓已五日矣。

先母所生，只适一人，徒以爱子故，幼岁即令远出游学；十五年中，侍膝下仅四五月耳。生未能养，病未能侍，毕世劬劳未能丝毫分任，生死永诀乃亦未能一面。平生惨痛，何以加此！伏念先母一生行实，虽纤细琐屑不出于家庭闾里之间，而其至性至诚，有宜永存而不朽者，故粗叙梗概，随讣上闻，伏乞矜鉴。

　　此篇因须在乡间用活字排印，故不能不用古文。我打算将来用白话为我的母亲做一篇详细的传。

十，六，二五
（《胡适文存》）

林无双（1926—2003），林语堂次女，三姐妹中唯一继承父亲"神定气闲，从容不迫"的文风和"林家的艺术家的气质和不可救药的乐观"精神的人。本名玉如，后改名无双，再改为太乙。1943年第一部英文小说《战潮》出版，被誉为"小妞儿版的《战争与和平》"。1944年从美国陶尔顿中学毕业，到耶鲁大学教中文。1952年主编文艺月刊《天风》。1965年出任《读者文摘》中文版总编辑。著有多部小说，多以英文撰写。

母　亲

林无双

母亲的体重，有一百一十三磅，我想这不能算重；但是母亲每天总是说她"胖"了，而且几乎要说上七八次。有时候，她的朋友说她瘦了，但是母亲总不相信，回答他们的是"瞎说"。母亲每星期规定吃的食物，但一上酒馆，遇着好吃的滋味，她便忘记她的规定，毫不限制地吃喝了。我认为这样很好，而且我们每天都希望能够尽量地吃喝。但她却不喜欢，有时候她却因此而致病。

母亲会弹钢琴，但她每天所弹的，总是些家庭歌曲的老调。

母亲喜欢谈论家事，和我们一生的运道。她最高兴是这样：父亲坐在椅子里，不要读任何书报，只抽着烟，也不要有任何声音，静静地听她的说述。

母亲有时候很快活，用种种方法来娱乐我们，像跟我们游戏，或和我坐在秋千架上。但母亲在不高兴的时候，她便忍受着怒气，连话也不说一句。这样大家都静默着，直到吵闹以后，才说出她动怒的原委。

父亲时常说母亲是个热诚的女人，这话一点不错。母亲喜欢朋友，也爱讲话。不到停止的时候，不会觉得疲倦的。

母亲喜欢有秩序，有规律。当战事爆发的时候，她每天上纽约的写字间，和她的朋友在那里说说笑笑，可是她的朋友依然做他们的工作。

母亲对待佣人很贴切，所以每个仆人都高兴服侍她。

母亲喜欢吃鱼，不管这鱼的滋味好不好，她吃起来总是高兴的。有时我们不喜欢吃的鱼，便由她一个人"包办"。和母亲一起做工的佣人，大家都知道母亲爱吃鱼。我想母亲爱吃鱼，大概为了鱼的种类多。但父亲却只喜欢吃烤牛肉，仅仅是一种滋味，他却不觉得吃厌。

母亲所以有名声，是因为她常常随着父亲在一块儿的缘故。

父亲写作的时候，母亲常在旁边说："语堂，别写得太长，太长了人家是不爱读的。"每次她说错了的时候，她会"Larp Sarp Kong"这样说上几天，直到她自己说得好笑起来为止。

母亲常常用手势表示说话，她的举动很有趣，也常常逗引我们发笑的。有时候，她正在工作，但她也会叉着手指。有人说过，看母亲的手上，她是有好运气的；还有人说过，她的寿命很长；也有人说过，无论什么事情，只要一经她的手，便变为很好了。因此，母亲常常夸耀她的两只手。同时，她也夸耀她的鼻子。真的，在中国人的面貌中，很少像她的鼻子那样，又尖，又直。母亲在不高兴的时候，只要父亲说起她的鼻头时，那么，她便自然地笑起来了。

母亲最恨别人说她"胖"。

她在少女时代，将要和父亲结婚的时候，祖父对轿夫说，应该拣一顶比较高大、比较结实的轿子，因为听说新娘很胖的。祖父这样说，当然并不是恶意，但这话给母亲的姊妹们听得了，她们又去告诉母亲。母亲直气得发昏，在结婚前几天，她特为服了些使人消瘦的药剂。

现在，母亲确实比从前瘦些了，父亲也承认，在结婚时，她真是很胖的。

（《吾家》）

邹韬奋（1895—1944），原名邹恩润。著名记者、政论家、出版家。1912 年入上海南洋公学附属小学，1919 年由南洋公学转入上海圣约翰大学文科，1921 年毕业。1922 年在黄炎培等创办的中华职业教育社任编辑部主任。1926 年接任《生活》周刊主编。1932 年创办生活书店（三联书店前身之一）。1937 年在上海创办《抗战》三日刊。1938 年 10 月到重庆创办和主编《全民抗战》。1944 年因癌症病逝。

我的母亲

邹韬奋

说起我的母亲，我只知道她是"浙江海宁查氏"，至今不知道她有什么名字！这件小事也可表示今昔时代的不同。现在的女子未出嫁的固然很"勇敢"地公开着她的名字，就是出嫁了的，也一样地公开着她的名字。不久以前，出嫁后的女子还大多数要在自己的姓上面加上丈夫的姓；通常人们的姓名只有三个字，嫁后女子的姓名往往有四个字。在我年幼的时候，知道担任商务印书馆出版的《妇女杂志》笔政的朱胡彬夏，在当时算是有革命性的"前进的"女子了，她反抗了家里替她订的旧式婚姻，以致她的顽固的叔父宣言要用手枪打死她，但是她却仍在"胡"字上面加着一个"朱"字！近来的女子就有很多在嫁后仍只用自己的姓名，不加不减。这意义表示女子渐渐地有着她们自己的独立的地位，不是属于任何人所有的了。但是在我的母亲的时代，不但不能学"朱胡彬夏"的用法，简直根本就好像没有名字！我说"好像"，因为那时的女子也未尝没有名字，但在实际上似乎就用不着。像我的母亲，我听见她的娘家的人们叫她作"十六小姐"，男家大家族里的人们叫她作"十四少奶"，后来我的父亲做了官，人们便叫她作"太太"，她始终没有用她自己名字的机会！我觉得这种情形也可以暗示妇女在封建社会里所处的地位。

我的母亲在我十三岁的时候就去世了。我生的那一年是在九月里生的，她死的那一年是在五月里死的，所以我们母子两人在实际上相聚的时候只有十一年零九个月。我在这篇文里对于母亲的零星追忆，只是这十一年里的前尘影事。

我现在所能记得的最初对于母亲的印象，大约在两三岁的时候。我记得有一天夜里，我独自一人睡在床上，由梦里醒来，朦胧中睁开眼睛，模糊中看见由垂着的帐门射进来的微微的灯光。在这微微的灯光里瞥见一个青年妇人拉开帐门，微笑着把我抱起来。她嘴里叫我什么，并对我说了什么，现在都记不清了，只记得她把我负在她的背上，跑到一个灯光灿烂人影憧憧往来的大客厅里，走来走去"巡阅"着。大概是元宵吧，这大客厅里除有不少成人谈笑着外，有二三十个孩童提着各色各样的纸灯，里面燃着蜡烛，三五成群地跑着玩。我此时伏在母亲的背上，半醒半睡似地微张着眼看这个，望那个。那时我的父亲还在和祖父同住，过着"少爷"的生活。父亲有十来个弟兄，有好几个都结了婚，所以这大家族里有着这么多的孩子。母亲也做了这大家族里的一分子。她十五岁就出嫁，十六岁那年养我，这个时候才十七八岁。我由现在追想当时伏在她的背上睡眼惺忪所见着的她的容态，还感觉到她的活泼的、欢悦的、柔和的、青春的美。我生平所见过的女子，我的母亲是最美的一个；就是当时伏在母亲背上的我，也能觉到在那个大客厅里许多妇女里面，没有一个及得到母亲的可爱。我现在想来，大概在我睡在房里的时候，母亲看见许多孩子玩灯热闹，便想起了我，也许蹑手蹑脚到我床前看了好几次，见我醒了，便负我出去一饱眼福。这是我对母爱最初的感觉，虽则在当时的幼稚脑袋里当然不知道什么叫作母爱。

后来祖父年老告退，父亲自己带着家眷在福州做候补官。我当时大概有了五六岁，比我小两岁的二弟已生了。家里除父亲母亲和这个小弟弟外，只有母亲由娘家带来的一个青年女仆，名叫妹仔。"做官"似乎怪好听，但是当时父亲赤手空拳出来做官，家里一贫如洗。我还记得，父亲一天到晚不在家里，大概是到"官场"里"应酬"去了，家里没有米下锅；妹仔替我们到附近施米给穷人的一个大庙里去领"仓米"，要先在庙前人山人海里面拥挤着领到竹签，然后拿着竹签再从挤得水泄不通的人群中，带着粗布袋挤到里面去领米；母亲在家里横抱着哭涕着的二弟蹀来蹀去，我在旁坐在一只小椅上呆呆地望着母亲，当时不知道这就是穷的景象，只诧异着母亲的脸何以那样苍白，她那样静寂无语地好像有着满腔无处诉的心事。妹仔和母亲非常亲热，她们竟好像母女，共患难直到母亲病得将死的时候，她还是不肯离开她，把孝女自居，寝食俱废地照顾着母亲。

母亲喜欢看小说，那些旧小说，她常常把所看的内容讲给妹仔听。她讲得娓娓动听，妹仔听着忽而笑容满面，忽而愁眉双锁。章回的长篇小说一下讲不完，妹仔就很不耐地等着母亲再看下去，看后再讲给她听。往往讲到孤女患难或义妇含冤的凄惨的情形，她两人便都热泪盈眶，泪珠尽往颊上涌流着。那时的我立在旁边瞧着，莫名其妙，心里不明白她们为什么那样无缘无故地挥泪痛哭一顿，和在上面看到穷的景象一样地不明白其所以然。现在想来，才感觉到母亲的情感的丰富，并觉得她的讲故事能那样地感动着妹仔，如果母亲生在现在，有机会把自己造成一个教员，必可成为一个循循善诱的良师。

我六岁的时候，由父亲自己为我"发蒙"，读的是《三字经》，第一天上的课是"人之初，性本善；性相近，习相远"。一点儿莫名其妙！一个人坐在一个小客厅的坑①床上"朗诵"了半天，苦不堪言！母亲觉得非请一位"西席"老夫子，总教不好；所以家里虽一贫如洗，情愿节衣缩食，把省下的钱请一位老夫子。说来可笑，第一个请来的这位老夫子，每月束脩只需四块大洋（当然供膳宿），虽则这四块大洋，在母亲已是一件

---

①此处"坑"通"炕"。——编者注。

很费筹措的事情。我到十岁的时候，读的是《孟子见梁惠王》，教师的每月束脩已加到十二元，算增加了三倍。到年底的时候，父亲要"清算"我平日的功课，在夜里亲自听我背书，很严厉，桌上放着一根两指阔的竹板。我的背向着他立着背书，背不出的时候，他提一个字，就叫我回转身来把手掌展放在桌上，他拿起这根竹板很重地打下来。我吃了这一下苦头，痛是血肉的身体所无法避免的感觉，当然失声地哭了，但是还要忍住哭，回过身去再背。不幸又有一处中断，背不下去，经他再提一字，再打一下。呜呜咽咽地背着那位前世冤家的"见梁惠王"的"孟子"！我自己呜咽着背，同时听得见坐在旁边缝纫着的母亲也唏唏嘘嘘地泪如泉涌地哭着。我心里知道她见我被打，她也觉得好像刺心的痛苦，和我表着十二分的同情，但她却时时从呜咽着的断断续续的声音里勉强说着："打得好！"她的饮泣吞声，为的是爱她的儿子；勉强硬着头皮说声"打得好"，为的是希望她的儿子上进。由现在看来，这样的教育方法真是野蛮之至！但是我不敢怪我的母亲，因为那个时候就只有这样野蛮的教育法；如今想起母亲见我被打，陪着我一同哭，那样的母爱仍然使我感念着我的慈爱的母亲。背完了半本"梁惠王"，右手掌打得发肿有半寸高，偷向灯光中一照，通亮，好像满肚子装着已成熟的丝的蚕身一样。母亲含着泪抱我上床，轻轻把被窝盖上，向我额上吻了几吻。

　　当我八岁的时候，二弟六岁，还有一个妹妹三岁。三个人的衣服鞋袜，没有一件不是母亲自己做的。她还时常收到一些外面的女红来做，所以很忙。我在七八岁时，看见母亲那样辛苦，心里已知道感觉不安。记得有一个夏天的深夜，我忽然从睡梦中醒了起来，因为我的床背就紧接着母亲的床背，所以从帐里望得见母亲独自一人在灯下做鞋底，我心里又想起母亲的劳苦，辗转反侧睡不着，很想起来陪陪母亲。但是小孩子深夜不好好地睡，是要受到大人的责备的，就说是要起来陪陪母亲，一定也要被申斥几句，万不会被准许的（这至少是当时我的心理），于是想出一个借口来试试看，便叫声母亲，说太热睡不着，要起来坐一会儿。出乎我意料，母亲居然许我起来坐在她的身边。我眼巴巴地望着她额上的汗珠往下流，手上一针不停地做着布鞋——做给我穿的。这时万籁俱寂，只听到嘀嗒的钟声和可以微闻得到的母亲的呼吸。我心里暗自想念着，为着我要穿鞋，累母亲深夜工作不休，心上感到说不出的歉疚，又感到坐着陪陪母亲，似乎可以减轻些心里的不安成分。当时一肚子里充满着这些心事，却不敢对母亲说出一句。才坐了一会儿，又被母亲赶上床去睡觉，她说小孩子不好好地睡，起来干什么！现在我的母亲不在了，她始终不知道她这个小儿子心里有过这样的一段不敢说出的心理状态。

母亲死的时候才廿九岁，留下了三男三女。在临终的那一夜，她神志非常清楚，忍泪叫着一个一个子女嘱咐一番。她临去最舍不得的就是她这一群的子女。

我的母亲只是一个平凡的母亲，但是我觉得她的可爱的性格，她的努力的精神，她的能干的才具，都埋没在封建社

会的一个家族里，都葬送在没有什么意义的事务上，否则她
一定可以成为社会上一个更有贡献的分子。我也觉得，像我
的母亲这样被埋没葬送掉的女子不知有多少！

1936 年 1 月 10 日深夜

（《经历》）

谢冰莹（1906—2000），中国历史上第一个女兵作家。1926年考入武汉中央军事政治学校，旋即开往北伐前线参战，在战地写成并发表《从军日记》。1931年从北平女师大毕业后，自费赴日留学。"七七"事变后，回国组织"战地妇女服务团"，自任团长，开往前线救助伤员，并写下了《抗战日记》。其一生出版的小说、散文、游记、书信等著作达80余种，代表作《女兵自传》被译成英文、日文等10多种文字。

我的家庭

谢冰莹

父亲是祖母的独生子，他生长在一个极穷困的雇农家中，祖母常告诉我们关于她嫁给祖父的故事。

"我的娘家虽然很穷，可是来到你家就更显得穷了，不但没有饭吃，简直连碗都找不出两个来。"

"这话怎么讲呢？"

当我最初听到时，总是这样问她。

"待我慢慢地告诉你吧，你曾祖父共有六个儿子，你祖父行二，当他临死时，每个儿子分一升米、一条凳、一只碗，这就是他的遗产。你祖父不是也只能分到一只碗吗？那么我来了怎么办呢？"

"去买一个来呀！"

"是的，因为你祖父是个忠厚而努力工作的农夫，因此他每替人家做工，主人都待他很好；他赚了钱，不但可以买碗，而且他将每年的工钱慢慢地积起来，后来就娶了我。我来到这里之后，每天替人家洗衣服，做苦工，也可赚得一点米，慢慢地自己可以买套耕具了，再向人家借一点钱买了一头牛，于是我们就租了几亩田来耕。唉！说到耕田，我就记起你的父亲了。他那时还只有七八岁，可是特别爱读书，每天放牛时总是偷偷地带本书藏在怀里。到了野外，他就坐下来看书，不管牛走到了什么地方，或者吃掉了人家的麦子、青菜、豆子……一概不管。有一次牛失踪了，他吓得一天不敢回家，哭得死去活来；第二天邻居替他找到了，你祖父问他为什么这样粗心，他回答说因为看书忘记了牛。从此，你祖父知道这孩子不是个牧牛郎，生来就是个书呆子，于是就允许送他读书，只要他努力，将来还可送他去考状元。你父亲听了这句话，简直喜到发狂！他整天整夜地读书，没有月亮的晚上，就用松枝点着看，有时连手指都烧枯了，皮也烧掉了，他还是不知道。辛卯年赴省会考，没有衣服穿，就拿我的破衣穿在里面，另给他做了一件新的罩在上面；你祖父替他挑担，店铺里都把他当作仆人，不理你祖父；后来你父亲中了举人，谁也没想到这位挑夫就是举人的爸爸，哈哈！"

关于父亲的故事，我知道很多。张之洞办两湖书院时，他曾在那里读过书。他的思想完全与孔孟一致，他喜欢研究宋儒之学，主张明哲保身，一生不曾与政治发生过关系；当清朝末年，两广总督魏午庄保荐经济特科六人赴京时，五人都去了，独父亲不去。他是提倡旧道德最力的一个人，对于父母不但绝对服从，而且孝顺之思也许比曾子还要过。他对于无论什么人都是谦恭和顺，因此没有人不喜欢和他亲近的。对于儿女，在读书做人方面，比严师还要督责得厉害，可是论到慈爱，他比母亲还温柔、和蔼。奇怪得很，他的脑筋虽然绝对是旧的，可是也并不反对新的。比方二哥他们在中学读英文，他也同样地要他用功。他做了二十七年的新化县立中学校长，各种学科都请了新毕业回去的教师讲授。可是另一方面，他仍然极力提倡古文，拥护旧道德。因此幼小的我，在父亲的怀抱中，就要开始念诗、读古文了。

母亲呢？她的个性特别强，她是个天不怕、地不怕的勇敢的女性。

外祖母没有儿子，只有三个女儿，她是最大的，家事全由她处理。十六岁嫁给父亲后，便在谢铎山大出风头。她是个绝顶聪明而又富有办事才干的人，她的脑筋不用说是充满了三从四德、男尊女卑的观念，重视旧礼教胜于看重自己的生命。她是谢铎山的莫索理尼①，不论在家庭、在社会，她完全处在支配阶级的地位。乡村里的大大小小，几乎都要听从她的话；地方上的公产也由她保管，为的是她不揩油，热心公益事业；村政上更是少不了她，一件什么事情发生了，乡长会议解决不了的，只要请她去说几句，便什么问题都没有了。

---

① 今译墨索里尼。——编者注。

　　她生来就具有一种不屈不挠的精神和坚强能干的性格，因此谁都害怕她、服从她。这么一来，她便不但在地方上成了霸主，就是对待儿女，也像君主对待奴隶一般，需要绝对服从她的命令，听她的指挥。有次大哥为了带了他的妻到离我家五百里的益阳去组织小家庭，事前没有得到母亲的同意，她立刻把大哥找回来罚他在地上跪着，头上顶着一大脚盆水，如果稍为动一动，水倒了下来，母亲就要打他的屁股。以后经许多人劝解，才将脚盆取下。二哥为了要和他的凶恶的、毫没有感情的小脚太太离婚，母亲拍着桌子大声骂道："他这东西，读了书回来，做这种没廉耻、无道德的事，难道真的不顾祖宗的面子吗？你要离婚，先杀了我再说！在我没有死以前，绝对不许有这种丢脸面的事发生。"二哥知道母亲的个性太强，如果离婚，就要牺牲她的性命，因此只好忍着苦痛，一直到吐血死了为止，他还是孤零零地没有和第二个女性结合过。至于姐姐，更是如小羔羊一般驯良，在母亲面前连话都不敢大声说。十八岁嫁给一个姓梁的，受尽了丈夫和翁姑的虐待。可是她回到家来，总是故意说她的丈夫如何待她好；她知道假若不这样，母亲反要骂她不会侍候丈夫的。好几次遇着她在厕所里流泪，或者晚上从梦里哭醒来。三哥也是服从父母之命的，可是他比二哥强，有时虽然也会和母亲吵起来，但他要做的事，总有方法感动父母，使他们不能反对。至于我呢？太惭愧了，我完全是个叛逆的孩子！

（《女兵自传》）

谢冰莹（1906—2000），中国历史上第一个女兵作家。1926年考入武汉中央军事政治学校，旋即开往北伐前线参战，在战地写成并发表《从军日记》。1931年从北平女师大毕业后，自费赴日留学。"七七"事变后，回国组织"战地妇女服务团"，自任团长，开往前线救助伤员，并写下了《抗战日记》。其一生出版的小说、散文、游记、书信等著作达80余种，代表作《女兵自传》被译成英文、日文等10多种文字。

被母亲关起来了

谢冰莹

两个瘦小的轿夫抬着我一步步地走近了我一别两年的故乡时，我的心也跟着渐渐地沉重起来。

"鸣叔，快到了啊！"

翔在后面的轿子里喊我。

"唔……"

过了一座茶亭，就是一条小小的街道，再上去不到半里路，那所特别高大的新造屋子，就是我的家了。

我生怕熟人望着我，连忙将头低到胸前。在望见了那所我第一次见到的新屋时，好像有一种微弱而沉痛的声音在我的耳边响着：

"这就是禁闭你的牢狱啊！"

然而我并不害怕，我是下了奋斗的决心才回家来的；牢狱虽然建筑得这般坚固，可是我相信我的力量一定能冲破它的。

到家了！姊姊和嫂嫂、母亲，还有许多孩子们都出来迎接，她们的脸上都堆满了笑容，紧紧地握着我的手。孩子们都扯着我的衣服问："还认得我吗？姑姑！"尤其高兴的是白发萧萧的老母亲，她欢喜得连眼泪都流出来了。

"儿呀，你瘦了很多了，在外边真苦呀！"

母亲用衣袖擦眼泪时，姊姊和嫂嫂也陪着哭红了眼睛。只有三岁的外甥女芸宝，牵着我的手问着："姨妈，你给我买洋娃娃带回了没有？"

进门，我就看到了堂屋里摆了许多漆得红红绿绿、金光闪闪的各种各式的木器，我知道这就是替我预备的嫁奁。我真替母亲叹息，冤枉花了这许多钱！

午饭后，她们领我参观新造的房子。这虽是旧式的建筑，房间却很宽大，光线也十分充足，空气不用说，在这样山清水秀的乡间，是最新鲜的了。听母亲说，本来的计划要建造正屋两栋，横屋两栋，为了经济不够，这次只盖了正屋，钱却已经花去三千多了。楼上因为窗户开得太高，光线很暗，不适宜住家。砖、石和楼板是再坚固也没有了，恐怕一百年过后，它还是不会损坏的。我对于这样宽敞、坚固的房子并不感到什么，因为我是绝对不愿老死在乡村的，即使她有罗马的教堂那般庄严、华丽，我也不会住到这里来的。

"你看，娘是多么为你操心啊，为了漆这些木器，我有两个多月没有好好地睡了。刮风的天，生怕灰尘落在金纸上，常常睡到半晚，爬起来用油纸盖上；白天又怕孩子们去弄脏了，或者麻雀飞来撒屎在上面，一天至少都要看几十遍，天天都要去监工，否则也许两年还漆不好。现在三十多件木器都完工了，被窝、帐子……也都准备好了，只等你回来缝衣服。"

母亲一口气说到这里，我半句话也没有回答，只是低着头走着，她还以为这是少女害羞的常态，于是更愉快地说着：

"这次真是菩萨催你回来的，自从知道你'当兵'去了，我就天天过着以泪洗面的生活，我唯恐你在外边有危险，日夜为你烧香问卦，在菩萨面前许愿。起初听到你去打仗的消息时，我还急得晕过去三次，有一次足足死了一个多时辰才苏醒过来的。萧家也很挂念你，常常打发人来探听你的消息，邻居都担心那孩子没有福气得到你。现在好了，谢谢天地菩萨，你已平安归来了！"

满肚子要说的话，我竟不知从何说起。在父亲还没有回来之前，我想还是不提到解除婚约的好；母亲是这样顽固的女性，和她说，一定没有好结果的，我忍耐着过了两天的哑巴生活。

谁也没有料到乡里的消息灵通，竟比无线电还来得快，萧家已经知道我回来了，未婚夫的伯父写信来要求我家看日子迎亲，大哥连忙拿着信来问：

"我怎么回答他呢？"

"你答复他等父亲回来再说好了。"

信是照我的话回复了，可是这问题怎样解决呢？萧家既已知道我回来，结婚期当在不远，我如果不赶快进行解除婚约的工作，那就来不及了。事情真凑巧，刚刚这天晚上，父亲从他的朋友家里回来了，看了竹林的信，他立刻找我谈话，并问婚期究竟定在什么时候好。

"我这次是专为此事回来的，爸爸。我前次写回来的信，想必你老还记得清楚，我和萧明是绝对不能结合的！他与我不但没有半点爱情，简直连感情都没有；他的思想、兴趣都不和我相同，他的个性、能力……我完全不了解，怎么好同他结成夫妇呢？"

"怎么？不能结合，难道你想解约吗？"父亲一开口就拍起桌来大骂，母亲更是气愤地满口"畜生，畜生！"地骂个不休。我这时已打定主意忍受一切，我很从容地回答他：

"是的，这次我是专为了要与萧明解除婚约才回来的。"

"喝①！你想解除婚约吗？除非你永世不归来；现在既回到了家里，还想逃走吗？不怕你有天大的本领，也逃不出我的掌握中。"

母亲更来得厉害了，她做着要打我的姿势，父亲也气得远远地跑开了。我知道这时不能再继续谈下去，便退到寝室里来，给他们写了一封五千多字说明为什么要解除婚约的信。谁知第二天父亲看了之后，不但不为信中的言语所感动，反而严厉地责备起来：

"看了你的信，知道你要解除婚约的理由，最大的有两个：

---

① "喝" 旧同 "嗬"。——编者注。

（1）没有爱情；（2）思想不同。现在我来答复你：第一，爱情只有夫妇间才有的，爱情的发生，是在两人结婚之后，绝对没有在结婚之前而能发生爱情的；现在你还没有和他结婚，当然没有爱情。第二，'思想'两个字，只能用之于革命同志，而不能用之于夫妇之间。试问，你和他是结成夫妇，组织一个'夫唱妇随'的美满家庭，传宗接代，能够主持中馈，就是个模范的贤妻良母；你又不是和他去革命，要思想相同干什么？"

"爸爸，要结婚后才能发生爱情，那只是你的结婚哲学，那只是封建社会独有的怪现象；如今时代不同了，男女二人一定要经过情感的进化，才能达到结婚的目的。最初由认识而成朋友，由朋友的情感进到恋爱的阶段，爱情达到最高点时，两人就结合而成永久的伴侣，这就是所谓夫妇。至于思想一致，更属重要了！朋友两人的思想不同，尚且不能结交，何况夫妇乃是一生的快乐与幸福的创造者，倘若思想不同，各走各的路，爱情立刻会破裂的。尤其是现代的婚姻，绝不是像封建时代一般，它的目的仅仅在组织一个家庭；现代的婚姻，是与改造社会有直接关系的，两个人结合了，并不是只求自我的享乐，主要的在两人同为国家服务，为社会工作，因此他们不但是夫妇，同时也应该是挚爱的朋友、忠实的伴侣。萧明的思想是与我绝对不同的，根本就失掉了和我结婚的第一个条件。"

"哼！思想？女人要那么多的思想干什么？不过你是受过几年师范教育来的，将来结婚后就允许你在乡间当一个小学教师好了，我相信他决不会阻止你的。"

"快不要和她辩论了。"母亲连忙接着父亲的话大嚷起来："这东西简直不是人，父母大于天，岂敢和我们做对！送你读书，原望你懂得孝、悌、忠、信、礼、义、廉、耻，谁知你变成了畜生，连父母都不要了！婚约是父母在你吃奶的时候替你订下的，你反对婚约，就等于反对父母！你如果做出这种无人格、没廉耻的解约事出来，败父母的名誉，羞辱祖宗，我就要……'洞庭湖里水飘飘①，好夫好妻命里招'，无论是什么样的人，许配了他，就要嫁给他的！何况萧家有财产、有名望，萧明也是个好人，并没有瞎了眼睛、跛了脚。要知道'千里姻缘一线牵'，夫妇是前生就安排定了的，怎么能反对呢？"

听了这些话，我连冷笑的反应都没有，我早就料到了母亲会说出这些话来的。

"在现代，虽然不能强迫你'嫁鸡随鸡，嫁犬随犬'，但像萧明一样的人，无论如何是可以嫁的，看他写给你三哥的信，尚能通顺达意。"

倒是父亲的这几句话，几乎引得我笑了。

最后一句话说得太有趣了。实际上，他的确是个连信都写不通的人。记得在小学读书时，有位教我同时也教过他的国文教员谢先生曾对我说过这样的话："你和你的未婚夫何以相差这么远，你在学校的成绩占第一，而他恐怕要倒数第一。"后来我接到他几封给我的信，才看出他的学问、智慧，原来的确像谢

---

① "飘飘"，原文如此。——编者注。

先生所说的一般。像这样一个脑筋简单的人，我怎能与他结合呢？

母亲又在骂了，她说想不到送我读了这许多年的书，回来是如此令他们失望的！她从此再不送大哥和三哥的女孩子读书了。听到这几句话我倒有点替孩子们担忧，她们现在还是小学四年级的学生，根据我过去的经验，母亲是决不许她们读更多的书的；加以我这次的事发生，一定更要借口不再送她们进学校了。唉！孩子们啊！将要降临到你们身上的不幸命运，是我还是社会赐给你们的呢？

正在沉思间，忽然又听到父亲的咒骂了：

"学校不知是什么魔窟，凡是进去的人，都像着了魔一般，回来都闹着退婚；只要是父母代定的婚姻，不论好歹，都不承认。"

"那当然，父母怎么知道儿女需要什么样的妻子或丈夫呢？婚姻是人生的终身大事，当然要由自己做主，才能选择到好的对象！"

我知道这几句话会引起父母的痛骂，然而不说出来，我的脑子将要胀破了。

"快不要丢丑了，一个闺女，也能选择丈夫吗？萧家的名声很好，他的三伯父曾做过省议会的议员，在县里极有名望。你的婆家送到我家来的礼物也不少了，前年你的未婚夫又亲自跑来替我拜寿。如果你现在做出这样的丑事来，叫我如何对得起他们！"

"俗语说：'好马不吃回头草，好女不嫁二夫郎'，你还记得《烈女传》的故事吗？"

"哼！《烈女传》她还读吗？"母亲还没有说完，父亲忍不住连忙接着说，"她只看些什么自由恋爱这一类的小说，什么谁家少女为婚姻不自由而自杀，谁家儿郎为反对旧礼教而与家庭破裂这一类的报纸杂志，她受了这些报纸小说的影响，所以也回来反对父母，反对礼教了！"

"笑话！礼教也敢反对吗？"母亲越来越威风了，"它是数千年来圣人立下的①……谁也不敢反对，难道你这丫头，也敢反对礼教吗？唉！你也不想想，贞节牌坊是如何树立的呀！人家十二岁的女孩就知道守节，而你们这些讲自由的人，恐怕一年嫁二十四个，还没有丈夫过年！"

"哼……"我由鼻孔里轻轻地哼了一声，并不想和母亲辩论半句。现在我更加知道和她讲道理是绝对没有用的，唯一的办法是和她誓死奋斗，下个不达到解除婚约誓不甘愿的决心！

"贫富虽由天定，但也要人为，萧家的财产很多，你也能够赚钱，将来两人成家立业，慢慢地会成为财主，有田有土，多么享福！"

唉！母亲越说越糊涂了，这些话是多么令人心痛啊。她侮辱了我，蔑视了我的人格，根本她不了解她女儿是怎样的思想，怎样的人格，怎样的个性，她以为我是个嫌贫爱富的庸俗女人，

---

① 这下面的字句，她不晓得如何说，所以我用点代替。——原注。

所以尽量说些发财的话给我听。

"不要说这些与我不相干的话了，我愿意嫁个和我有爱情的穷光棍，决不和有钱的人结婚！"

我愤愤地说。

"不和他结婚，你打算怎样？"

母亲在桌上大拍起来，这自然恐吓不了我，只是我倒担忧她打痛了掌心。

"她打算要解除婚约。"

父亲代我回答了，这时我真感激他。

"不解除婚约她怎么样？"

"她信上说，不解除就自杀！"

"好吧，她只管死吧，我白白地抚养她到这么大，还送她读了这么多年书，也许是我前生欠了她的孽债，到如……今……她……她……"

母亲忽然放声大哭起来，眼泪、鼻涕、口沫流了一大片，头不住地在壁上乱碰，父亲生怕她受伤，立刻奔过去紧紧地抱着她。听到母亲的哭声，姐姐和嫂嫂也都跑过来了。正在她们手忙脚乱的时候，我偷偷地溜了出来，跑到野外去散步。

太阳暖融融地照着，可是我的心是凄凉的！

远远地一个穿白长衫的男人向我走来，仔细一看，原来是大哥。

他问我一个人在这里想什么心事，我把刚才那一幕闹剧全盘告诉了他。他迟疑了很久，皱着眉头忧郁地说：

"你不应该回来的，现在既到了家里，怎么能逃出去呢？我想……"

"你想什么？难道要我牺牲，真的和萧明结婚吗?"

"嗯……就是这个意思。"

"不！我绝对不能和他结婚，我要奋斗到底！"

"母亲比历史上、古今中外任何专制帝王还厉害可怕，难道你还不知道吗？我为了没有得到她的同意，带你嫂嫂去益阳，回来时，她说我犯了'逆亲顺妻'的罪，罚我跪了两个小时，头上还顶着一大盆水，这件事我是永远不能忘记的！还有，你二哥、三哥和你姐姐的婚姻，都是不幸的，痛苦到了极点的，但谁也不敢提出离婚的话来。你虽然比我们都勇敢，恐怕你只能在外面打仗，而不能回家来革命吧？"

说到最后，大哥笑起来了，我却严肃地回答他：

"大哥，你不要讽刺我，不要估计我的力量太小。老实告诉你，我是早已知道回家就会被禁闭起来的，可是假若不将婚约解除，我在外边将永久不能和别人结合，萧家无论什么时候都可持着婚书来找我捣乱。为了免除麻烦，为了我要正式向封建社会宣战，所以一定坚持到底，不达到目的，决不干休！我宁可为反对旧礼教、推翻封建制度而牺牲生命，决不屈服在旧社会的淫威之下……"

"我要回去了，万一给母亲知道我们在这里谈话，还以为我是和你有联络的。"

可怜的大哥，每分钟都在东张西望地注意，看看有没有人望见他。

"好吧，你只管回去，我不愿连累你以及其他任何人。"

"好的，祝你孤军奋斗成功！"

他带着讥讽的笑容走了。我独自在田陇间徘徊了很多时候才回家。

这天我没有吃晚饭，为的是不敢看父母亲那两副冷铁一般要吃人似的面孔。黄昏刚过去，我就躺上床睡了。

姐姐、大嫂和三嫂知道我很伤心，特地跑来安慰我。她们不敢多说话，更不敢大声说，因为母亲就住在我的隔壁，我们的一举一动她都能听得清清楚楚。她们唯恐母亲听到了她们的说话，每个人都挨到我的耳边来，细声地说着要我不要过于悲伤的话。

姨母也被姐姐请来了，她是母亲的第二个妹妹，就住在我家从前的房子里。她的丈夫在县里的教育局当门房，每月只有六块钱的薪水；两个儿子都在军队中服务，小的当排长，大的曾当过团附①，只因老大太好嫖赌了，完全不遵守军队中的纪律，所以被撤了职，现在还不知流落何方。姨母本来有三个儿子、一个女儿，前年最小的两个不幸因病死了，她为了这一对孩子的死，所以伤心得竟哭瞎了眼睛。她是一个绝对的"命定论"者，一切都相信是前生安排定了的。她笃信佛教，每天念经、吃素，比母亲还迷信。可是她的思想不像母亲一般顽固，

---

①"团附"，原文如此。——编者注。

她允许她儿子在外面娶亲，常常劝导母亲："现在的世界变了，你不要对待儿女太厉害，他们有学问的人，是想干一番大事业的，你不要拘束他们吧。"母亲不但不接受她的忠告，反而每次责备她无能，太没有做家长的资格：

"无论世界变到什么地步，父母还是父母，自己生的儿女，假如不能服从我，我怎么能支配别人呢？"

姨母听了她的"父母大于天"的话，也没有什么可说，只好低着头答应"是，是"。

可怜她此刻来到我的房中，坐下去，很久还不敢开口。等到听见母亲在和长工谈话，她才敢小声地对我说：

"鸣冈，你初回来，不要和你母亲吵吧，她的脾气向来是很大的，你顺从她一点好了。婚姻是前生注定了的，丈夫虽没有你的聪明，你屈就一点也无妨，将来大家都说你贤惠，万古传名，多么好！"

"姨妈，不要说了吧。我的痛苦是你们任何人不能了解的。我并不希望你们来安慰我，请你们从此不要理会我吧。"

我哀怨地回答她，眼泪如水银一般滚了下来，满怀着慈悲心肠的姨母也陪着我流泪，姐姐更是哭得像泪人儿似的。

从今天起，我开始过着监狱似的生活了！

夜，静寂的、幽暗的漫漫长夜。

在乡间，晚上过了八点钟，就静寂得像死一般。可是我家里的人今天特别睡得迟，也许是他们在议论着我的事。窃窃的谈话声，一直到十二点过后才停止。

　　月亮爬上了中天，淡淡的光辉射在我的帐子上。一只蚊子在嗡嗡地叫着，除了这微弱的声音在打破夜之沉寂外，我几乎怀疑我已躺在寂然无闻的坟墓中了。

　　翻来覆去地想着。我的问题绝对不能和平解决的，父母已与我处在敌对的地位，我不能屈服，他们更不愿让步，不肯放弃做父母的权威。母亲一定要贯彻"父要子亡，不得不亡"的封建社会的法律，而我恰恰是反对封建社会的叛徒。这样相隔两个时代的母与女的思想，怎能不冲突呢？无疑地，我只有拼命和家庭奋斗，才能获得我的自由，争取最后的胜利！

　　——不过事实上的确太困难了！在乡村，除了翔一个人而外①，没有了解我的人。姐姐虽常常陪着我流泪，但她并不知道我何以一定要解除婚约，何以不能像她一样忍受一切的痛苦，女子何以一定要到外面去求学，和自己爱着的人结婚。她的流泪，不过是表示她很爱我，替我伤心而已；一方面也害怕我有意外的危险，因为小时候为了读书，我曾有过一次绝食的自杀，从此她知道我的个性是坚强的，无论做一件什么事，不达到目的不止。是的，单就这一点说来，她是比嫂嫂、姨妈更了解我的，然而这有什么用呢？她不能帮助我逃出苦海，她只能整天陪着我流泪。唉！流泪又有什么用处呢？

　　——翔吗？她虽只和我相隔咫尺，可是不能来看我。她的

------

　　①翔是我在小学、中学、军事政治学校的同学，在家族关系上说来，她比我小一辈，所以总叫我作鸣叔的。——原注。

家庭也和我家一样的专制，为了她反对和那个嫖赌双全的男人结婚，她目前也在被软禁之中。即使万一她能够来到我这里，也不能谈什么话，因为母亲一定要在旁边监视的……

——大哥？他是这样害怕母亲的弱者，他的脑筋虽然比母亲的新一点，然而那种想升官发财的思想，不完全是个官僚典型吗？他口里虽说着同情我的话，谁又敢担保他背后不说我的坏话？唉！思想不同的人，决不肯帮助我的。

——三哥在长沙，远水不能救近火，即使他写信来替我说话，封建思想根深蒂固的父母怎会接受他的意见呢？二哥呢？他倒是最爱我，也最能帮助我的，然而好几个月不通消息了，不知道他在什么地方。

——大哥说得不错，我是孤军奋斗。唉！没有援助我的人，奋斗的结果恐怕只有失败吧？

——自杀，倒是个最好的办法，忍受一刹那的苦痛，解除了一生的烦恼、忧愁。人生究竟有什么意义？迟早是死，无论在生时做过多少伟大的事业，建立过多少奇功，一到最后的一口呼吸停止时，什么都没有了！一切都是幻灭，一切都是空虚。牺牲了吧，与其将活泼泼的生命付与别人去宰割，不如痛痛快快地死在自己手里；生命是我的，当然我有权利来处理。死吧，死是我最后的安息，也是我最后的胜利！

想着，绞断肝肠一般地想着，我似乎觉得除了"死"，再找不出第二条出路了。昨天我还以为父亲会同情我，会因我那封一字一泪的信而感动，但今天的事实证明了父亲是和母亲站在一条战线上的。他的强硬、冷酷的态度哪里是过去用皮袍裹着我睡觉，最疼爱我的爸爸呢？我这时完全明白了情感是什么东西，在与自己的思想有冲突时，儿女不认父母为父母，父母更不认儿女为儿女，各人都为着自己的环境、自己的理想而奋斗。情感这东西，是多么可怕啊！

富于情感的人，最好是不要了解情感的真谛，我现在了解了这点，推翻了母爱高于一切的哲学，我的心几乎痛得要破碎了。最爱自己的母亲尚且这样不爱惜我、同情我，还有什么可留恋的呢？

月色由黯淡而渐渐地沉没下去，远远地听到有犬吠的声音。我家的雄鸡也在喔喔地开始啼了。房子里忽然黑暗得可怕，我知道这是黎明将到的象征。父亲和母亲在开始谈话了，声音太低，无论我怎样留心静听，也听不出半句来。

——死？难道你真的只有死路可走吗？为什么不想想自己的前途？你常常责备自杀的人太没有勇气，太懦弱，太不中用；求生，是一切生物的本能，何况一个为万物之灵，具有创造一切的聪明的人，不努力求生，而真的去寻死吗？你虽然是这样渺小，即使真的自杀，于社会没有丝毫影响，它绝不会因你的死有什么损失，但你自己对得起国家吗？对得起供给你饭吃，供给你衣穿，供给你受教育的父母吗？你不想想，你是受过革命洗礼来的，你负有改造社会的使命，你曾经上过前方，你曾肯定自己不是个懦弱无能的旧式女子，而是个有血性、有勇气、意志坚强的新女性！你是反抗一切的封建制度的战士……现在难道你真的忘记了自己的任务吗？死，就是表示你的失败，礼教的胜利。封建社会，这杀人不见血的恶魔，每天都张开着血嘴，在吞吃这些没有勇气奋斗的青年，你也甘愿给它吞下去吗？而且，你应该更进一步想想，自杀是多么愚笨的事啊，你死了，旧社会少了一个叛徒，即使你没有勇气拿着枪跑上战场去冲锋杀敌，也应该做一点于人类有益的工作呀。

"生"与"死"的斗争，整整地在脑海中交战了一夜，最后，还是"生"得着了胜利。

第二天晚上，我仍然没有睡觉，眼睁睁地望着月亮从黑云里挣扎出来，又从光明的地方缩回去。

我想起白天大哥告诉我明天要去县城的话，他或者可以帮助我一点也未可知；就在银色的月光下，我偷偷地爬了起来，写了一封要他援救我的信给他。

第二天，大哥看了信没有说什么，只是不住地摇头，表示不能帮助的样子。我又流泪了，两人默默地对坐了几分钟后，他轻轻离开了这狭小的牢房。

我失眠的生活，从此开始了。

深夜，打开窗子放进风来，月儿早已越过帐顶了。从前方归来，因受了湿气而浮肿溃烂的脚痛得非常厉害。我整晚地呻吟哭泣，母亲连唤我一声都没有。唉！现在我真的是被弃的孩子了！我再也得不着慈母的抚摸、慈母的安慰了！更永远不能和她亲吻，倒在她温暖的怀中了！"心肝，宝贝"的叫声也永远听不到了！回想以前我有病时，她整日整夜地陪着我，殷勤地看护我，现在呢？即使我死在床上，她也不会来过问的。天，究竟这是怎么回事呢？

月亮照着我的泪珠，滴在枕头上，这一颗颗亮晶晶的泪珠啊，你跳到我母亲的心里去吧！月亮，你将我悲苦的消瘦的影子，照到我母亲的眼里去吧！她为什么变得这样残忍，这样冷酷呢？我整整地哭了一晚，都没有听见她半点声音；她是真的睡觉了，还是故意不理我呢？妈啊！你的热烈而真挚的爱，真的不能再给我一次吗？

大哥走了以后，我每天都期待着他的来信，可是五天、十天、一个月过去了，还是音信杳然。一切只有自己救自己，不要求人帮助了吧，我这样想着。

现在外面寄给我的书信，统统要经过父亲的检查，发出去的，更比在监狱里检查的还要严格。那封托大哥带到县里去发给孙先生的信，幸而他藏在帽子底下，否则一定会被查出没收的。唉！这样不自由的生活，怎么过得下去呢？

翔的妹妹青青是一个十二岁活泼而聪明的孩子，她在我和翔之间做了许多令我们永远不能忘记的事。她做我们的绿衣使者，母亲累次骂她是间谍。她替我们送信，替我们传话，每次都要经过母亲很久的盘问与搜查后，才允许她进我的房里来。

可怜我那时完全像一个囚犯一般，整天被关在那间小房子里。白天只有射进来一线太阳和我做伴，晚上只有照着我流泪的月亮是我唯一的朋友；外来的人，谁也见不到我。我竟没有犯罪而做了囚徒！

有一天，突然我被母亲从"监牢"里叫出来，原来又是青青来了。我一眼望到她，精神为之一振，好像见到了救我的恩人一般，有说不出的感激和喜悦。

"你姐姐好吗?"

"当然啰，她比你好!"

正在母亲听了这话大发雷霆的当儿，她使一个眼色在地上，随即松开了脚，让我见到被踏黑了的纸团。

——怎么拿到手呢?

我正在想得发愁的时候，忽然来了一个人会母亲，她和那人谈话去了。我立刻拾了纸团，回到房里去看，条子上有这么简单的几个字:

"这种生活再不能忍受了，我们决定逃走吧!"

唉! 天，幸而这字条没有给母亲见到，否则，她又要闹得天翻地覆，我们逃奔的计划也不能实现了，多么危险啊!

父亲也完全不理我了，他像以对待仇人的脸孔来对待我;明明知道我心中的痛苦，可是他连话都不和我说一句，只是每天微笑着，和孙儿们玩。我总觉得他的性格完全改变了，而且这改变，不是偶然，是必然的! 母亲比他更变得厉害，整天都板起她那张要吃人的面孔，连望都不望我，然而一遇到有女客来时，她就笑笑嘻嘻地去应酬，并且告诉她们我如何的听话，安守本分地在家里预备嫁奁。

"有家教的小姐究竟不同，在外面读了这多年书，还没有

'自由'①，真是你老人家的好福气。"

好几次我听到有人这样恭维母亲，真感到肉麻，母亲还骄傲地在夸耀她的威风：

"别的女人一出外便变坏了；我的女儿，是不敢的，即使她在外面做了女皇帝，还是遵从父母之命的。"

"父母大于天"的哲学，她又搬出来了。我真替她悲哀，母亲的威权将由我一个人推翻了；如果她知道有那么一个前途，现在也许不这样禁闭我、监视我吧？

两条腿肿得像圆柱一般，贴了膏药，仍然没有好，在乡间是找不到医生的。我懊悔不该回来这么快，但并不怨恨我不应去当兵。病是在行军时候得来的，夜晚在野外宿营，中了湿气，所以腿子就由浮肿而且溃烂。唉！这害死人的病脚，要没有它阻碍我，我不是现在就可以逃走吗？

(《女兵自传》)

---

①我们乡下人，指在外面自由结婚的为"自由"。——原注。

陈衡哲（1893—1976），新文学运动中最早的女学者、作家、诗人，我国第一位女教授，有"一代才女"之称。1914年考入清华学堂留学生班；1918年获瓦沙女子大学文学学士学位，1920年获芝加哥大学硕士学位，同年应北大校长蔡元培之邀回国，先后任北京大学、四川大学、东南大学教授。1917年创作白话短篇小说《一日》，以"莎菲"的笔名发表于《留美学生季报》。著有《小雨点》（短篇小说集）、《衡哲散文集》。

在广东和舅舅在一起

陈衡哲

　　我舅舅曾在广西做官，但我到广州时他已经调往广东。他和他的妻子及三个幼小的孩子一起住在广东的省会广州。

　　我和舅母是老熟人了。她离开常州婆家以前常常来我们家看望母亲。我们这些孩子都很喜欢她，因为她不仅和气，而且是母亲特别好的朋友。她最大的儿子比我大一岁。因为我像个男孩子，我们成了最好的朋友，常常独自在一起玩，不理会别的孩子。我七岁的时候，表哥和他母亲一起去了广西。几年后，舅舅给我们带来了他在十岁左右时夭折的噩耗。

　　因此，我到舅母家时，发现自己没有同龄的小伙伴，因为三个表弟妹都是舅母离开常州后生的，最大的都比我小七岁，最小的还在襁褓中。我大部分时间得和舅舅、舅母做伴，这顿时让我觉得自己一下子长大了。舅舅、舅母也像对大人一样对待我，他们给了我自己的房间，又从舅舅的书房里拿舒服的藤椅和桌子给我做家具。

我到广州后注意到的首先是方言。我舅舅来广州前曾在广西做官，所以他的佣人和孩子说的都是广西官话，这跟广州官话或我们老家常州的方言都很不一样。所以我从幼小的表弟妹那儿学会了第一种"蛮话"，直到现在，我讲的国语中还留着这种官话的痕迹。

接着我让舅母带我去医学院注册，尽管我并不喜欢学医。我曾跟舅舅说过好几次，可是他从没把我的要求当回事，他说我还太小，可以先跟他学国文，在他家待一年也不妨。我求了又求，最后舅母只好带我去医学院看看有什么办法能解决我的问题。

我那时候十三岁，可看样子只有十一岁，因为我直到十八九岁才在身体上长成大人。我记得在学校见到一位苏小姐，她从头到脚、从左到右地打量了我一番，然后摇摇头说："她太小了。"根据中国人的习惯，每过一个新年就长大一岁，而且孩子一出生就一岁了，所以我可以说自己快十五岁了，虽然实际上才十三岁。我对苏小姐说："我过年就十五岁了！"可她只是笑，不相信我。接着她用广东话问我是否会说广东话。广东话和我学的广西话当然完全不同，我那时候只听得懂几句广东话，但我听懂了她的问题，回答说："不会说，可我学起来很快。"

苏小姐又和舅母说了几句，对我笑笑，点点头就走了。我们坐着两顶轿子回到家以后，舅母告诉舅舅跟我，学校觉得我的年龄和他们的标准差太多了。学校只录取满十八虚岁的学生，苏小姐觉得我只有十一岁，而且我又不会说广东话。所以，就算他们破例录取了我，我也得等上好几年才能成为正式的医学院学生。

舅舅听说了这个结果后开怀大笑，笑得我都对他生气了。笑够之后，他说："小大人，现在怎么样？你还是得待在家做我的学生吧？""可是，"我说，"我不见得非进这个学校不可。再说，我又不喜欢学医。你不能送我去上海吗？我知道那儿有好些新式的女子学校。"

舅舅听了大吃一惊："什么？送你去上海，把你一个人留在那里，没有任何人照顾你？你父母亲会怎么想？不，不行。"看到我哭了，他恳切地说："这样吧，你在这里待一年，然后我们想法让你上学。我可以教你国文，另外找人教你准备上学的其他功课，你不会浪费时间的。难道你不喜欢我们家吗？"我当然喜欢他们家，我怎么可能不喜欢和蔼的舅母和慈祥的舅舅呢？再说，舅舅提出的条件十分公道，所以我答应照他说的做。

我急于讨得舅舅的欢心和同情还有另一个原因。母亲到达汉口后打电报给父亲，告诉他我离开她去了广州。父亲很生气。他立刻回电给留在汉口陪外祖母的母亲。他的电报只简单地说："马上把她带回来！"事情发生的时候我一点都不知道，但母亲后来写信告诉了我前因后果。她说："强迫你去四川有什么用？谁又能带你走那么远的路从广州到四川？我不会理会你父亲的命令，还是会照旧出发去四川。你知道你父亲的脾气，我到四川后一定会有一场风波，因为你父亲跟我一样，很多地方都少不了你。但你选择了一条正确的道路，我会想法让父亲准许你走这条路的。再会，别让我失望。"

我就这样又一次被母亲救了。但我意识到要是我一定要去上海，舅舅会打电报向父亲征求同意，父亲的回答一定是："无论任何代价，马上把她送到四川！"所以我没敢固执。

舅舅开始认真地履行他的诺言。他买了两本新出的课本，定时给我上课。一本课本是《国民读本》，另一本是《普通新知识》。《国民读本》的内容我完全忘了，但我记得《普通新知识》里讲了很多奇怪的新鲜事：地球为什么是圆的，为什么有日食月食，为什么秋天落树叶，为什么要保持清洁，为什么要打预防针，等等。除了这些课本，舅舅还让我练习书法、背诗。

舅舅给我上课的时间不长。新年后不久，他离开家去广东西南部的廉州统领新军。我舅舅是文官，但在中国有时候文官也会担任武职。因为舅舅又博学又能干，他被任命为武职。舅母和孩子们还有我留在广州，到夏天才去廉州和舅舅团聚。

舅舅不在时我做的事只记得几件了。一是我去看了我新婚的姐姐。她在广州跟她丈夫的伯父住，她已经怀了孕，很羡慕我像鸟儿一样的自由。另外是学习国文，跟渴望进修的舅母一起学写信。我也喜欢上了博敦（Borden）牌的罐装牛奶和外国饼干，这些对我来说都是新鲜东西。当然，我学会了流利的官话，也成功地做了我三个表弟妹的大姐姐。舅母偶尔带我出去赴晚宴，在座的都像大人一样待我，也向我劝酒。有一次我喝得太多了，坐酒席上感觉很古怪，后来又像做梦一样走上了轿子。以后我才知道这就是"醉"，再不敢多喝酒了。

夏天很快到了，舅母开始忙着打包，我帮了她不少忙。我替她扔掉很多看来有用可实际上从来用不上的东西。舅母常常反对我的做法，有时候她只能绝望地坐在一边看我扔东西。但她后来告诉舅舅时，舅舅却表扬我，说舅母有我帮忙真是幸运。他家没用的东西积得太多了，简直可以开博物馆了！

我们坐了几天蒸汽船到达北海港，又从那儿坐轿子去舅舅的衙门。我们一安顿下来，舅舅就又开始给我上课了。那时候他的责任重大，统率着一万名新军在当地防范土匪，维护边疆秩序。他大多数时候穿着半西式的军装，因为他统率的军队仿照欧洲军队，所以叫作"新军"。每天下午，他骑着马赶回家，把我叫到书房，从前面提到的课本里教一课书，接着查看我的书法，要是时间来得及，他告诉我一些中外时事，然后骑着马赶回他的指挥部，有时候连舅母给他准备的点心都来不及吃。舅母常常对他的行为发笑，她对我说："你不知道你在他心里多重要！你来之前，他下午从不回家。"我虽然小，可也不至于笨得不被我博闻强记的舅舅的一片爱心所感动，我在心中发誓我一定不辜负他的期望，要为自己创造一个对得起他爱心的人生。

除了他自己教我，舅舅还请了位杭州学者教我算术。因为这个老师的能干，我迷上了算术，四个星期就学完了他在他任教的男子学校几个月才能教会学生的内容。他说："我当然得承认女孩子比男孩子聪明，但这个差别太大了。真正能解释这个差别的原因是你的头脑是新鲜的，完全没受过从前错误教学的影响，而那些男孩子从前被教错了，我得花比一般教学更多的时间和精力纠正错误。因为从前错误教学的影响，他们就是现在还是不能像你这样接受我的教学。过去教学的不善给我和那些男孩子都造成多大的浪费！"

他说的对我来说是个新鲜的看法，没想到一个人学不好不是因为头脑一片空白，而是因为头脑里错误的内容。多年以后，我自己也当了母亲，我常常想起这个看法，觉得这对家长或老师教育孩子都是有用的提醒，所以我把它列为教育孩子绝对不能做的事：

       不能做的事之一："别教孩子他们不喜欢的东西，这只会让他们讨厌某个学科。"这个教训是我从父亲那儿学来的，因为他从来没教会我任何我不喜欢的东西。

       不能做的事之二："别教孩子不合适的学科或用错误的方法教合适的学科。"这个教训当然是我从那个算术老师那儿学来的。

这样过了两个月双方都快乐的教学生活后，我的老师因为他母亲突然重病回了杭州。那以后，我不再学算术了，但舅舅仍然教我国文。

在舅舅家我不仅学习基础知识，而且还需要学怎么做大人。舅舅和舅母对我关爱备至，所以他们不会像父母亲那样责备我惩罚我，所以我得比在家时更对自己负责。舅舅并非无视我的不足，他只是不用责备的方式，他的方式其实更有效。我对他热烈的敬爱和对他智慧的信任也使我对他要求我做的事几乎是完全照办。

比方说，在常识课上，他告诉我一个人每天应该睡八小时，晚上十点睡觉，早上六点起来。上完课后，我忠实地照办，每天早晨六点准时起来。但晚上十点才睡觉可不容易，因为我还小，而且晚上跟我做伴的舅母睡得早，舅舅则每天很晚才完成公务或操练回家。八点半到九点，舅母跟我吃了晚饭，表弟妹睡了，舅母会上床休息，靠着枕头打瞌睡等舅舅回家。我最怕的就是这种情况，因为不管我怎么有决心，我这样年龄的小女孩无法整个晚上待在房间里学习，况且我大多数时候都觉得瞌睡。我常常独自在房间里走来走去。当月光皎洁，引人遐想时，我又会想象我像贞德一样，骑着白马，穿着白袍，当一个革命领袖。我这样遐想时，十点很快就到了。但有时候我也想玩，玩不成，我会变得淘气。我会爬到舅母床上用手扒开她的眼睛，直到她不得不起来陪我玩。舅母又好气又好笑，第二天早晨会告诉舅舅我做的坏事。

舅舅只是笑着对她说："你瞧，她比你更懂卫生。你也应该学着十点再睡觉，九点实在太早了。我很高兴她记得我教的东西，我会让她接着教你！"舅母也喜欢我，她会笑着对舅舅说："你这是纵容你外甥女淘气。不过我想你总是对的，也许我真应该像这个孩子一样等到十点才睡觉！"从那以后，舅母和我总是十点再睡觉，我们一起学习，互相帮助。舅母承认，从前我不在的时候，她从没能把信写得像现在这样轻松这样好。

舅舅和舅母相亲相爱，从没有人见过他们吵架。但夏季的一天，他们因为有件事意见不同，很快发生了一场严重的争吵。舅舅气冲冲地离开家走了，这我从没见他做过。他走了以后，舅母来到我的房间，哭着告诉我他们婚姻生活中一百〇一件更适合已婚女人而不是我这样的小女孩听的事。但舅母气得什么都忘了。因为我是家里最大的孩子，她只好找我谈心。最后，她说："我跟你舅舅从没这样吵过。我们一直那么恩爱，可是现在……"说到这里，她大哭起来，接着又说："这种事怎么可能发生？现在我要你写信给你母亲，告诉她你舅舅的恶行。她一向是我的好朋友。"

虽然我当时对人情世故所知甚少，但我至少知道我这样一个小女孩不应该在背后议论大人，特别是不应该议论我敬爱的舅舅。不管我怎么同情舅母，我怎么能说舅舅的坏话呢？所以我红了脸，不知该说什么。最后我说："可是，舅母，这有什么用呢？母亲离得这么远，写信要两个月才能到。"

看到我犹豫，舅母更激动了，她说："我也知道没有用，可怜的我，至少我得让他姐姐和姐夫知道他变心了。"我想用自己薄弱的逻辑跟她争论，甚至建议她自己写信给母亲。她一听气得简直要发疯了，她痛哭着说："哎呀！看我这个文盲多作孽！要是我能像你那样绘声绘色地写信就好了！再说，你写信你母亲一定会相信，因为你是局外人。"看到我还在犹豫，舅母开始哀叹血毕竟浓于水，她的一片爱心都不算数，她跟舅舅比在我心里根本不算什么。情况变得更加严重了。听见舅母那么说，我也很伤心，因为我确实爱她，感激她对我的关照。因此我决定用说谎来缓和她的悲痛。

我平生最恨的是说谎。在家的时候，我宁愿受严厉不公平的惩罚，也不愿说佣人或姐妹的谎话。但现在我意识到一个虚假的保证是我唯一能做的有益的事。不管我怎么恨说谎，我决定平生第一次说谎。所以我最后说："好吧，舅母，我会照你说的做，可别告诉舅舅。"舅母这才平静下来，又重复说了几次我该写信后，她离开了我的房间。

舅舅让我每周给家里写信，那天正好是我该写信的日子。在旧中国家庭里不存在什么通信的隐私，特别对于年轻的家庭成员来说，他们的通信要被所有的人阅读和检查，但舅舅思想开明，他听说了西方通信隐私的习俗后，坚持在他家也照办。因此，舅舅、舅母从没想过要读我和家里的通信，除非是我主动给他们看母亲写信传来的消息或请他们修改我的文体。那天我照旧给家里写了信，但对舅舅、舅母吵架的事只字不提。然后我把家信照旧放在"信桌"上——这是舅舅的又一个发明，好让佣人有条有理地去邮局寄信。

但我不知怎的感到有些不自在，因为我担心舅母会拆开我的信看我是否真的履行了诺言。因此，我晚上看见那封信不见了时，就问舅母它是否已经寄了。舅母很奇怪，她说："没有，佣人来拿时没见到，我以为你又把它拿回房间了。"这下我惊慌起来，跟舅母一起把房子上上下下找遍了，但哪里也找不到那封信。舅舅那天早回家，看到这一阵混乱，但他冷冷地一声不响。

第二天早晨，我和舅舅两个人吃早饭时，他尴尬地对我说："阿华，你那封信我已经帮你寄了。"直到现在我还记得我听到我敬爱的舅舅坦白时的复杂情绪。我的第一个念头是自我庆幸："要是我照舅母说的写了那就糟了。"我的第二个念头是对舅舅的不敬，这是我一生中经历的第一个严重的幻灭。原来舅舅这样一个我敬如天神、唯命是从的伟人竟做了他不准我们做的事——偷拆偷看别人的信。但我只说了声"噢"，就接着吃早饭了。对我跟舅舅来说，那都是一生中最尴尬的瞬间之一。对舅舅这样感情敏锐的人，又知道我对他的崇拜，意识到他的这个行为引起我对他的感情的变化必定造成他内心的痛苦。但我对舅舅的敬爱很快恢复了。我开始理解他想看我信的原因。我相信我要是他，也会那样做。

舅舅大概对我能对他的家庭纠纷保持沉默感到很高兴，因为从那天起直到他几年前去世，二十年来他一直待我像平辈，除非我偶尔举止过于乖张。显然那天早晨我在他眼里一下子从小孩变成了大人。

我在舅舅家的那年就是这样度过的。那是我童年时期最快乐的时光之一。除了舅舅给予我的智力和其他方面的教育以及舅母对我的陪伴，我还享受了其他的很多特殊待遇，比方和舅舅两个人吃特别的早饭。

舅舅是个美食家，只有最好的食物才能让他满意。因此，舅母总在后堂留个小厨房，亲自为他烹饪特别的菜肴。这些特别的菜肴是专门给舅舅吃的，就是舅母也不碰。舅舅并不总在家吃中饭、晚饭，所以舅母总是每天早晨为他做特别好吃的早饭让他独自享受。我到了他们家以后，他们决定我应该分享舅舅的早饭。开始我不知怎么办才好，当然不可能问母亲我该怎么办，于是我以小孩的礼貌说我宁愿跟舅母和表弟妹一起吃早饭，但真正的原因当然是因为我不愿分享舅舅的佳肴。可是舅母说："虽然我们待你像女儿，你还是客人。再说，舅舅喜欢在早饭桌上跟你说话。"就这样我和舅舅两个人单独吃早饭。虽然我从不碰他最喜欢的菜肴，我的饭碗里还是堆满了舅母为他做的美味佳肴。

虽然二十年过去了，我仍然怀着感激和快乐的心情回顾我在舅舅家的那一年生活。在那收获巨大的一年里，我学到了很多书本上的和人世间的东西。因此，这个我的第二个家成了连接我童年时代的家和广大世界的最好纽带——在自己家我可以像小孩子一样，而在舅舅家生活让我对自己的行为更负责；但舅舅家比我即将投身的广大世界柔和得多、人性化得多，因为它充满了无限的爱心。要是没有在舅舅家这一年的准备，我到现在都不敢想象当我后来小小年纪独自面对世界时会发生什么。

陈衡哲（1893—1976），新文学运动中最早的女学者、作家、诗人，我国第一位女教授，有"一代才女"之称。1914年考入清华学堂留学生班；1918年获瓦沙女子大学文学学士学位，1920年获芝加哥大学硕士学位，同年应北大校长蔡元培之邀回国，先后任北京大学、四川大学、东南大学教授。1917年创作白话短篇小说《一日》，以"莎菲"的笔名发表于《留美学生季报》。著有《小雨点》（短篇小说集）、《衡哲散文集》。

纪念一位老姑母

陈衡哲

我的祖父母有十二位子女，这位姑母是他们的长女，我的父亲是他们的幼子，故这两位姊弟的岁数便相差二十年，而姑母也就比我大了四十多岁。这位姑母不但身体高大，精力强盛，并且天才横溢，德行高超，使我们一见便感到她是一位任重致远的领袖人才。虽然因为数十年前环境的关系，她的这个领袖天才只牛刀割鸡似的施用到了两三个小小的家族上，但她的才能却并不像普通所谓"才女"的一样，只限于吟风弄月。她除了作诗、读史、写魏碑之外，还能为人开一个好药方，还能烧得一手的好菜。她在年轻的时候，白天侍候公婆，晚上抚育孩子，待到更深人静时，方自己读书写字，常常到晚间三时方上床，明早六时便又起身了。这样的精力，这样艰苦卓绝的修养，岂是那些佳人才子式的"才女"们所能有的！

我懂事而能认得她的时候，她已经是一位中年妇人了。在她的许多侄儿女中间，她最宠爱我。她常常对我的父母夸奖我，说我是一个有"有出息"的孩子。后来隔了十多年，我因为违反了父亲给我订婚的命令，陷入了一个很黑暗的境地。后来虽然得到了父亲的谅解，得仍旧在上海读书，但一则因为经济的困难，二则因为良好学校的缺少，故这个黑暗的境地依旧存在。所以不久我又跑到乡下的姑母家里去，等待着一个镜花水月似的求学的新机会了。她的家是一个大而复杂的家庭，一个无权无能，又没有人生经验的女孩子处在它的中间，是一件很痛苦的事。在这一个自身及环境都是布满荆棘的生活中，只有姑母对我的偏爱给了我一线的光明。

她住的地方是离开苏州不远的一个小城，那里有的是明秀的山水，到了秋天更是可爱。她常常叫了一只小船，命老妈子预备了茶酒食盒，自己带着杜诗和她自己近作的诗，同着我一个人去游湖看山。有一次，她在船上看了一点多钟杜诗之后，忽然站起来，背着双手，在那小舱中间踱来踱去地吟着：

"安得广厦千万间，大庇天下寒士俱欢颜！"

她吟到这里，便站住了，叹了一口长气，说："这是我从前的梦想。现在啊，连自己的儿孙也庇不着了！"因为她的唯一的儿子和他的妻子、儿女那时都成了烟鬼，故她的那个大宅子，和那一个大观园式的花园，看看不久便要卖给旁的人家了。她是一个有刚强意志的人，她对于这个情形只能叹息，不能流泪。但在我看来，这叹息比了一江的清泪还要伤心。我忍不住便对她说:"但是,姑母现在是庇着一个苦孩子啊!"

她听到这话,高兴起来了,立刻对那老妈子说:"去把菜热了,拿来我们吃酒吧。我同二小姐今天要好好地看看湖光山色呢!"

于是我们便谈着,吃着,笑着,两人心里都感到了轻松与快乐。

有一次,我病了,害的是疟疾。她自己给我医治,待我稍好之后,又每天自己在一个小洋炉子上给我炖鸡汤,为我做清淡而滋养的菜,直到我完全恢复为止。在日常吃饭的时候呢,她总是叫我坐在她旁边的一个位置上,凡是老太太吃的精致菜,我是没有不同样享受的。我睡在她的书房里,那书房是一间从来不让他人占用的她的圣室!

我这样的生活在她的爱护之下,使一种黑暗的前途渐渐有了光明,使我对于自己的绝望变成希望,使我相信,我这个人尚是一块值得雕刻的材料。我的一位同样宠爱我的舅父从前曾对我说过,世上的人对于生命的态度有三种:一是"安命",二是"怨命",三是"造命"。他常常勉励我,说我应该取第三种态度,因为他相信我是一个"造命"的材料。但在那两三年中我所受到的苦痛拂逆的经验,使我对于自己发生了极大的怀疑,使我感到奋斗的无用,感到生命值不得维持下去。在这种情形之下,要不是靠了这位姑母,我恐怕将真没有勇气再活下去了。

我住在姑母家里是从民国元年到民国三年。在最后的一年,她在她的一位朋友家为我找到了一个家馆,我便在那里教了半年的小孩子。到了夏天，正是欧战爆发的那一年，清华学校忽然开始考取女生，送美留学。我因为自己程度太浅，不敢尝试，跑到姑母家去和她商量。她却鼓励着我，劝我去考，说我一定有希望。结果我听了她的话，到上海去应了考。考完之后，我仍旧回到了乡下的那个家馆去。后来她在报上见到了我的名字，立刻写了一封长信给我。我不记得那信上写的是什么话，我只记得我还没有把它看完，眼泪便如潮水一般地涌出来了。

这是我生命中最黑暗、最痛苦的一页，而引我离开这个境地，使我重新走上"造命"大道的，却是这位老姑母，和她对于我的深信与厚爱。

廿四年一月

（《衡哲散文集》）

巴　金（1904—2005），原名李尧棠，字芾甘。新文化运动以来最有影响力的作家之一，被称为中国的卢梭。1927 年至 1929 年赴法国留学。1927 年完成第一部中篇小说《灭亡》，1929 年在《小说月报》发表后引起强烈反响。主要作品有《死去的太阳》《新生》《砂丁》《索桥的故事》《萌芽》，还有著名的"激流三部曲"《家》《春》《秋》和"爱情三部曲"《雾》《雨》《电》。其中，《家》是其代表作，也是我国现代文学史上最卓越的作品之一。

做大哥的人

巴　金

父亲死后，我们的富裕的大家庭对于我就变成了一个专制的王国。我在那里面还没有被黑暗驱使到绝望发狂的地步，那只是因为有几个爱我的人多少给了我一些安慰，一些温暖，一些光明。大哥便是其中的一个，而且是最爱我的一个。

大哥虽然和我是同一个母亲所生，而且同住在一个家庭里，可是他的环境却和我的不同。这只因为他是我们的大哥，而且在这大家庭里又是长房的长孙。他的不幸的遭遇，就由这个而发生了。

他生来相貌清秀，自小就很聪慧，在家里得着父亲和母亲两个的钟爱，在书房里又得着教读先生的赞美。看见他的人都说他以后会有很大的成就，母亲也很得意地庆幸着有了这样的一个"宁馨儿"。

他在爱的环境里逐渐长成。我们回到成都后，他过着一个被钟爱着的孩子的生活。辛亥革命发生，在紧张的时局中，他开始跟着三叔的两个镖客学习了武艺。父亲把一生未实现的远大的希望就放在他的身上，想使他做一个"文武全才"的人。后来又送了他进中学。

每天早晨，天还没有大亮，大哥便起来，穿着一身短打，在大厅上或天井里练习打拳使刀。他从两个镖客那里学到了他们的全套的技术。当一个春天的黄昏他在众人的目光下舞动两把短刀时，那两道白光连接成了一根柔软的丝带，蛛网一般掩盖着他的身子，像一个大的白珠在地上滚动，那种活泼的姿态甚至获得了严厉的祖父的赞美，还不说那些胞姊、堂姊和表姊。

在中学里，大哥是一个成绩最优良的学生，四年课程修满毕业时他又是名列第一。他得到毕业文凭归来的那一天，姊姊们聚集在他的房间庆祝他的前途。他们有着一个欢乐的聚会。那时他很喜欢研究理化，满心希望着毕业后再到上海或北京的有名的大学里继续着他的研究，以后再到德国去留学。他的脑里充满了许多美丽的幻想。

然而不到几天，这幻想就被父亲给他打破了，非常残酷地打破了。因为父亲给他订了婚，叫他娶亲了。

这事情他早也知道一点，但料不到父亲就这样迅速地给他安排好了一切。在这事情上父亲似乎完全不体贴他，而新来的继母更不能知道他的心思。

他本也有一个中意的姑娘，他和她中间似乎发生了一种东方式的潜伏的爱情。那个姑娘就是我的一个表姊，我们都爱她，都希望着他能够和她结婚。然而父亲却给他另外选了一个张家姑娘。

这选择的方法也是很奇怪的。当时来给大哥做媒的人很有几个，却被父亲淘汰到只剩了两家。因为在这两个姑娘中间父亲不能够决定究竟哪一个更适宜做他的媳妇，而且两家有着相等的门第，请来做媒的人的情面又是同样的大，于是父亲便把两家的姓写在两方小红纸块上面，揉成了两个纸团，捏在手里，到祖宗的神主面前诚心祷告了一番，然后随意拈起了一个纸团。父亲拈了一个"张"字，而另外一个毛家的姑娘就这样地被淘汰了①。

大哥对于这事情没有反抗，他也不知道反抗。他不向父亲提起他的升学的志愿，也不向父亲说起他的潜伏着的爱情。

于是嫂嫂进门来了。祖父和父亲为着他的婚礼特别在家里演戏庆祝。结婚的仪式自然不是简单的。他自己也在演戏，他一连演了三天的戏。在这些日子里，他被人宝爱着像一个宝贝，被人玩弄着像一个傀儡。他似乎有一点快乐，又有一点兴奋。

他结了婚，祖父有一孙媳，父亲有了媳妇，我们有了嫂嫂，许多别的人也有了短时间的笑乐。但他自己也并不是一无所得。他得了一个体贴他的温柔的姑娘。她年轻，她读过书。她会作

---

①据说母亲在时曾经向表姊的母亲提过亲事，而姑母却以"自己已经受够了亲上加亲的苦，不愿意让女儿再来受一次"这理由拒绝了，这是三哥后来告诉我的。而拈阄的结果却是我亲眼所见。——原注。

诗，她会绘画。他满意了，在短时期中他享受了以前所不曾料想到的种种乐趣。在短时期中，他忘掉了他的前程，忘掉了升学的志愿。他陶醉在这一个少女的温柔的抚爱里。他脸上常常带着笑容，而且整日地躲在房里陪伴他的新娘。

他这样和平地过了两三个月。一个晚上父亲把他唤到面前吩咐道："你现在娶了亲，房中添出许多用钱的地方，可是我这两年来入不敷出，我又没有多余的钱给你们用，只好替你找个事情混混时间，你们的零用钱也会多一点。"

父亲含着眼泪温和地说下去。他不停地答应着，没有说一句别的话，好像这就是他的志愿。可是回到房里，他却倒在床上伤心地哭了一场。他知道一切都完结了！

这样的一个还没有满二十岁的青年就走进了社会，没有一点处世的经验，就像划了一只独木舟驶进了大海，等着受狂风大浪的颠簸。

在这些时候，他忍受着一切，他没有反抗，他也不知道反抗。

月薪是二十四元。这二十四个银元就把他的前程完全毁掉了。

然而那灾祸还不曾到了止境。一年以后父亲就死去了，把我们这一房的责任放在他的肩上。上面有一个继母，下面有好几个弟妹。

他埋葬了父亲后，就平静地把这个担子放在他的肩上，勉强学着一个上了年纪的人那样来处理一切。经济方面自然是由祖父供给（这样我们大家庭就实行了第一次的分家，我们这一房除了父亲自己购置的四十亩田外，从祖父那里分到了两百亩田），不要他去筹划。然而其他各房的压迫、仇视、陷害和暗斗，却要他来承担，来应付。他是一个不知道反抗的人，所以他永远平静地忍受了一切，不管这压迫、仇视、陷害和暗斗是愈来愈加厉害。他只有一个念头：牺牲自己以求得暂时的平静生活。

后来他的第一个儿子出世了。祖父第一次看见了重孙，自然非常高兴。而他自己也感到了莫大的快乐。这儿子是他的亲骨血，他可以好好地教养他，把他的被断送了的前程拿来在他的儿子的身上来实现。

他的儿子一天天长大起来，是一个非常聪明可爱的孩子，得着了我们大家的喜爱。

接着"五四运动"发生了，他和我一样地受了新思想的洗礼。我们都贪婪地读着一切新的书报，接受新的思想。然而他的见解却比较温和得多。他赞成刘半农的"作揖哲学"和托尔斯太①的"无抵抗主义"。他把这理论拿来和我们大家庭的现实环境结合起来。

他一方面信服着新的理论，一方面依旧顺应着旧的环境生活下去，自己并不觉得矛盾。顺应环境的结果，就使他逐渐变成了一个有着两重人格的人。在旧社会、旧家庭里，他是一个

---

①今译托尔斯泰。——编者注。

暮气十足的少爷，而在他和我们一块儿谈话的时候，他又是一个新青年了。这种生活方面是我和三哥所不能够了解的，我们因此常常责备他。我们不但责备他，并且还时常在家里做出带着反抗性的新的举动，使祖父的责备和各房的压迫、仇视、陷害和暗斗丛集在他的身上。

祖父死后，大家庭的黑暗变得更加可怕了。他因为做了承重孙（听说他曾经被一个婶娘暗地唤着"承重老爷"），便更加做了明枪暗箭的目标。他牺牲了一切想去讨好别人也没有用处，同时我和三哥的带着反抗性的言行又给他招来了更多的烦恼。

我和三哥是不肯屈服的。我们不肯敷衍别人，我们不肯牺牲自己的主义，我们对着家里的一切不义行为都要发出攻击的言论，因此常常得罪了叔父和婶娘。他们没有方法对付我们，因为我们已经否定了他们的威权。于是他们便在大哥身上出气，压迫大哥，要他使我们对他们屈服。自然这也是没有用的，可是大哥的处境就变得更加困难了。他不能够袒护我们，而我们又不能够谅解他。

有一次，我得罪了一个婶娘，她诬我打伤了她的独子的面部，而事实上我亲眼看见是她自己在盛怒中把我的堂弟打伤的。她牵着那堂弟就去和继母、大哥争闹。大哥要我向她赔礼认罪，我不肯。他又要我到二叔那里去求一个判断，但我根本不承认二叔的威权，结果是他自己代我赔了礼认罪，而且还受了二叔的申斥，后来到我的房里来对我哭诉了好几个钟头，惹得我也淌了眼泪。但我依旧不肯答应他以后改变我的这种态度。

像这样的事情是很多很多的。他一个人都平静地代我们承担下去了。他的心是很苦的，而我们却不能够谅解他。我们说他的牺牲只是一个不必要的牺牲。我们的话也并没有错，因为即使没有他在前面代我们承担这一切，叔父和婶娘也无法加害到我们的身上来。

然而另一个更大的打击又来到了他的头上。那个聪明可爱的孩子还不到四岁，在一个夏季的中午就以脑膜炎这病症突然死掉了。他的希望完全断绝了，他的悲哀是很大的。

渐渐地，他开始发狂起来，自然并没有什么厉害的表现，但是他的内心的痛苦已经是深到使他不能够再过着平静的生活了。

于是他帮我们实现了我们的志愿（二叔也帮了一点忙，说句公平的话，二叔后来对待大哥和我们还算是亲切的），让我们离开成都，后来又让我单独离开中国。他希望我们在几年后学得一种专门职业就回到成都去"兴家立业"，但是我和三哥两个都违背了他的志愿，我们两个一出来就没有回去过。尤其是我，不但不进工科大学，反而为着到法国的事情写过两三封信去骂他，以后更走了与他的希望相反的道路。因此成都的亲戚常常拿我来做坏子弟的榜样，叫年轻人不要学我。

我从法国回来的那一年，他也到了上海。那时三哥在北平，没有和他会见。我们分别了六年，如今却又有机会在一起谈笑了，我感到很大的安慰。我们谈了别后的许多事情，谈到三姊的惨死，谈到二叔的死，谈到家庭间的种种怪现象。我们弟兄的友爱并没有减少，但思想的相差却比从前愈加显著了。他完全变成了一个旧社会中的诚实的绅士。我们彼此是不能够了解的。

他在上海只住了一个月。那分别的情景是很悲惨的。我把他送到了船上。那时他已经是泪痕满面了。我和他握了手说一句"一路上好好保重"，正要走下去，他却叫住了我。他进了舱去开了箱子，拿出一张留声唱片给我，一面抽泣地说："你拿去唱。"我接到手一看，是一张 G. F. 女士唱的"Sonny Boy"，两个星期前我替他在谋得利洋行买的。他知道我喜欢听这首歌，所以想起了把它拿出来送给我；然而我知道他也是同样地爱听它。这时候我很不愿意把他所爱的东西从他的手里夺了去，但我又一想，我已经有许多许多次违抗过他的意志了，这一次我不愿意在分别的时候再违反他的意思。表弟们在下面催促我，我默默地接过了唱片。我那时的心情是不能够用话语表示出来的。

我和表弟们坐上了划子，让黄浦江的风浪颠簸着我。我看着外滩一带的灯火，我记起了我是怎样地送别了我所爱的一个人，我的心开始痛楚起来，我的这许久不曾哭泣的眼里竟淌下了泪珠。

回到成都，他写了几封信给我。后来他还写过一封诉苦的信。他说他会自杀，倘使我不相信，到了那一天我也就会明白一切的。但是他始终未说出是因了什么缘故，所以我并不相信他的话。

然而在 1931 年春天的一个早晨，他果然就用毒药断送了他的青年的生命。两个月后我才接到了他的占着二十几页信笺的遗书。在那上面我读着这样的话：

无如我求速之心太切，以为投机事业虽险，却很容易成功。前此我之所以失败，全是因为本钱是借贷来的，要受着时间和大利的影响。现在我们自己的钱存在银行里一样收利，我何不借自己的钱来做，一则利息也轻，二则不受时间影响。用自己的钱来做果然得了小利。……所以陆续把存放的款子提取出来作贴现之用，每月可收一百几十元。做了几月很是顺利，于是我就更放心大胆地做去了。……谁知年底一病就把我毁了（因为好几家银行倒闭）。等病好出外一看，才知道我们的养命的根源已经化成了水。既是这样，有什么话说。所以我生日那天请大家看戏后就想自杀，但是我又实在舍不得家里的人，多看一天算一天，混一天，现在混不下去了，我也不想向别人骗钱来用。算了吧，如果活下去，那才是骗人呢！……我死之后不用什么埋葬，随便分尸也可，或者听野兽吃也可，因我应得之罪累及家人受此痛苦，望从重对我之尸体加以处罚。……

这就是大哥自杀的动机了。他大概是为了顾全绅士的面子而死的吧，还是为着不能够忍受未来的更苦痛的生活？这一层我虽然熟读了他的遗书，被里面的一些极其悽惨的话语割着心痛，但我依旧不能够了解。我只知道他是不愿意死的，他是不必死的，然而他却像一个诚实的绅士那样吞食了自己摘下的苦果而死去了。结果他在那般虚伪的绅士眼前丧失了面子，而且把更苦痛的生活留给了所爱的妻和五个儿女（其中有四个是我未见过的）。甚至我们的叔父、婶娘也不肯放过他，在他死后还时时到他家里逼着讨他生前债项，至于别人欠他的债，那就等于"付之东流"了。

大哥终于做了一个不必要的牺牲而死去了。他的一生完全是为着敷衍别人，任人播弄。自己知道已经快逼近了深渊，却依着、跟着那个垂死的旧家庭一天天陷落下地狱去，终于到了完全陷落的那一天，便不得不像一个诚实的绅士那样拿毒药来做他的唯一的拯救了。

他被旧的传统观念毒害了一生，不能够自拔出来。实际上他是被杀而死的。但这也是由他自取。在整个旧制度大崩溃的前夕，对于他的死，我不能够有什么遗憾。然而一想到他的悲惨的一生，一想到他对我所做过的一切，一想到我所给他的种种苦痛，我就不能不痛切地感到我是丧失了最后的一个爱我的人了。

（《巴金自传》）

陈鹤琴（1892—1982），著名儿童教育家、儿童心理学家。1914 年从清华学堂毕业，考取庚款留美。1917 年获霍普金斯大学文学学士学位；1918 年获哥伦比亚大学教育硕士学位，转入心理系攻读博士学位。"五四运动"爆发当年，中断博士论文研究回国。初任南京高等师范学校教授，东南大学成立后任教授、教务主任。抗战胜利后曾任上海市教育局督导处主任督学。著有《陈鹤琴教育文集》《陈鹤琴全集》等。

我的二哥

陈鹤琴

一、 小时没有点心吃

我的二哥是我们五弟兄中最聪明而最伶俐可爱的小孩子。他有高尚的思想，远大的见识，深博的学问。他的小名叫作阿垚。乡下人都称他为"垚伯"，目之为"圣人"。他真是一个天才。不幸天不假年，青年夭折，何胜浩叹。百官镇上到今天还没有出过一个像他这样的人呢！我每次读到"出师未捷身先死，长使英雄泪满襟"，不禁想起我可爱可敬的二哥而感慨系之矣。

二哥小名阿垚，书名鹤闻。他小时容貌正端，身体强壮，精神饱满，天真烂漫。母亲说："五个兄弟之中，阿垚生得顶好看。鼻梁笔直，脸盘见方，眼睛漆乌，皮肤雪白，口齿伶俐，举动活泼，真可爱呢！"他喜欢爬树，爬墙，跳高。他能使棒，他能用一根四尺半的棒，像孙行者在身子左右前后乱舞，使你看过去，差不多只见一个圆圆的棒球而不见他的身子呢。二哥是申亥年生的，属猴，他又善于舞棒，所以那时乡下人就叫他"垚猢狲"。

二哥最喜欢"吃"，说到"吃"，那真是可怜极了！我们小的时候，哪里有什么糖果、饼干吃呢？除了三餐饭之外，简直没有什么东西吃的。但是小孩子总是小孩子，哪一个小孩子不喜欢吃呢？况且小孩子长大的时候，尤其需要糖食水果。中国饭不像外国饭，饭后总有一些甜的点心填填肚。

二哥小时没有点心吃，也没有什么糖果、饼干尝，但是他最爱吃，所以就发生问题了。父亲有时要吸鸦片的，吸了鸦片，口里觉得有点渴、有些苦，就用点茶食解解苦、水果止止渴，所以茶食、水果家中总是有的。但这些茶食、水果是父亲一个人吃的，我们五个小孩子是没有份儿的。二哥聪明，父亲不给他吃，他会偷的。我不是说过吗？二哥的身体很强健，举止很活泼。父亲的茶食、水果，不管藏在眠床里或是锁在橱里，二哥总有法子偷点儿吃吃。事情发觉了，父亲总要骂他、打他。

父亲怎样打他呢？二哥是会跳会跑的。父亲是个跛子，怎样捉得住他呢？所以白天父亲一点不动声色，到了半夜三更，父亲就叫母亲把挂在墙上的竹梢拿下来提给他。母亲是不敢反对的，假使拿得慢一点，也许父亲还要打她的。

说起竹梢，我不得不在此地插一句：这些竹梢，打起人来，真痛呢！但是不会打伤人的。父亲也不随便乱打，把小孩子打得头破出血。竹梢是有竹叶的，打起来没有劲，他老人家就把竹叶儿一片一片地从竹梢上摘下来，再把竹梢一把一把地扎起，挂在墙壁上以备"不时之需"。

小孩子，你们现在急需要知道他究竟怎样打人吗？我来告诉你们吧。他老人家左手拿了竹梢，右手拿了拐杖，母亲提着火油灯在前面走，他跟在后面一步一步地颠。我们小孩子都是睡在楼上的，他上楼是非常吃力。所以走到楼上，他已经有点气喘了。这样，他的怒气无形中受了上楼动作的刺激而增加了。他上了楼再一步一步地颠到二哥的床边。

说到眠床，我又要插一句了。

小孩子，你们现在多舒服！每人都有一张床。那时候，我们五六个小孩子像小猪似的睡在一窝儿的。

父亲到了床边，先把拐杖安放好，再把竹梢拿在右手，左手捏住被角，"呼"的一声，把被儿揭开，五六个小猪似的小孩子从甜梦中惊醒过来，看见怒气冲冲的父亲提着一把亮光光的竹梢，就大喊道："爹爹！爹爹！不要打！不要打！"

其实，受打的只有二哥，其余没有打。但是个个小孩子都吓得栗栗发抖呢。父亲就对二哥说："阿垚，你做得好！我要问你，你下次做不做了？"问了就用竹梢向二哥的屁股上抽。若二哥动一动，父亲抽得重一点；若二哥要乱动，父亲便乱抽。父亲打的时候，我们其余的小孩子躲在床角里，鹿鹿地抖着。

打好了，二哥的屁股上像绳子一样粗的红痕儿，一条一条地纵横着。

二哥这样挨打之后，就再不敢偷吃了吗？不！过了几时，伤痕平了，他的"吃"欲又发了。茶食、水果还是要偷来吃的。所谓"打骂由他打骂，茶食水果随我所欲"。

二、 喜欢看闲书、 写字、 讲故事

二哥不但爱吃，而且爱看闲书。因为爱看闲书而挨打骂的，又不知多少次数呢！小孩子，你们听了一定很奇怪，为什么儿子看闲书要受父亲打骂？现今我不是常常买书给你们看，教你们读吗？为什么我们的祖宗正和现代的人相反呢？我来说给你们听。

从前的人想小孩子应当读正经的书。闲书是成人的消遣品，没有事，空闲时，看看解解闷的。

什么是正经书呢？

四书：《大学》，《中庸》，《论语》，《孟子》。

五经：《诗经》，《书经》，《易经》，《礼记》，《左传》。

什么是闲书呢？各种小说、故事都称为闲书，不过那时的小说、故事没有外国的，都是中国的，什么《三国演义》《水浒》《红楼梦》《西厢》《前后唐》《东西晋》《老残游记》《儒林外史》《西游记》《封神榜》《七侠五义》等等几百种小说、故事。

父亲喜欢看闲书。木版的旧小说书，他足足有四大箱。父亲不但喜欢看而且爱书。所有的书都是放得整整齐齐，保存得牢牢稳稳。每年他总要把书拿出在太阳光里一本一本地晒过，

书箱里面还藏着无数包的樟脑粉，以免蛀书虫的侵入。不仅如此，他所看过的书，没有一本卷角的，都是方方正正，像新的一样。

二哥爱看这些闲书，父亲不准他看，他就偷了看。他看闲书看出神了，吃饭的时候看闲书，大便的时候看闲书，走路的时候看闲书，上学的时候也看闲书。有时候他还要怂恿四哥一同懒学，躲在树底下看闲书。

书角卷了，或是纸张破了，父亲一发觉，就要骂他打他。骂过打过，他依旧偷着看闲书。

有一天晚上，他太随便了，他在一本闲书上练起大字来，把这本闲书写得一塌糊涂。父亲看见了，就要打他。这一次，父亲气极了，不像从前等到半夜三更再行下手。

二哥看见父亲来打他了，就逃到屋外。看看父亲出来寻找了，他连忙爬进水缸里躲着。缸水是满满的，他把头露在水上，险些儿一条性命送掉了。

二哥喜欢写字，写得一手好字。十一二岁就能写对联了，练字的方法也很好。他有一块一尺见方的大砖头，砖面是磨得很平的，他把这块方砖放在桌上，把一支大笔在清水里浸一浸，就练起字来了。方砖是吃水的，水一写上去就被吃掉了。这是一种不花钱的练字法。

还有一种不花钱的练字方法，我常常看见二哥采用的。他就在废纸上、旧报纸上、旧练习纸上练字写字，如此练习，无怪他能写一手好字呢。

二哥既然喜欢写字，能够写字，所以乡里人常常请他写字，什么婚姻对联、丧事挽联、新年春联，都要请他写呢。

二哥不但长于写字，而且善于辞令。一到夏天，晚上满村子里的农夫、小孩子，都到我们家里听二哥讲"朝事"，就是故事。什么"唐僧取经"，什么"火烧连营"，他能讲得有声有色，娓娓动听。那时二哥还只有十一二岁。乡里人因为他能写字，能讲朝事，就称他为"垚先生"。

这位垚先生真聪明呢！十二岁"文章满腹"了，四书五经都读完了。他的老师是一位廪生，姓王号星泉，是百官镇上数一数二的名教师，学问既博，道德又高。二哥是要算他最得意的高足了。

三、 考取童生

十三岁的上半年，二哥去应县考了。不过从百官到上虞县城里倒有四十里路。坐轿去吧，似乎年纪太轻，怎样装成像考相公一样呢？走去吧，脚力太小，跑不动。父亲说道，还是"搁"了去吧。"搁"就是骑在肩上的意思，别人"骑鹤下扬州"，二哥骑肩上县城。骑到县城里，别的考相公看见了，以为他是来看戏的。不料一考，居然给他考中。那看戏的小孩子竟变为小"童生"了。

照例县试考取后，同年八月间须上绍兴府去试府考。若府考考得取，那就是"秀才"了。不幸得很，父亲四月间逝世了。照前清考试规则，凡是丁忧的，不准考试。其实丁了忧而去应试，也可以瞒得过去的。但是百官的一班季、谷、糜三姓大绅士知道了就要"动气"告发，不准二哥去应试。这究竟是怎样一回事呢？难道二哥中了秀才，不足以增百官人之光吗？说起来很痛心呢，那年百官人要去应试的，还有一个绅士糜新甫的儿子，名叫伯春。照理他应当带二哥同去，一路上可以照顾照顾。但是那糜新甫太妒忌了，恐怕他的儿子不中，就邀同季、谷二姓绅士恫吓我们说："你们是外县人，现在阿垚正在丁忧，若要去考，我们地方上绅士就要动禀告发。"

星泉先生得知了，连忙亲自跑到我们家里问母亲说："你们寄居百官已有五代了，当然不能算作外县人。但是丁忧确是一个问题。你们有伯伯吗？"

"没有。"

"你们有叔叔吗？"

"没有。"

"如是有的，那就可作为承继出的，没有丁忧的关系了。"

母亲心里想了一想，说道："阿垚年纪还小，这次不去考，将来也可以去的。"不料，丁忧三年，中途生变，二哥生病，不能应考了。当初得以应试而中，二哥也许在今天还活着呢！以后他究竟遭遇到什么？让我慢慢儿告诉你们吧。

未说之前，有一句话要补充的。当初为什么糜绅士会生妒忌呢？照前清考试规则，全国各县每年考取秀才名额是有规定的。读书人的多少是不论的，应考生的多少也不管的。假定甲县规定每年有秀才名额二十人，若今年甲县送去应考的只有二十人，那二十人不管是阿狗阿猫一定个个都取了；假定乙县的秀才名额也是二十人，但去应考的有二千人，那考取的秀才也不得过二十名。这种不公允的办法是皇帝钦定的，没有人敢反对的。有了这种规定之后，笑话就百出了。

浙江省有十一县。山阴、会稽、诸暨、嵊县四县的读书人很多，每年考试的竞争都是非常之烈。于潜、昌化两县不甚开通，读书人就很少，每年应考的寥寥无几，有时秀才名额比应考的人数还要多呢。应考的人数少，县知事是有罪的，什么罪呢？提倡教育不力。听说有一年于潜某知事深恐应考者太少，事先命差役去捉。

"差役，把读书人捉了来。"

"老爷，读书人有什么标记的？"

"屁股里宕结子的。"那时读书人腰系丝带，带结挂在背后的。

"老爷，是，知道了。"差役就退出去捉了。找来找去，找不到一个读书人。后来，走到市上，看见一个人拿了一杆秤，秤上挂了一个铁锤，宕在屁股头，就把他捉了去。知事见了，大怒道："你为什么把他捉了来？"

"老爷不是要捉那宕结子的读书人吗？"

"胡说，他是称柴的中人。"

这虽然是一个笑话，但也可以证明规定秀才名额之不公而各县秀才学问之高低了。

四、 五次打击

　　小孩子，你们听见这个笑话，就可以明白当初糜绅士为什么要妒忌了，他生怕二哥中了秀才，把他儿子的名额夺取了。结果是怎样呢？二哥的功名固然给他断送，而他的儿子也名落孙山，仍旧不中。土豪劣绅之暴寡忌才，何如是之甚耶！这是二哥第一次所受到的打击。

　　二哥不得志于功名，即要出外，另谋发展。先致信于在杭州经营绸庄的俞表兄。二哥一再函请提携，而世态炎凉总不得一复。这是二哥第二次所受到的大打击。

　　二哥气愤之余，立志到杭州进学堂求新学。他就请求母亲筹划学费，说道："我要到杭州去求新学，请阿娘无论如何要设法筹划学费，即使没有钱，当当卖卖培植我，也是值得的。"二哥说得如此恳切，哪知道母亲太无学识了，太溺爱他了。母亲以二哥年龄太小，不肯放心让他远出"重洋"。那时候，风气闭塞，交通不便。渡钱塘江，先要祭祖宗。到杭州去读书，好像往外国去留学。一个十三岁的青年小孩子，怎样可以渡危险的钱塘江，到遥远的杭州去读书呢？二哥读书的壮志才成泡影。这是二哥第三次所受到的大打击。

　　这时候，父亲新故，家道尚可。聚兴隆广货店还是存在，家中田地虽已押去一些，尚有五六十亩。若主持得人，尚可有为。乃大哥忠厚，以严父一故，压力即去，因误交损友，遂沉迷赌博，坐使五代相传的金字招牌日见衰败，祖宗以血汗换来的田产日见削弱。

那时候，二哥确有远大的见识。他看看我们陈家这样下去，非到破产不止，就建议母亲，请将广货店盘掉，暂时收缩，待将来弟兄长大，重整旗鼓，再图复兴。不料大哥不同意，母亲也无决断。五六年之后，广货店倒闭，田地卖光，甚至于把祖宗的坟头地基也押得干干净净。"戏文做不下去，只有出菩萨了"，这是我们绍兴人的一句土话，就是一家人等到没有法儿生存的时候，自然会有人出来帮助振兴的。我们陈氏究竟谁是"菩萨"，谁来中兴的？等到以后再说。现在我们还是继续说说二哥的生平吧。

二哥在十三岁那一年受了三次大打击，就郁郁不得志，心中非常烦闷。星泉先生看见这种情形，就叫他回到私塾里帮帮忙，散散心。

说来奇怪，二哥本来最爱吃、最顽皮，自从父亲一死，他完全变了一个人。"吃食"固然无从去偷，顽皮也不知何处去了。坐必正，立必直，终日规规矩矩，沉默寡言，俨然一个具体而微的小成人了。大哥赌博，他要说的。弟弟读书，他要教导的。可惜那时我年纪太小，还没有上学呢。

到了十六岁，二哥"成人"了。星泉先生就对母亲说道："鹤闻现在成人了，可以设馆收门生了。他年纪虽小，他的学问着实够了。你可以放心。"母亲就怂恿二哥教书。二哥似有难色，说："娘，青年人教书，不是光荣的。青年人应当在外做事，做一番轰轰烈烈的大事业，我年纪这样轻，应当力求上进，奈何学老学究设馆授生呢?"

母亲给他说得一句话不能回答。但上无叔伯为之提携,中无亲友为之援手,不得已于光绪二十五年(1899年)八月在家中客厅设馆教书了。邻近的儿童一听见二哥教书了,就大家争先恐后地来上学。第一天开学时就有三十来个学生。那年我已经在星泉先生处开过学,读过半年,现在也拜二哥为先生了。

有一天,大哥定亲办喜酒,二哥吃了一只老雄鸡的头,第二天双目失明,眼珠无神,赶快送到绍兴城里请寿敏斋眼科医生医治,医了好几个月,目光有点了,但是变成近视了。这是二哥第四次所受到的打击。

光阴荏苒,一年半匆匆过去了。一学期学费一百多元又收到了。一家生活不无小补呢,母亲、二哥都很高兴。哪知道有了钱,别人就要来看想呢?俗语道:"钱财不露白,露白要赤脚。"

到了新正晚上,有一个邻居,名叫"源班长",就来怂恿二哥去打牌,说:"新年新岁,要高兴高兴。"二哥谢绝不去。

过了一息,源班长又来叫他:"垚先生,时间还早,我们去打两圈来。"二哥心动了,带了百余元就一同去赌了。不料不赌则已,一赌竟输得"滑溻精光"。到了半夜里,垂头丧气回家了。走到楼下池,他预备跳下去自杀了。幸而有同伴俞福全劝住。二哥到了家里,就上床去睡了。福全心里很明白,知道二哥一定要悲痛不已,就偷偷地告诉母亲说:"大妈嗄①,垚先生

①"嗄"音 á,同"啊"。——编者注。

要脸孔的，当面不要去说他。"

第二天早晨二哥还是睡在床里不起来。母亲就过去对他说了一句："阿垚，你不是要说你阿哥吗？半年辛苦，怎样一夜输光呢？""娘，我晓得了，请不必说了。"二哥从此郁郁不乐，一病不起。病到第二年八月十日就与世长别了。我写到此地，泪珠夺眶而出，涔涔而下，再也不能写下去了。

五、 精神不死

亲爱的小孩子，昨夜我为什么哭得如此悲痛呢？我哭二哥是个天才，而环境恶劣竟不得展其宏才。我哭二哥是个贤能，不幸早夭，不得伸其大志。

二哥得病的原因实在是离奇得很。一个很活泼、很强健的青年，一夜忧郁悲痛，竟致不起。他患的是心病，不是身病。身病好医，心病难治。当年伍子胥过昭关，一夜忧虑，须发尽白。小孩子，这都是很宝贵的教训。

在二哥抱病的期间，有两桩事值得记录的。

十九岁新正，就是病后第二年，他想吃一点新年茶食开开胃口，就吃了几粒甜青梅，就是在糖汁里浸过的梅子。不料第二天声音没有了，说话说不响了。二哥从心病转到肺痨。患肺痨的是不能吃甜青梅的，其中的奥妙，只有请教医生了。

这是一桩事。第二桩呢？大约也在新年的时候做的。邻居俞福全见二哥久病不起，遂对母亲说："垚先生既然因赌输得病的，也可以因赌胜而病会好的。我们再邀他一同来玩玩，使他大胜而特胜。"母亲深以为然，就设置圈套，使他大胜。然已太晚了，况且二哥得病，并不因为赌负的缘故，乃是因为受到精神上的打击。从前他是说大哥的，现在自己也犯了同样的毛病，不但见笑于大哥，且无以对母亲对祖宗了。

所谓"一失足成千古恨，再回头已百年身"。

这是当时二哥所深深感到的，而我从那时候起也常以此警惕，作为一生当头棒喝呢！

我因此有所感了。二哥是一个非常规矩的人。烟酒嫖赌，素来都极端反对痛恨的。何以到后来竟死于赌呢？这个责任不应他负的，要社会负的。人非圣人，谁无欲望？奈何社会如此沉闷，正当娱乐一无所有。既没有游戏、运动以活泼其筋骨，又没有音乐、歌唱以舒畅其情绪，所有者烟酒嫖赌，种种恶习都不是二哥所屑为所愿为。况且新年新岁，赌博是公开的，是皇帝特准的，玩玩本亦无妨。乃二哥自许甚大，自视甚高，今一不慎，坠入陷阱，使洁白之圭得沾污点。谁之辜耶？社会亦应负其责矣。

二哥去了，他的身躯虽死，而精神不死。他的声音笑貌、思想、道德，都早已深深地刻入我的心灵中了。九泉有知，也可以含笑自慰矣。

写于宁波青年会

二九，一，一六夜

（《我的半生》）

赵景深（1902—1985），现代作家、文学史家、文学翻译家。生于浙江丽水，少年时在安徽芜湖读书。酷爱文学，1922年从天津棉业专门学校毕业后，任天津《新民意报》文学副刊编辑，并任文学团体绿波社社长。1925年任上海大学教授；1927年任开明书局编辑；1930年起任复旦大学中文系教授，同时兼任北新书局总编辑。其著作和译作数量多、范围广，在学术界和教育界颇有影响。

妹妹来了

赵景深

慧深妹妹，来，你坐在我的对面，我们想象着八年前一同在一个小亭子间里，在如豆的电灯下写文章的情形吧。现在，你演了十几天的戏，该换换口味，写文章玩儿了。

四月十五日

妹妹的电话，说是她和中国旅行剧团的一群都来了，要我去看她。我想起了她屡次来信都向我要糖。是的，在十几年前，我和她都在天津的时候，我曾经买过几盒糖给她吃，她直到现在还记得，时时来信提起，因此也时时地想到兄妹的亲密。这一次我一定得带一盒糖去。我就买了一盒以西洋女孩图画为饰的什锦带在身边。一到颖邨，推开门一看，许多男女团员正围着一张圆桌谈话唱歌，声腾屋顶。我的突然袭来，使得他们都沉静了。妹妹看见我来了，握着我的两个手臂，久别重逢，好像有许多话要说似的。我嗫嚅着说："我替你买来一盒糖！"她正把糖果分给大家的时候，大家齐声地说："好哥哥！"弄得我怪不好意思的。妹妹替我一一介绍，我逐一与他们握手或点头，叫我哪里弄得清楚呢？

四月十八日

以前我写信给我的妹妹，说是上海也有喜欢演戏的小姐，要介绍给她，一个是演《委曲求全》和《雷雨》著名的禾子，还有一个是爱娜，将来希望这三个艺术家能够见面。今晚为了践约，便约爱娜同访禾子，吴铁翼也在。我们四个人一同踏着环龙路的步道在朦胧的街灯下去访问妹妹。途中，铁翼向我谈起小剧场的计划，很是兴奋。

到了颖邨，互相介绍以后，妹妹便和我们谈了起来。妹妹特别把《雷雨》里演四凤的章曼苹介绍给禾子，说是让两个四凤见见面。槐秋不曾吃晚饭，叫厨房另外开。他伸了腿，坐在藤椅上，前面放一张长板凳，算是桌子，用菜碗盛了一碗饭，长板凳放一两样小菜，他就捧了大碗吃了起来，一面吃一面与我们谈话。我们四个人又把妹妹约了出来玩。临出门的时候，爱娜向我说："唐先生的神情态度很像应云卫！"

现在该说我们五个人了。我们五个人一同到 Renaissance（文艺复兴）咖啡店去喝咖啡。我说：女作家到文艺复兴去喝咖啡是最适宜的了。

谈话的主题是《雷雨》，一组是妹妹，一组是禾子与吴铁翼，在音乐队的弹奏声中谈着两处《雷雨》演出的不同。例如，剧本的情节、舞台面的装置、音乐效果的处理、演出的技巧等等，无不详细地谈到，谈话不足，再继之以铅笔绘图。爱娜与我因未经历与实验，恍如乡下人进城，只在旁边做旁听。直谈到夜深，方尽兴而散。

四月二十三日

妹妹与团内的两个四川同乡——陈樾山和吴景平，来家中看我。他们说起要演《茶花女》，我就把从前 Nazimova 主演的《茶花女》影片说明书翻出来给他们看，眼前还好像恍现着一幕：烂漫的樱花树下，一对情侣睡在草地上，热情地看着 *Manon Lescaut*①。忽然眼前又恍现一幕：亚猛捧着马格里脱所最心爱的茶花到马格里脱长眠着的墓上去凭吊②。

四月三十日

在一个宴会席上遇见白薇。白薇说："你妹妹演《雷雨》里的周繁漪演得真好，我很想见见她。"我说："她正在演《雷雨》。我介绍，好不好？"她就与我一同到卡尔登的后台去看慧

①即《曼侬·列斯科》，为意大利歌剧作曲家普契尼（1858—1924）的成名作。——编者注。

②此句中的"亚猛"今译"亚芒"，"马格里脱"今译"玛格丽特"，分别为《茶花女》中的男、女主人公。——编者注。

深。她们俩虽是初见，却很亲热。慧深一面与白薇说话，一面提高了喉咙对着台口喊："四凤，你把老爷的雨衣搁在哪儿啦？"

五月五日

妹妹与蒋奕芳女士、陈樾山、张大任同来，约希同和我到大东茶室去喝茶。张大任是《时代画报》的主编，天真未脱，颇有趣。蒋公很像敝局的女职员美子，喜欢皱鼻而笑，倒颇似谈瑛，能唱青衣戏多出，更在后台与太平洋书店张老板合唱《四郎探母》云。

五月六日

上午与慧深同访白薇。一进衖内，野地里的杨花乱飞。白薇住在三楼，壁上挂着嘉宝的照片和拜伦的画像。《没有祖国的孩子》的作者舒群也在那儿。白薇对慧深很是亲昵，她拍着慧深的肩说："你是多么的瘦啊，比我还要瘦呢！"她把慧深当作小妹妹一样地看待，买了许多甘蔗和糖果来给慧深吃。白薇一面吃，一面说："我在东京的时候，单吃水果就可以过一天！"

五月八日

与希同到卡尔登看 Rene Fauchois[①] 的《油漆未干》。第二幕闭幕后，便到后台去看妹妹。演大女儿的章曼苹手里正捏了一把花生米，吃得很有滋味。她把花生米摊出来，要我也吃一点。

---

①即勒内·福舒瓦，法国剧作家。——编者注。

演二女儿的童毅是团里的小妹妹，正咧着嘴笑，她喊慧深为妈妈，又喊我为舅舅。

五月十日

妹妹真喜欢爱娜，她说："爱娜真柔和，我怪喜欢她的。倘若她是我的情人啊！"她很想念爱娜，要我约她来玩，今晚我就约爱娜冒着雨同来看慧深了。爱娜与慧深也极要好；爱娜虽然有点头痛，仍旧支持着病体来看她的好朋友。谁知我们到了后台，慧深却到大东喝茶去了。这时化好妆的曼苹跑了来，不住地点着头，眨着眼睛，急促地说："赵小姐知道你们要来，请你们等一等。"我们便到大光明饭店进晚餐，餐后又顺便观光唐槐秋亲自出马的《梅萝香》。这时第一幕已经演过了。爱娜说："我还没有看过唐先生的戏！"她显得很高兴，对于槐秋和她的女儿的演技都很称赞。几乎每次门的响动，有新的观客进来的时候，我们都不自觉地把头回过来，以为是慧深来了，这样地有十几次。终于在第二幕演完，电灯大明时，爱娜发现了慧深坐在后面。慧深跑了过来，握住了爱娜的手，第一句话便是："你怎么这样忙，不来看我呢？"后来她们便低声地絮絮地谈了起来。

五月十八日

剧团连演十九天，昨天暂告结束。上午与妹妹同访王统照。以前慧深赴青岛时，他曾请她吃过饭。统照说，星期（十日）

那天他在看《梅萝香》。我说："我们也在看呀！"晚间慧深到家里来住，预备趁着这几天写一点文章。

（《海上集》）

谢六逸（1898—1945），著名作家、翻译家，中国现代新闻教育事业的奠基人之一。1917 年考取公费留学日本，1919 年入日本早稻田大学专门部政治经济科学习，1922 年毕业回国，到商务印书馆工作。先后任暨南大学教授、中国公学文科学长兼中国文学系主任；在复旦大学创建新闻专业，并任复旦大学新闻系、中国文学系主任。新闻记者须具备"史德、史才、史识"三条件，就是谢六逸先生提出的。

做了父亲

谢六逸

"抱着小西瓜上下楼梯""小手在打拳了"，妻怀孕到第八个月时，我们常常这样说笑。妻以喜悦的心情，每日织着小绒线衣，她对于第一个婴儿的出产，虽不免疑惧，但一想到不久摇篮里将有一个胖而白的乖乖，她的母性的爱是很能克制那疑惧的。有时做活计太久了，她从疲惫里也曾低微地叹息，朝着我苦笑。除此之外，她不因身体的累坠而有什么不平。在我是第一次做父亲，对于生产这事，脑里时时涌现出奇异的幻想，交织着恐怖与怜惜。将来妻临盆时，这小小的家庭，没有一个年老的人足以托靠，母亲远在千里，岳母又不住在一处，我越想越害怕，怕那挣扎与呻吟的声音。不出两个月，那新鲜的生命将从小小的土地里迸裂出来，妻将受着有生以来的剧痛，使我暗中流泪。

　　我在妻的怀孕时期的前半，为了工作的关系，曾离开了家。在旅中唯一的安慰妻的法术，就是像新闻特派员似的写了长篇通信寄回。写信时像写小说一样地描写着，写满了近十页的稿纸，意思是使她接着我的一封信，可以慢慢地看过半天或一天。忖度那信要看完时，接着又写第二封信寄去。过了两个礼拜，我必借故跑回家来一次。到妻怀孕的第七个月时，我索性硬着头皮辞职回家来了。回来以后，我搜集了不少的关于妊娠知识的外国文书籍，例如《孕妇的知识》《初产的心得》之类。依照书里的指示，对妻唠叨着必须这么那么的。我怕妻不肯相信我这临时医生的话，要说什么时必定先提一句"书里说的……"，"书里说的……要用一块布来包着肚皮"，"书里说的……"，这样可以使妻不至于提出异议。后来说多了，我的话还没有出口，妻就抢先说："又是书里说的吗?"我们是常常说笑，并且希望肚里的是一个女孩子，但是我暗中仍是异常的感伤，我的恐怖似乎比妻厉害些。我每天默念着，希望妻能够安产，小孩不管怎样都行。

　　真是"日月如梭"，到了十月二十六日（1927 年）的上午四时，天还没有亮，我听着妻叫看护妇的声音，我醒了。她对我说，有了生产的征候。我的心跳着，赶快到岳母家里去。这时街上的空气很清新，女工三三两两地谈笑走着，卖蔬菜的行贩正结队赶路，但我犹如在山中追逐鹿子的猎人，无心瞻望四围的景色。我通知了岳母，又去请以前约定好了的医生。回到家里，"阵痛"还没有开始。过了一刻，医生来了。据说最快还须等到今天夜里，并吩咐不要性急。下午三时以后，"阵痛"攻击我的妻了，大约是十分钟一次。我跑去打了五次电话，跑得满头是汗。唉唉，这是劳康（Laocoon）①的苦闷的第一声了。妻自幼是养育在富裕的家庭里，但自从随着我含辛茹苦之后，一切劳作苦痛都习惯了。她的腹部虽是剧痛，她却撑持着下床步行，不愿呻吟一声。岳母用言语安慰她，我只有坐在房后的浴室流着泪。这一夜医生宿在家里，等候到翌日的下午五时，妻舍弃了无可衡量的血液与精神，为这条小小的生命苦斗着，经验了有生以来的神圣的灾难，于是我们有了一向希望着的女孩子了。

"人生恋爱多忧患，不恋爱亦忧患多"是一点不差的。我们的静寂的家庭，自此以后，增加了新鲜的力量，同时使我们手忙脚乱起来。最苦的是母亲，日夜忙着哺乳，一会儿褓褓，一会儿洗浴。又因为素性酷爱清洁，卧床上也得指点女佣洒扫，又须顾虑着每日的饮食。弥月以后，肌肉脱落了不少，以前的衣服穿在身上宽松了许多；脸上泛着的红色只有在浴后才可以得见。在这时，我最怕看我妻的后影。妻的专长是钢琴（piano）和英语，出了学校，对于自己所学的没有放弃；现在可不行了，那些 Maiden's Player, Lohengrin 的调子是没有多弹奏的余裕了。我本来也想使自己的日常生活近于理想一点，就是起床、运动、

---

①今译拉奥孔。在希腊神话中，拉奥孔乃太阳神阿波罗之神官。特洛伊战争时，希腊人制一木马送入特洛伊城中献与雅典女神。拉奥孔独反对之，欲观木马内究藏何物，乃以枪刺木马。此乃渎神之行为，故拉奥孔及其二子均为蛇所咬死。——编者注。

思考、读书、著述、散步的生活，但是孩子来了，一切的理想都被打碎了。我们的实际生活不能不随着改变了。每天非听啼声不可，非忍受着一切麻烦的琐事不可了。

女孩子是有了，可是还没有名字，照着通例，总是叫她作毛头（头发是那么的黑而长），但妻说照这样叫下去不行，必须请祖母给她题一个名字。我赶快写信去禀告在家乡的母亲。过了许久，便接着了母亲亲笔写成的回信，信里附着一张长方形的红纸，用工楷的字体，写着几行字，上面是"祖母年近六旬为孙女题字，乳名宝珠，学名开志。"在旁边注着两行小字，是"吾家字派为二十字：天光开庆典，祖荫永新昭，学士经书裕，名家信义超"。这些尊重家名的传统习俗，我是忘记得干干净净了，可是我还记得这是祖父在日所规定的，足敷二十代人之用。我的父亲是"天"字一辈，我是"光"字，所以祖母替孙女起名，一定要有一个"开"字的。我们接到祖母的信时，十分的欢喜感激。并且这个名字，我们是很中意的。别人为女孩子起名，多喜欢用"淑""芬""贞""兰"等含有分辨性别的字，"开志"这个名字，看不出有故意区分性别之意，所以我们很欢喜。有了名字，可是我们已经叫惯她作毛毛或是宝宝了，"开志"的名称不过是偶然一用。

宝宝到了第七个月时真是可爱，她的面貌的轮廓渐渐清晰起来了。细长而弯的眉毛，漆黑的眼珠，修而柔的眼毛，还有鼻子，像她的母亲；嘴的轮廓、肤色、笑窝像父亲。志贺直哉

氏在《到网走去》① 一篇小说里，说孩子能将不同的父母的相
貌融合为一，觉得惊奇，在我也有同感。到了第十三个月，因
为奶妈的奶不足，我们便替她离了乳。到了今天，她的年岁是
整整的三十七个月了。这期间，她会开口叫妈妈，叫阿爸，她
会讲许多话，会唱几首歌，我写这篇短文时，她是在我的身旁
聒噪了。

宝宝的笑声啼声就是我们的"神"，我们的宗教。她的睡
颜，她的唇、颊、头发、小手，使我们感到这是"智慧"的神。
她有许多玩具，满满地装在小竹箱里。我们的家距淞沪火车路
线很近，她看惯了火车的奔驰，听惯了火车的笛声，火车变成
了她的崇拜物。在我的观察，她以为火车是最神奇的东西，为
什么跑得这么快，为什么头上有两只大眼睛，为什么会发怒似
的叫号。她崇拜火车，爱慕火车。崇拜、爱慕的结果，把我的
书从书架上搬下来，选出厚而巨的，如大字典之类做火车头，
其他的小型的书当车身，苹果两个权做火车眼睛。在许多玩具
之中，她顶喜欢的是"车"的一类，她有了三轮的脚踏车、小
汽车、装糖果的小电车，日本人做的人力车的模型、独轮车的
模型。除了玩具，她最喜欢模仿父亲看书或看报。画报是她的
爱人，尤其是东京《读卖新闻》附刊的漫画。她一个人睡在藤
椅上，成一个"大"字形，两手举起报纸，嘴里叽里咕噜，不
知念些什么，看去她是十分的欢喜。在最近，她每天对母亲唠

---

① 有周作人译文，收入《现代日本小说集》。——原编者注。

叨着说："毛毛长长大大（杜杜）了，好去读书了。"她有了
《幼稚园读本》，有了《儿童画报》，有了不碎石板和石笔。这
些东西安放的位置偶然被女佣移动一下，她就大声地叫喊。宝
宝又爱散步，在秋天，总是每天两次，由我牵着小手到公园去。
天寒了，午饭后，领着在林木道旁闲踱着。她的嘴里温着歌，
路上散着黄色的落叶，月光从树梢筛在地上，一个大黑影和一
个小黑影一高一低地彳亍着，于是我觉得这里也有"人生"。

　　宝宝自己有她的歌，在二十五个月以后，便自作自唱起来。
她的歌，我多记在日记里。例如："呜呜呜呜火车，叮当叮当电
车。"（在我们的屋后，有火车走过。她与火车最熟。有一天同
母亲到百货店里去了回来，便独语似的念出这两句），"鸟鸟飞，
鸟鸟飞，鸟鸟飞飞"（到外祖母家去，见小娘舅养着的金丝雀逃
走了，回来便这么唱），"洋囡囡是要困困了，毛毛唱唱侬"
（母亲唱歌催她睡觉，她照样子去催眠洋囡囡）。到了今年
（1930 年），宝宝的智慧又进一步了。夏天买了叫叫虫来，挂在
树枝上，一连几天都没有叫，我们说这叫叫虫不会开叫了。宝
宝听了就唱着："叫叫虫，不会叫，买得来，啥用场。"见了木
匠来家里修门，唱的是："木匠师父交关好，是我好朋友；做出
物事交关好，是我好朋友。"夜里睡觉时，脱了衣服，口里念
着："耶稣慈悲，牧师听我，夜里保护我困觉，亚门！"（这是母
亲教的，但无什么宗教的意味。有时白昼也大声地唱着，自己
拍着小手）

　　宝宝的智慧是一天比一天增进了，这使我们担心着将来的

教育问题。在我个人，是怀疑国内的一切学校教育的。宝宝现在是三十七个月了，附近虽有幼稚园，经我们来参观以后，便不放心送她进去。将来长大时，在上海地方，我们也不曾知道哪一所女子中学是优良的，听人说，甚至于有借办女子学校为名，而与政客官僚结纳，替他们介绍一两个女学生，因此募款自肥的。教会办的女子学校更不行，平时拿"耶稣"来骗人，记得几句死板板的英语。他们的宗旨不外是想培养"名媛"，预备在"时装展览会"里，穿上所谓"时装"，替富商大贾们做"衣架子"（比以 Mannequin Girl 为职业的还要无自觉），继而她们的芳容在上海的乌七八糟的"画报"上登载出来，大概就会有达官贵人、欧美博士之流来跪着求婚的。接着就是举行"文明结婚"仪式，请"局长""要人"们来证婚，来宾有千人之众。汽车、金刚石、锦绣断送了一生。在教会女学毕业出来的人，大多数以这条"出路"为她们的最高的理想。上海的女子教育，我是根本地摈斥的。

再说，像我们这一阶级的人，能否供应一个女孩子多念几年书，也没有把握。所以我们对于自己的女孩子的教育计划，是想由我们自己的力量，将她培养成为一个"自由人"，成为一个强健耐劳的女性。我们想就孩子的年龄（四岁到二十五岁），分作五个教育时期，按期把识字、写字（毛笔与钢笔）、儿歌、童话、儿童剧、运动（特别注重）、作文、散文、小说、诗歌、数学、阅报、自然科学与社会科学的常识、历史地理的知识、筋肉劳动（特别注重）、各国革命史、人类劳动史、外国语言文

字、专门技能的学习（特别注重，但以筋肉劳动者为限，使她
能在农村或工厂生活）等等教她。过了二十五年，她可以到社
会的漩涡里去冲击了。假使我有一天能够脱离这薪给阶级者的
生活，也许我还能做一个打铁的工人。到了那时，我更能将我
的手腕磨炼得粗厚些。靠着我的双腕，使我们的宝宝在精神和
肉体两方面都健全地养育起来，让她做一个"自由人"，做一个
"勇者"。我们的宝宝呀！

叶圣陶（1894—1988），原名叶绍钧，字圣陶。现代著名作家、语文教育家，中国第一位童话作家。1911年中学毕业。1915年到上海尚公小学任教，同时为商务印书馆编写小学国文课本。1923年任商务印书馆编辑，1927年代理主编《小说月报》，1931年主编《中学生》杂志。著有小说、散文集、童话集及语文教育论著多部，编辑课本数十种。其中童话集《稻草人》是具有开拓意义的作品，长篇小说《倪焕之》被誉为划时代的扛鼎之作。

做了父亲

叶圣陶

一

假若至今还没儿女，是不是要同有些人一样，感着人生的缺憾，心头总是有这么一桩失望牵萦着的？

我与妻都说不至于吧。一些人没儿女感着缺憾，因为他们认儿女是他们分所应得，应得而不得，失望是当然；也许有人说没儿女便是没有给社会尽力，对于种族的绵延不曾负责任，那是颇堂皇冠冕的话，是随后找来给自己解释的理由，查问到根底，还是个不得所应得的不满足之感而已。我们以为人生的权利固有多端，而儿女似乎不在多端之内，所以说不至于。

但是儿女早已出生了，这个设想无从证实。在有了儿女的今日，设想没有儿女，自觉可以不感缺憾；倘今日真个还没儿女，也许会感到非常的寂寞、非常的惆怅吧，这是说不定的。

二

教育是专家的事业，这句话近来几成口号，但这意义仿佛向来被承认的。然而一为父母就得兼充专家也是事实。非专家的专家担起教育的责任来，大概走两条路：一是尽许多不需要的心，结果是"非徒无益，而又害之"；一是给与一个"无所有"，本应在儿女的生活中充实些什么的，却并没有把该充实的充实进去。

自家反省，非意识地走着的是后面的一条。虽然也像一般父亲一样，被一家人用作镇压孩子的偶像，于没法对付时，便"爹爹，你看某某！"这样喊出来，有时被引动了感情，骂一顿甚至打一顿的事情也有，但收场往往像两个孩子争闹似的，说着"你不那样，我也不这样了"的话，其意若曰彼此再别说这些，重复和好了吧。这中间，积极的教训之类是没有的。

不自命为"名父"的，大多走与我同样的路。

自家就没有什么把握，一切都在学习试练之中，怎么能给后一代人预先把立身处世的道理规定好了教他们呢？

三

学校，我想也不是与儿女有什么了不起的关系的。学一些符号，懂一些常识，交几多朋友，度几多岁月，如是而已。

以前曾经担过忧虑，因为自家是小学教员出身，知道小学的情形比较清楚，以为像模像样的小学太少了，儿女达到入学年龄时将无处可送。现在儿女三个都进了学校，学校也不见特别好，但我毫不存勉强迁就的意思。

一定要有理想的小学才把儿女送去，这无异看儿女作特别珍贵、特别柔弱的花草，所以须保藏在装着热气管的玻璃花房里。特别珍贵吗，除了有些国家的贵胄华族以外，谁也不肯给儿女做这样的夸大口吻。特别柔弱吗，那又是心所不甘的，要抵挡得风雨，经历得霜雪，这才欢喜。——我现在做这样想，自笑以前的忧虑殊无谓。

何况世间为生活所限制，连小学都不得进的也很多，他们一样要挺直身躯立定脚跟做人，学校好坏于人究竟有何等程度的关系呢？——这样想时，以前的忧虑尤见得我的浅陋了。

四

我这方面既给与一个"无所有"，学校方面又没什么了不起的关系，这就拦到了角落里，儿女的生长只有在环境的限制之内，用他们自己的心思能力去应付一切。这里所谓环境，包括他们所有遭值的事故①人物，一饮一啄，一猫一狗，父母教师，街市田野，都在里头。

父亲真欲帮助儿女，仅有一途，就是诱导他们，让他们锻炼这种心思能力。若去请教专家的教育者，当然，他将说出许

---

①此处"事故"为"事端"之义。——编者注。

多微妙的理论，但要义恐怕也不外乎此。

可是，怎样诱导呢？我就茫然了。虽然知道应该往哪一方向走，但没有走去的实力，只得站住在这里，搓着空空的一双手，与不曾知道方向的并没有两样。我很明白，对儿女最抱歉的就在这一点，将来送不送他们进大学倒没有关系。因为适宜的诱导是在他们生命的机械里加燃料，而送进大学仅是给他们文凭、地位，以便剥削别人而已（有人说振兴大学教育可以救国，不知如何，我总不甚相信，却往往想到这样不体面的结论上去）。

他们应付环境不得其当甚至应付不了时，定将怅然自失，心里想，如果父亲早给与点帮助，或者不至于这样无所措吧。这种归咎，我不想躲避，也是不能躲避的。

五

对于儿女也有我的希望。

一语而已，希望他们胜似我。

所谓人间、所谓社会虽然很广漠，总直觉地希望它有进步。而人是构成人间社会的，如果后代无异前代，那就是站住在老地方没有前进，徒然送去了一代的时光，已属不妙。或者更甚一点，竟然"一代不如一代"。试问人间社会经得起几回这样的七折八扣呢？凭这么想，我希望儿女必须胜似我。

爬上西湖葛岭那样的山便会气喘，提十斤左右重的东西行一二里路便会臂酸好几天，我这种身体完全不行的。我希望他们有强壮的身体。

人家问一句话一时会答不出来，事故当前会十分茫然，不知怎样处置或判断，我这种心灵完全不行的。我希望他们有明澈的心灵。

讲到职业，现在做的是笔墨的事情，要说那干系之大，自然可以戴上文化或教育的高帽子，于是仿佛觉得并非无聊。但是能够像工人、农人一样，拿出一件供人家切实应用的东西来吗？没有！自家却使用了人家所生产的切实应用的东西，岂不也成了可羞的剥削阶级？文化或教育的高帽子只供掩饰丑脸，聊自解嘲而已，别无意义。这样想时，更菲薄自己达于极点。我希望他们不同我一样，至少要能够站在人前宣告道："用了我们的劳力，产生了切实应用的东西，这里就是！"其时手里拿的是布匹、米麦之类；即使他们中间有一个成为玄学家，也希望他同时铸成一些齿轮或螺丝钉。

1930 年 11 月作

（《未厌居习作》）

丰子恺（1898—1975），著名漫画家、散文家、文艺理论家和翻译家。1919 年毕业于浙江省立第一师范学校。1921 年获亲友资助赴日留学，10 个月后因经济困难回国，先后在上海、浙江、重庆等地任教，并曾任上海开明书店编辑、《中学生》杂志编辑。1924 年在文艺刊物《我们的七月》上第一次发表漫画《人散后，一钩新月天如水》。1942 年在重庆自建"沙坪小屋"，专事绘画和写作。

做父亲

丰子恺

楼窗下的街里远远地传来一片声音："咿哟，咿哟……"渐近渐响起来。

一个孩子从算草簿中抬起头来，张大眼睛倾听一会儿，"小鸡！小鸡！"叫了起来。四个孩子同时放弃手中的笔，飞奔下楼，好像路上的一群麻雀听见了行人的脚步声而飞去一般。

我刚才扶起他们所带倒的凳子，拾起桌子上滚下去的铅笔，听见大门口一片呐喊："买小鸡！买小鸡！"其中又混着哭声。连忙下楼一看，原来元草因为落伍而狂奔，在庭中跌了一跤，跌痛了膝盖不能再跑；恐怕小鸡被哥哥姊姊们买完了，轮不着他，所以激烈地哭着。我扶了他走出大门口，看见一群孩子正向一个挑着一担"咿哟咿哟"的人招呼，欢迎他走近来。元草立刻离开我，上前去加入了团体，且跳且喊："买小鸡！买小鸡!"泪珠跟了他的一跳一跳而从脸上滴到地上。

孩子们见我出来，大家回转身来包围了我。"买小鸡！买小鸡！"的喊声由命令的语气变成了请愿的语气，喊得比前更响了。他们努力把这些声蓄入我的身中，希望它们由我的口上开出来。独有元草直接拉住了担子的绳而狂喊。

我全无养小鸡的兴趣，且想起了以后的种种麻烦，觉得可怕。但乡居寂寥，绝对屏除外来的诱惑而强迫一群孩子在看惯的几间屋子里隐居这一个星期日，似也有些残忍。且让这个"咿哟咿哟"来打破门庭的岑寂，当作长闲的春昼的一种点景吧。我就招呼挑担的，叫他把小鸡给我们看看。

他停下担子，揭开前面的一笼。"咿哟咿哟"的声音忽然放大。但见一个细网的下面蠕动着无数可爱的小鸡，好像许多活的雪球。五六个孩子蹲集在笼子的四周，一齐倾情地叫着"好来！好来！"一瞬间我的心也屏绝了思虑而没入在这些小动物的姿态的美中，体验了孩子们对于小鸡的热爱的心情。许多小手伸入笼中，竞指一只纯白的小鸡，有的几乎要隔网捉住了它。挑担的忙把盖子无情地冒上，"咿哟咿哟"的雪球和一群"好来好来"的孩子便隔着咫尺天涯了。孩子们怅望笼子的盖，依附在我的身旁，有的伸手摸我的袋。我就向挑担的人说话：

"小鸡卖几钱一只？"

"一块洋钱四只。"

"这样小的，要卖二角半钱一只？可以便宜些否？"

"便宜勿得，二角半钱最少了。"

他说过挑起担子就走。大的孩子脉脉含情地目送他，小的孩子拉住了我的衣襟而连叫"要买！要买！"挑担的越走得快，他们喊得越响。我摇手止住孩子们的喊声，再向挑担的问：

"一角半钱一只卖不卖？给你六角钱买四只吧！"

"没有还价！"

他并不停步，但略微旋转头来说了这一句话，就赶紧向前面跑。"咿哟咿哟"的声音渐渐地远起来了。

元草的喊声就变成哭声。大的孩子锁着眉头，不绝地探望挑担者的背影，又注视我的脸色。我用手掩住了元草的口，再向挑担人远远地招呼："二角大洋一只，卖了吧！"

"没有还价！"他说着昂然地向前进行，悠长地叫出一声"卖——小——鸡——"，其背影就在衖口的转角上消失了。我这里只留着一个号啕大哭的孩子。

对门的大嫂子曾经从矮门上探头出来看过小鸡，这时候便拿着针线走出来倚在门上，笑着劝慰哭的孩子说："不要哭！等一会儿还有担子挑来，我来叫你吧。"

她又笑向我说："这个卖小鸡的想做好生意。他看见小孩子们哭着要买，越是不肯让价了。昨天坍墙圈里买的一角洋钱一只，比刚才的还大一半呢！"

我对她答话了几句，便拉着哭的孩子回进门来。别的孩子也懒洋洋地跟了进来。我原想为长闲的春昼找些点景而走出门口的，不料讨个没趣，扶了一个哭着的孩子而回进来。庭中的杨柳正在骀荡的春光中摇曳柔条，堂前的燕子正在安稳的新巢上低徊软语。我们这个强硬的挑担者和痛哭的孩子，在这一片和平幸福的春景中很不调和啊！

关上大门，我一面为元草揩拭眼泪，一面对孩子们说：

"你们大家说'好来好来''要买要买'，那人便不肯让价了！"

小的孩子听不懂我的话，继续唏嘘着；大的孩子听了我的话若有所思。

我继续抚慰他们：

"我们等一会再来买吧，隔壁的大妈会喊我们的。但你们下次……"

我不说下去了，因为下面的话是"看见好的嘴上不可说好，想要的嘴上不可说要"。倘再进一步，就要变成"看见好的嘴上应该说不好，想要的嘴上应该说不要"了。在这一片天真烂漫、光明正大的春景中，向哪里容藏这样教导孩子的一个父亲呢？

王春翠（1903—1987），民国时期著名记者、作家曹聚仁（1900—1972）的原配夫人。小学毕业于曹聚仁父亲曹梦岐创办的育才学堂。1921年春与曹聚仁结婚。1926年生女曹雯，6岁时夭折，之后未再生育。20世纪30年代初协助曹聚仁创办《涛声》《芒种》等，并撰文在《妇女杂志》《涛声》《芒种》等报刊上发表。1936年将发表的散文结集《竹叶集》出版；另外，以"谢燕子"为笔名，编有《戏剧新选》《戏曲甲编》等。后在家乡从事乡村教育。

做母亲的第一课[*]

王春翠

雯女的孕生，在我们结婚的第六年；这个迟迟的消息，对于在都市过活的我们，反而感到经济上担负轻松的愉快；对于我们双方的父母，却有些急盼了！

来了，毕竟来了！怪难受的风信期，虽不定要想梅子吃，平素的口味已完全变个样儿，时常在想望新异的蔬果！但想望是一事，达到想望的目标后忽而厌弃又是一事。每每菜未下锅，还在想望，菜一下锅，便又作呕，真像久病后的情形。最难当的是作呕，食物稍微逾量一些，便要吐出来，才觉痛快。我这样似病非病地在床上卧了四星期以上，消息的真实，那是无疑的了。

---

* 本文原标题为"母亲的第一课"，"做"字系编者所加。——编者注。

在情绪上，我亦不知是喜是愁，大概是喜的成分多一些。一颗小生命神秘、不可思议地萌芽着、成长着，即从"好奇"这一点上，不能不有些自喜。但生产是妇女危险关头的观念早在我的心头生根，正未免有些自虑。T的心理怎样，我可不能知道，他平素对于儿女问题全不着急，但在证实了消息以后，那么为着小生命准备将来，则其心喜如我可知。

从春到夏，从夏到秋，已经是小生命出世的时候了。在初冬的某一天，经过一段不可避免的苦痛时期，小生命出生了。出生的是一个女孩，在医院伴着我的那个老戚妇似乎有些触望，虽不曾对我说些什么。我在长时期疲劳以后，让小生命睡在我的身边，精神上颇有些怡然，男和女简直不成什么问题。T从上海回来，在车上早想好两个名字，一个叫作"霏"，一个叫作"雯"；这样就叫作"雯"了。T是爱开玩笑的，一看见女孩，便笑道："但愿天下父母心，不重生男重生女。"他又知道乡中重男的观念很深，家信中便含糊地说生了孩子，并不注明性别。听说乡中还当谜样猜了一回，而我的母亲毕竟送了如外甥①般的礼。

一对没有经验的夫妇，对于过分喜爱的儿女，将怎么办呢？逾分的疼爱并不是婴儿的幸福，但是我们只知道疼爱。第一件事，我们共同同意的，是由自己来哺乳。我们的理由很多，乳母难找，乳母的价格太高，乳母的乳汁常不与婴儿适宜，雇乳

---

①此处"外甥"是方言，即"外孙"。——编者注。

母常不免要呕不必有的气，归结拢来还是自己喂的好，而且我自己的乳汁正多。俗语说得好："若要小儿安，须带三分饥与寒。"但我们觉得眼里的小生命她太软弱了，拼命围着不让她受风，啼了便喂奶给她吃。有一天，她吃了奶便吐。大哥告诉我们："奶吃得太多了，要用皮硝在肚上包一包了。"于是我们暗自笑了。那年冬天，我们回乡间去，看见我们弟妇的儿子，比雯女还小一些，早露着脸抱在风里了，于是我们又暗自笑了。这样，我们学习得一串名词，"皮硝""硼砂""抱龙丸""婴儿自己药片"这些常用药名。T是不会抱小孩的，他抱小孩看得比豆腐还娇嫩些；这样，也就学成会捧了。

人生生命过程上的功课大概是连续不断的。男女从恋爱到结婚，是重要的练习题。生了儿女，又是在做重要的练习题。雯女出生以后，我们也曾找些《育婴宝鉴》《育儿须知》之类来看看，其中讲的是外国人的老法子，适用于我们的非常之少。在《育儿须知》那小册子里说，婴儿断乳的时期须很早，大致在吃了七八个月以后，即可从事断乳。谁知对门笃信《须知》的汪先生，她的女儿如期断乳，面黄骨瘦，简直变成了虚痨了。我们只得让雯女吃乳到二周年，让她自然地断了下来。后来我看了些别的医学书，知道断乳的时期以民族性而大不相同，短的固可七八月断乳，长的即二三年断乳亦无不可。我幸而不做书呆子，不上那个老当。依行为心理学家的理论，通常父母对于儿女的疼爱，都是妨害儿女的身心的，我们也尽力来矫正这个习惯。但当女儿长时间哭泣的时候，我们竟无从忍耐。大抵儿童在希冀不能达到目的时，总是哭泣。依理论，不应该随意让她满足她的希冀，但我们实无法来停止她的哭泣，不免和一般一样，她要什么就做什么了。直到去年，我们的弟弟发明了一个秘诀！每当儿童以"甲"点不满足而哭泣时，必须设法避开"甲"点，用"乙"点来移"甲"点，于是不自觉地停止了她的哭泣。这样大家才恍然大悟，真是"生了一儿女，胜读十年书"呢！

现在雯女是从牙牙学语到话说得成器的时候了。不知由于怎样一个机会，闯进识字的门阈。她把识字当作游戏，每天识几个字，自有兴趣。依坊间印行的《幼稚园读本》，大概是从笔画少的字着手；我们却抛弃了这个观念，以为儿童是直觉的，只要能引起他的观念，自能承受下去。现在所教的都是和她有关系的字，笔画多的如"橘"，如"宝"，如"关""炉"①，生僻的如"宫""孙"，也已教过了。我们之间最近有一个理论，幼稚园教科书应该由父母自己来编。田汉先生所做一面贴照片一面写文字的办法，才是幼稚园教本的正当办法。然而雯女已四岁了，我们又该做别一个练习题了！

父母对于儿女的将来，计划一定很多；我们对于雯女，也有许多美满的计划，但要切实去实行，那就很少。最初说在口头的，是雯女的经济问题，要给他一个充分的准备，让她适量

---

①"宝""关""炉"的繁体字分别为"寶""關""爐"，故笔画较多。——编者注。

发展起来。我们先拟替她在银行每月储蓄一些，到十五年以后，让她得一笔巨款；一年复一年，到如今还不曾实行过。又想替她存储一个整数的款子，但整数款子的来源还渺茫而不可知。这是第一张不兑现的预约券。其次是她的教育问题，上海的幼稚园都是小姐养成所，原不希望去进的。只想替她选择一个平民化的小学，让她呼吸一些自由空气；在每一段落中让她到故乡去住些时，使她接近自然。这张预约券，快要到兑现时期了，而要选择的学校还不曾找到，正如萧伯纳一样，不知将儿女送到什么地方去的好。生活的长鞭打在身上，万一失了业，也许连选择的自由都会失去呢！再其次是她的婚姻问题，那真想得太早了。"让她主有她自由的幸福，绝对不加干涉"，这是我们的主张，大概可以践约的吧！其他还有一张小小的预约券：从她入世那一天起，想替她按年写些生命的记录。每张照片贴在适当的地方，每个新的动作都替她详细记载起来。可是三年来所做还不到一半，一本断断续续的生命册只是"聊胜于无"而已！

听说有了儿女，是蜗牛背了壳；我们只有一个女儿，自然还是欣然，在别一方面讲，更该尽一些责任。辛莱克说："人类最宝贵的，莫过于有一个健全的心支配着一个健全的身体。"这就算是我们为雯女所悬的标准吧。

谢冰莹（1906—2000），中国历史上第一个女兵作家。1926年考入武汉中央军事政治学校，旋即开往北伐前线参战，在战地写成并发表《从军日记》。1931年从北平女师大毕业后，自费赴日留学。"七七"事变后，回国组织"战地妇女服务团"，自任团长，开往前线救助伤员，并写下了《抗战日记》。其一生出版的小说、散文、游记、书信等著作达80余种，代表作《女兵自传》被译成英文、日文等10多种文字。

做了母亲

谢冰莹

鸿回到广东去了。我没有把我们因为他的缘故而演出的悲剧告诉他，也没有送他上车，只在他向我告别的一刹那，告诉他永远不要给我来信，我们的友谊关系从此断绝了！当然，他是聪明人，一定能了解我说这话的意义和苦衷，他真的再也不来信了。

眼看着肚子一天比一天大起来，我知道孩子快要出世了，心里万分焦灼。为了他，我应该先预备一点钱，所以托云章在大名女师找了个国文教员的位置，那时她是女师的校长。但检查我身体的医生极力反对我去大名，他说只差两三个月就要生产了，路上的颠簸一定使胎儿受不住而发生小产的危险。于是我写信给奇，要他代替我去挣几个钱回来养孩子，而且这也是做父亲的应尽的义务。没想到暑假回家，他只剩下三十元交给我。试问，这点点钱能够做什么用呢？

他回到北平的第二天，孩子出世了，是一个美丽的女孩，眼睛很大，嘴很小，哭起来时声音特别洪亮。起初他很高兴，每天来看我，都要带一封粉红色的信给我，打开一看，有时是一首诗，有时是一封情书。隔床躺着的张太太，有一天她带着羡慕的口吻对我说："这么年轻的一个学生，我还以为是你的弟弟，谁知还是孩子的爸爸。"

我微笑了，我感到幸福而骄傲。我们过去的误会都在孩子的哭声中消灭了，从此我们只有快乐的日子过了吧，我祈祷着。

回到家了，生活突然来了一个转变，为了那三十元早已用完，我连该吃的鸡和蛋也不能得到了，女工也没有钱雇，自己的脏衣服和孩子的尿布只好全由自己洗，做饭、扫地的工作当然也要自己动手。由于营养不良，我的奶水一天比一天清淡，孩子因为吃不饱，整日整夜哭闹，没法，只好去买罐勒吐精代乳粉来喂她。

是我病倒后的第二天晚上，我请求奇在十一点钟的时候来冲代乳粉给孩子吃，但他因为贪恋打牌的缘故，早已忘了这件事。孩子哭得连隔院的人都听到了，我又打发隔壁的杨妈和士楷去叫了他两次，他竟置之不理。

究竟是女人心软，士楷走来冲了一碗代乳粉，不知是冲得太淡还是孩子有意淘气，她居然一口也不喝，就一直哭了两个多钟头才疲倦地睡去。当晚我写了封很长的信给奇，请求他为了爱惜孩子的缘故，暂时把牌牺牲一下。我还以为他会向我道歉，谁知只在信后面批了这么一句："此后不再打牌了。"

究竟不知是什么缘故，奇的精神越来越不高兴，对我的态度也越来越冷淡了。

我不敢望他这冷铁一般的面孔，当他和别人谈话的时候，总是满脸笑容，而一到了我的面前，似乎我就变成了他的敌人了！无论和他谈什么，他总是皱着眉，勉强地敷衍着，最奇怪的，一到晚上，他常常坐到十二点钟或一点钟还不睡，有时呆坐，有时听到笔尖触在纸上发出沙沙的声音，但不到十分钟，又听到把纸撕成碎片的声音。几次我想偷偷地去拾起这些碎纸来看，是否是他写给我要和我决裂的信，但为了怕更惹起他的反感，我只好忍耐着不去理会。

无论你怎样苦苦地求他早睡，他只答应一声："唔……"我每晚都希望他在未入寝以前来看我一次，或者瞧瞧孩子的睡相也好，但他每次都使我失望。

唉！这样没有爱情的生活，我还勉强继续干什么呢？

我的内心里这样苦痛地叫喊起来，于是自杀的念头又来到脑海中了。

——死吧！十二点半天津开来最后一班的特别快车，趁着这时我丢下孩子去躺在铁轨上吧，让火车驶过来把我压成粉碎，等他去看明早铁轨上一副血肉模糊的女尸招领的新闻吧！

——或者就用绳子吊死这在房里吧，横竖他是不会进来的，只要将绳子结紧一点，身子悬在空中，至多二十分钟以内可以断气。

——好，就这样决定吧，这比去铁轨上自杀方便得多呢。

就这样，我用那根粗大的捆被窝的绳子套在我的瘦得像一根枯柴的颈项上，正想去挂到梁柱上时（我住的只有一底的瓦房，没有天花板，开眼就看到梁柱），忽然望望熟睡在床上的孩子是这样的美丽、恬静，当她微笑的时候，那两个小小的酒窝是多么可爱啊。她引诱着我俯身去吻她，眼泪又滴在那又嫩又白的小脸上。想到也许我死后不久，她也会随着我赴黄泉，于是我立刻消失了自杀的勇气。

——孩子是我生的，我应该好好地抚养她，不要使她初来到人间就做了无母的孤儿。即使要自杀，也应该先把她安置好了再说，否则，奇是不会照管孩子的。如果他有一天另娶了，而这女人又不喜欢孩子的话，孩子的前途还堪设想吗？

这样一想，死的念头又渐渐冷下去了。

但，当我从蚊帐里望到他还在安心地看书，不管听到我的哭泣声、叹息声，他连头都不回转来望一下的时候，我的自杀念头又坚决了。

——唉！你已经是一个被爱人遗弃的女人了！还留恋人间干什么？你看，自己是这样过着痛苦的生活，他却还能安心地看书，上帝，男子难道真的是铁打的心肠吗？

——孩子，管她做什么？横竖她是社会的人，生也好，死也好，何必这样痛惜她，我这么大了，社会都没有生的保障给我，何况她是一条这么弱小的生命。

——死吧，就这么不顾一切地死吧！

当我第二次离开床要上吊的时候，我又想和奇做一次最后的吻别。

说句良心话，我实在爱他，虽然他对我这么冷淡，但我仍然爱他！我想人生不是这么简单的，他这几天的心理变化，一定是愁着我们的生活问题，愁着他家里母亲和弟妹的生活问题。是的，一定是为了这个。爱情不能当饭吃，我们不是唯心论者，他的冷淡我，我应该原谅他，我们在困苦的环境里更要相爱，不要制造些苦痛来给自己受。放冷静一点吧，一时的感情冲动，往往会造出不可挽救的悲剧。

这么一想，于是一根绳子又轻轻地从我的颈上取了下来丢在地上。

生与死的斗争，一直延长到黎明。

因了流泪过多的缘故，眼皮浮肿得像个小核桃。当强烈的阳光射进眼里时，像被针刺着一般地痛，头也晕沉得抬不起来，全身的骨筋都酸痛了。

唉！女人，女人的一生都是痛苦的！

（《女兵自传》）

胡　适（1891—1962），原名嗣穈，学名洪骍，字希疆；后改名胡适，字适之，笔名天风、藏晖等。安徽绩溪人。因提倡文学革命而成为新文化运动的领袖之一。历任北京大学教授、北京大学文学院院长、中华民国驻美利坚合众国特命全权大使、北京大学校长等职。胡适兴趣广泛，著述丰富，在文学、哲学、史学、考据学、教育学、伦理学、红学等诸多领域都有深入的研究，被誉为现代思想文化界最稳健、最优秀、最高瞻远瞩的哲人智者。

我的儿子

胡　适

一、　汪长禄先生来信

　　昨天上午我同太虚和尚访问先生，谈起许多佛教历史和宗派的话，耽搁了一点多钟的工夫，几乎超过先生平日见客时间的规则五倍以上，实在抱歉得很。后来我和太虚匆匆出门，各自分途去了。晚边回寓，我在桌子上偶然翻到最近《每周评论》的文艺那一栏，上面题目是"我的儿子"四个字，下面署了一个"适"字，大约是先生做的。这种议论我从前在《新潮》《新青年》各报上面已经领教多次，不过昨日因为见了先生，加上"叔度汪汪"的印象，应该格外注意一番。我就不免有些意见，提起笔来写成一封白话信，送给先生，还求指教指教。

　　大作说："树本无心结子，我也无恩于你。"这和孔融所说的"父之于子当有何亲……""子之于母亦复奚为……"差不多同一样的口气。我且不去管他。下文说的："但是你既来了，我不能不养你教你，那是我对人道的义务，并不是待你的恩谊。"这就是做父母一方面的说法。换一方面说，做儿子的也可模仿同样口气说道："但是我既来了，你不能不养我教我，那是你对人道的义务，并不是待我的恩谊。"那么两方面凑泊起来，简直是亲子的关系一方面变成了跛形的义务者，他一方面变成了跛形的权利者，实在未免太不平等了。平心而论，旧时代的见解，好端端生在社会一个人，前途何等遥远，责任何等重大，为父母的单希望他做他俩的儿子，固然不对，但是照先生的主张，竟把一般做儿子的抬举起来，看作一个"白吃不回账"的主顾，那又未免太"矫枉过正"吧。

现在我且丢却亲子的关系不谈，先设一个譬喻来说。假如有位朋友留我在他家里住上若干年，并且供给我的衣食，后来又帮助我的学费，一直到我能够独立生活他才放手。虽然这位朋友发了一个大愿，立心做个大施主，并不希望我些须报答，难道我自问良心能够就是这么拱拱手同他离开便算了吗？我以为亲子的关系，无论怎样改革，总比朋友较深一层。就是同朋友一样平等看待，果然有个鲍叔再世，把我看作管仲一般，也不能够说"不是待我的恩谊"吧。

大作结尾说道："我要你做一个堂堂的人，不要你做我的孝顺儿子。"这话我倒并不十分反对。但是我以为应该加上一个字，可以这么说："我要你做一个堂堂的人，不单要你做我的孝顺儿子。"为什么要加上这一个字呢？因为儿子孝顺父母，也是做人的一种信条，和那"悌弟""信友""爱群"等等是同样重要的。旧时代学说把一切善行都归纳在"孝"字里面，诚然流弊百出，但一定要把"孝"字"驱逐出境"，划在做人事业范围以外，好像人做了孝子，便不能够做一个堂堂的人，换一句话，就是人若要做一个堂堂的人，便非打定主意做一个不孝之子不可。总而言之，先生把"孝"字看得与做人的信条立在相反的地位。我以为"孝"字虽然没有"万能"的本领，但总还够得上和那做人的信条凑在一起，何必如此"雷厉风行"，硬要把它"驱逐出境"呢？

前月我在一个地方谈起北京的新思潮，便联想到先生个人身上。有一位是先生的贵同乡，当时插嘴说道："现在一般人都把胡适之看作洪水猛兽一样，其实适之这个人旧道德并不坏。"说罢，并且引起事实为证。我自然是很相信的。照这位贵同乡的说话推测起来，先生平日对于父母当然不肯做那"孝"字反面的行为，是绝无疑义了。我怕的是一般根底浅薄的青年，动辄抄袭名人一两句话，敢于扯起幌子，便"肆无忌惮"起来。打个比方，有人昨天看见《每周评论》上先生的大作，也便可以说道："胡先生教我做一个堂堂的人，万不可做父母的孝顺儿子。"久而久之，社会上布满了这种议论，那么任凭父母老病冻饿以至于死，都可以不去管他了。我也知道先生的本意无非看见旧式家庭过于"束缚驰骤"，急急地要替他调换空气，不知不觉言之太过，那也难怪。从前朱晦庵①说得好："教学者如扶醉人"，现在的中国人真算是大多数醉倒了。先生可怜他们，当下自告奋勇，使一股大劲，把他从东边扶起。我怕是用力太猛，保不住又要跌向西边去。那不是和没有扶起一样吗？万一不幸，连性命都要送掉，那又向谁叫冤呢？

我很盼望先生有空闲的时候，再把那"我的父母"四个字做个题目，细细地想一番。把做儿子的对于父母应该怎样报答的话（我以为一方面做父母的儿子，同时在他方面仍不妨做社会上一个人）也得咏叹几句，"恰如分际""彼此兼顾"，那才免得发生许多流弊。

二、 我答汪先生的信

前天同太虚和尚谈论，我得益不少。别后又承先生给我这封很诚恳的信，感谢之至。

"父母于子无恩"的话，从王充、孔融以来也很久了。从前有人说我曾提倡这话，我实在不能承认。直到今年我自己生了一个儿子，我才想到这个问题上去。我想这个孩子自己并不曾自由主张要生在我家，我们做父母的不曾得他的同意，就糊里糊涂地给了他一条生命。况且我们也并不曾有意送给他这条生命。我们既无意，如何能居功？如何能自以为有恩于他？他既无意求生，我们生了他，我们对他只有抱歉，更不能"市恩"

①即朱熹（1130—1200），号晦庵。——编者注。

了。我们糊里糊涂地替社会上添了一个人，这个人将来一生的苦乐祸福，这个人将来在社会上的功罪，我们应该负一部分的责任。说得偏激一点，我们生一个儿子，就好比替他种下了祸根，又替社会种下了祸根。他也许养成坏习惯，做一个短命浪子；他也许更堕落下去，做一个军阀派的走狗。所以我们"教他养他"，只是我们自己减轻罪过的法子，只是我们种下祸根之后自己补过弥缝的法子。这可以说是恩典吗？

我所说的，是从做父母的一方面设想的，是从我个人对于我自己的儿子设想的，所以我的题目是"我的儿子"。我的意思是要我这个儿子晓得我对他只有抱歉，决不居功，决不市恩。至于我的儿子将来怎样待我，那是他自己的事。我决不期望他报答我的恩，因为我已宣言无恩于他。

先生说我把一般做儿子的抬举起来，看作一个"白吃不还账"的主顾。这是先生误会我的地方。我的意思恰同这个相反。我想把一般做父母的抬高起来，叫他们不要把自己看作一种"放高利债"的债主。

先生又怪我把"孝"字驱逐出境。我要问先生，现在"孝子"两个字究竟还有什么意义？现在的人死了父母都称"孝子"。孝子就是居父母丧的儿子（古书称为"主人"），无论怎样忤逆不孝的人，一穿上麻衣，戴上高粱冠，拿着哭丧棒，人家就称他作"孝子"。

我的意思以为古人把一切做人的道理都包在"孝"字里，故战阵无勇、莅官不敬等等都是不孝。这种学说，先生也承认它流弊百出。所以我要我的儿子做一个堂堂的人，不要他做我的孝顺儿子。我的意想以为"一个堂堂的人"决不至于做打爹骂娘的事，决不至于对他的父母毫无感情。

但是我不赞成把"儿子孝顺父母"列为一种"信条"。易卜生的《群鬼》里有一段话很可研究：

（孟代牧师）你忘了没有，一个孩子应该爱敬他的父母？

（阿尔文夫人）我们不要讲得这样宽泛。应该说："欧士华应该爱敬阿尔文先生（欧士华之父）吗？"

这是说，"一个孩子应该爱敬他的父母"是耶教一种信条，但是有时未必适用。即如阿尔文一生纵淫，死于花柳毒，还把遗毒传给他的儿子欧士华，后来欧士华毒发而死。请问欧士华应该孝顺阿尔文吗？若照中国古代的伦理观念自然不成问题。但是在今日可不能不成问题了。假如我染着花柳毒，生下儿子又聋又瞎，终身残废，他应该爱敬我吗？又假如我把我的儿子应得的遗产都拿去赌输了，使他衣食不能完全，教育不能得着，他应该爱敬我吗？又假如我卖国卖主义，做了一国一世的大罪人，他应该爱敬我吗？

至于先生说的，恐怕有人扯起幌子，说："胡先生教我做一个堂堂的人，万不可做父母的孝顺儿子。"这是他自己错了。我的诗是发表我生平第一次做老子的感想，我并不曾教训人家的儿子！

　　总之，我只说了我自己承认对儿子无恩，至于儿子将来对我作何感想，那是他自己的事，我不管了。

　　先生又要我做"我的父母"的诗。我对于这个题目也曾有诗，载在《每周评论》第一期和《新潮》第二期里。

（《胡适文存》）

朱自清（1898—1948），现代著名散文家、诗人、学者。1916年考入北京大学预科，1920年毕业于北京大学哲学系。1925年任清华大学中文系教授。1931年赴英国进修语言学和英国文学，后又漫游欧洲五国。1932年回国，任清华大学中国文学系主任。抗战爆发后，任西南联合大学中国文学系主任。1948年因患胃病逝世。其作品主要有《踪迹》《背影》《匆匆》《新诗杂话》《欧游杂记》等。

儿 女

朱自清

我现在已是五个儿女的父亲了。想起圣陶喜欢用的"蜗牛背了壳"的比喻，便觉得不自在。新近一位亲戚嘲笑我说"要剥层皮呢"，更有些悚然了。十年前刚结婚的时候，在胡适之先生的《藏晖室劄记》里见过一条，说世界上有许多伟大的人物是不结婚的，文中并引培根的话："有妻子者，其命定矣。"当时确吃了一惊，仿佛梦醒一般。但是家里已是不由分说给娶了媳妇，又有什么可说？现在是一个媳妇，跟着来了五个孩子。两个肩头上，加上这么重一副担子，真不知怎样走才好。"命定"是不用说了，从孩子们那一面说，他们该怎样长大，也正是可以忧虑的事。我是个彻头彻尾自私的人，做丈夫已是勉强，做父亲更是不成。自然，"子孙崇拜""儿童本位"的哲理或伦理，我也有些知道；既做着父亲，闭了眼抹杀孩子们的权利，知道是不行的。可惜这只是理论，实际上我是仍旧按照古老的传统，在野蛮地对付着，和普通的父亲一样。近来差不多是中年的人了，才渐渐觉得自己的残酷；想着孩子们受过的体罚和叱责，始终不能辩解——像抚摩着旧创痕那样，我的心酸溜溜的。有一回，读了有岛武郎《与幼小者》的译文，对了那种伟大的、沉挚的态度，我竟流下泪来了。去年父亲来信，问起阿九，那时阿九还在白马湖呢。信上说："我没有耽误你，你也不要耽误他才好。"我为这句话哭了一场——我为什么不像父亲的仁慈？我不该忘记，父亲怎样待我们来着？人性许真是二元的，我是这样的矛盾，我的心像钟摆似的来去。

　　你读过鲁迅先生的《幸福的家庭》吗？我的便是那一类的"幸福的家庭"！每天午饭和晚饭，就如两次潮水一般。先是孩子们你来他去地在厨房与饭间里查看，一面催我或妻发"开饭"的命令。急促繁碎的脚步夹着笑和嚷，一阵阵袭来，直到命令发出为止。他们一个一个地跑着喊着，将命令传给厨房里的佣人，便立刻抢着回来搬凳子。于是这个说："我坐这儿！"那个说："大哥不让我！"大哥却说："小妹打我！"我给他们调解，说好话。但是他们有时候很固执，我有时候也不耐烦，这便用着叱责了；叱责还不行，不由自主地，我的沉重的手掌便到他们身上了。于是哭的哭，坐的坐，局面才算定了。接着可又你要大碗，他要小碗，你说红筷子好，他说黑筷子好；这个要干饭，那个要稀饭，要茶要汤，要鱼要肉，要豆腐，要萝卜；你说他菜多，他说你菜好。妻是照例安慰着他们，但这显然是太迁缓了。我是个暴躁的人，怎么等得及？不用说，用老法子将他们立刻征服了；虽然有哭的，不久也就抹着泪捧起碗了。吃完了，纷纷爬下凳子，桌上是饭粒呀、汤汁呀、骨头呀、渣滓呀，加上纵横的筷子、欹斜的匙子，就如一块花花绿绿的地图模型。吃饭而外，他们的大事便是游戏。游戏时，大的有大主意，小的有小主意，各自坚持不下，于是争执起来；或者大的欺负了小的，或者小的竟欺负了大的，被欺负的哭着嚷着，到我或妻的面前诉苦；我大抵仍旧要用老法子来判断的，但不理的时候也有。最为难的，是争夺玩具的时候，这一个的与那一个的是同样的东西，却偏要那一个的，而那一个便偏不答应。在这种情形之下，不论如何，终于是非哭了不可的。这些事件自然不至于天天全有，但大致总有好些起。我若坐在家里看书或写什么东西，管保一点钟里要分几回心，或站起来一两次的。若是雨天或礼拜日，孩子们在家的多，那么，摊开书竟看不下一行，提起笔也写不出一个字的事，也有过的。我常和妻说："我们家真是成日的千军万马呀！"有时是不但"成日"，连夜里也有兵马在进行着——在有吃乳或生病的孩子的时候！

我结婚那一年，才十九岁。二十一岁，有了阿九；二十三岁，又有了阿莱。那时我正像一匹野马，哪能容忍这些累赘的鞍鞴、辔头和缰绳？摆脱也知是不行的，但不自觉地时时在摆脱着。现在回想起来，那些日子真苦了这两个孩子——真是难以宽宥的种种暴行呢！阿九才两岁半的样子，我们住在杭州的学校里。不知怎的，这孩子特别爱哭，又特别怕生人。一不见了母亲，或来了客，就哇哇地哭起来了。学校里住着许多人，我不能让他扰着他们，而客人也总是常有的。我懊恼极了，有一回，特地骗出了妻，关了门，将他按在地下打了一顿。这件事，妻到现在说起来，还觉得有些不忍；她说我的手太辣了，到底还是两岁半的孩子！我近年常想着那时的光景，也觉黯然。阿莱在台州，那是更小了，才过了周岁，还不大会走路。也是为了缠着母亲的缘故吧，我将她紧紧地按在墙角里，直哭喊了三四分钟，因此生了好几天病。妻说，那时真寒心呢！但我的苦痛也是真的。我曾给圣陶写信，说孩子们的磨折实在是无法奈何，有时竟觉着还是自杀的好。这虽是气愤的话，但这样的心情确也有过的。后来孩子是多起来了，磨折也磨折得久了，少年的锋棱渐渐地钝起来了，加以增长的年岁增长了理性的裁制力，我能够忍耐了。——觉得从前真是一个"不成材的父亲"，如我给另一个朋友信里所说。但我的孩子们在幼小时，确比别人的特别不安静，我至今还觉如此。我想这大约还是由于我们抚育不得法；从前只一味地责备孩子，让他们代我们负起责任，却未免是可耻的残酷了！

　　正面意义的"幸福"，其实也未尝没有。正如谁所说，小的总是可爱，孩子们的小模样、小心眼儿，确有些教人舍不得的。阿毛现在五个月了，你用手指去拨弄她的下巴，或向她做趣脸，她便会张开没牙的嘴格格地笑，笑得像一朵正开的花。她不愿在屋里待着，待久了，便大声儿嚷。妻常说："姑娘又要出去溜达了。"她说她像鸟儿般，每天总得到外面溜一些时候。润儿上个月刚过了三岁，笨得很，话还没有学好呢。他只能说三四个字的短语或句子，文法错误，发音模糊，又得费气力说出，我们老是要笑他的。他说"好"字，总变成"小"字；问他"好不好？"他便说"小"或"不小"。我们常常逗着他说这个字玩儿；他似乎有些觉得，近来偶然也能说出正确的"好"字了，特别在我们故意说成"小"字的时候。他有一只搪瓷碗，是一毛钱买来的。买来时，老妈子教给他："这是一毛钱。"他便记住"一毛"两个字，管那只碗叫"一毛"，有时竟省称为"毛"。这在新来的老妈子，是必须翻译了才懂的。他不好意思，或见着生客时，便咧着嘴痴笑；我们常用了土话，叫他作"呆瓜"。他是个小胖子，短短的腿，走起路来蹒跚可笑；若快走或跑，便更"好看"了。他有时学我，将两手叠在背后，一摇一摆的——那是他自己和我们都要乐的。

他的大姊便是阿莱，已是七岁多了，在小学校里念着书。在饭桌上，一定得啰啰唆唆地报告些同学或他们父母的事情，气喘喘地说着，不管你爱听不爱听。说完了总问我："爸爸认识吗？""爸爸知道吗"？妻常禁止她吃饭时说话，所以她总是问我。她的问题真多：看电影便问电影里的是不是人，是不是真人，怎么不说话？看照相也是一样。不知谁告诉她，兵是要打人的。她回来便问，兵是人吗？为什么打人？近来大约听了先生的话，回来又问张作霖的兵是帮助谁的？蒋介石的兵是不是帮我们的？诸如此类的问题，每天短不了，常常闹得我不知怎

样答才行。她和润儿在一处玩儿，一大一小，不很合式①，老是
吵着哭着。但合式的时候也有，譬如这个往床底下躲，那个便
钻进去追着；这个钻出来，那个也跟着——从这个床到那个床，
只听见笑着，嚷着，喘着，真如妻所说，像小狗似的。现在在
京的，便只有这三个孩子。阿九和转儿是去年北来时，让母亲
暂时带回扬州去了。

　　阿九是喜欢书的孩子。他爱看《水浒》《西游记》《三侠五
义》《小朋友》等，没有事便捧着书坐着或躺着看。只不喜欢
《红楼梦》，说是没有味儿。是的，《红楼梦》的味儿，一个十
岁的孩子，哪里能领略呢？去年我们事实上只能带两个孩子来，
因为他大些，而转儿是一直跟着祖母的，便在上海将他俩丢下。
我清清楚楚记得分别的一个早上，我领着阿九从二洋泾桥的旅
馆出来，送他到母亲和转儿住着的亲戚家去，妻嘱咐说："买点
吃的给他们吧。"我们走过四马路，到一家茶食铺里。阿九说要
熏鱼，我给买了；又买了饼干，是给转儿的。便乘电车到海宁
路。下车时，看着他的害怕与累赘，很觉恻然。到亲戚家，因
为就要回旅馆收拾上船，只说了一两句话便出来。转儿望望我，
没说什么，阿九是和祖母说什么去了。我回头看了他们一眼，
硬着头皮走了。后来妻告诉我，阿九背地里向她说："我知道爸
爸喜欢小妹，不带我上北京去。"其实这是冤枉的。他又曾和我
们说："暑假时一定来接我啊！"我们当时答应着，但现在已是

――――――――

　　①"合式"，原文如此。――编者注。

第二个暑假了，他们还是在迢迢的扬州待着。他们是恨着我们呢，还是惦着我们呢？妻是一年来老放不下这两个，常常独自暗中流泪，但我有什么法子呢？想到"只为家贫成聚散"一句无名的诗，不禁有些凄然。转儿与我较生疏些，但去年离开白马湖时，她也曾用了生硬的扬州话（那时她还没有到过扬州呢）和那特别尖的小嗓子向着我："我要到北京去。"她晓得什么北京，只跟着大孩子们说罢了。但当时听着，现在想着的我，却真是抱歉呢。这兄妹俩离开我原是常事，离开母亲虽也有过一回，这回可是太长了；小小的心儿，知道是怎样忍耐那寂寞来着！

我的朋友大概都是爱孩子的。少谷有一回写信责备我，说儿女的吵闹也是很有趣的，何至可厌到如我所说，他说他真不解。子恺为他家华瞻写的文章，真是"蔼然仁者之言"。圣陶也常常为孩子操心：小学毕业了，到什么中学好呢？——这样的话，他和我说过两三回了。我对他们只有惭愧！可是近来我也渐渐觉着自己的责任。我想，第一该将孩子们团聚起来，其次便该给他们些力量。我亲眼见过一个爱儿女的人，因为不曾好好地教育他们，便将他们荒废了。他并不是溺爱，只是没有耐心去料理他们，他们便不能成材了。我想我若照现在这样下去，孩子们也便危险了。我得计划着，让他们渐渐知道怎样去做人才行。但是要不要他们像我自己呢？这一层，我在白马湖教初中学生时，也曾从师生的立场上问过丏尊，他毫不踌躇地说："自然啰。"近来与平伯谈起教子，他却答得妙："总不希望比自

己坏啰。"是的，只要不"比自己坏"就行，"像""不像"倒
是不在乎的。职业、人生观等，还是由他们自己去定的好；自
己顶可贵，只要指导、帮助他们去发展自己，便是极贤明的
办法。

予同说："我们得让子女在大学毕了业，才算尽了责任。"
SK 说："不然，要看我们的经济，他们的材质与志愿，若是中
学毕了业，不能或不愿升学，便去做别的事，譬如做工人吧，
那也并非不行的。"自然，人的好坏与成败，也不尽靠学校教
育，说是非大学毕业不可，也许只是我们的偏见。在这件事上，
我现在毫不能有一定的主意，特别是这个变动不住的时代，知
道将来怎样？好在孩子们还小，将来的事且等将来吧。目前所
能做的，只是培养他们基本的力量——胸襟与眼光。孩子们还
是孩子们，自然说不上高的远的，慢慢从近处小处下手便了。
这自然也只能先按照我自己的样子，"神而明之，存乎其人"，
光辉也罢，倒楣也罢，平凡也罢，让他们各尽各的力去。我只
希望如我所想的，从此好好地做一回父亲，便称心满意。——
想到那"狂人""救救孩子"的呼声，我怎敢不悚然自勉呢？

六月二十四日晚写毕，北京清华园

（《背影》）

丰子恺（1898—1975），著名漫画家、散文家、文艺理论家和翻译家。1919 年毕业于浙江省立第一师范学校。1921 年获亲友资助赴日留学，10 个月后因经济困难回国，先后在上海、浙江、重庆等地任教，并曾任上海开明书店编辑、《中学生》杂志编辑。1924 年在文艺刊物《我们的七月》上第一次发表漫画《人散后，一钩新月天如水》。1942 年在重庆自建"沙坪小屋"，专事绘画和写作。

儿　女

丰子恺

　　回想四个月以前，我犹似押送囚犯，忽然地把小燕子似的一群儿女从上海的租寓中拖出，载上火车，送回乡间，关进低小的平屋中，自己仍回到上海的租寓中，独居了四个月。这举动究竟出于什么旨意，本于什么计划，现在回想起来，连自己也不相信。其实旨意与计划，都是虚空的，自骗、自扰的，实际于人生有什么利益呢？只赢得世故尘劳，作弄几番欢愁的感情，增加心头的创痕罢了！

　　当时我独自回到上海，走进空寂的租寓，心中不绝地浮起这两句《楞严》的经文："十方虚空在汝心中，犹如白云点太清里，况诸世界在虚空耶！"

　　晚上整理房室，把剩在灶间里的篮钵、器皿、余薪、余米以及其他三年来寓居中所用的家常零星物件，尽行送给来帮我做短工的、临近的小店里的儿子。只有四双破旧的小孩子的鞋子（不知为什么缘故）我不送掉，拿来整齐地摆在自己的床下，而且后来看到的时候常常感到一种无名的愉快。直到好几天之后，邻居的友人过来闲谈，说起这床下的小鞋子阴气迫人，我方始悟到自己的痴态，就把它们拿掉了。

朋友们说我关心儿女。我对于儿女的确关心，在独居中更常有悬念的时候。但我自以为这关心与悬念中，除了本能以外，似乎尚含有一种更强的加味。所以我往往不顾自己的画技与文笔的拙陋，动辄描摹。因为我的儿女都是孩子们，最年长的不过九岁，所以我对于儿女的关心与悬念中，有一部分是对于孩子们——普天下的孩子们——的关心与悬念。他们成人以后我对他们怎样？现在自己也不能晓得，但可推知其一定与现在不同，因为不复含有那种加味了。

回想过去四个月的悠闲宁静的独居生活，在我也颇觉得可恋，又可感谢。然而一旦回到故乡的平屋里，被围在一群儿女的中间的时候，我又不禁自伤了。因为我那种生活，或枯坐、默想，或钻研、搜求，或敷衍、应酬，比较起他们的天真、健全、活跃的生活来，明明是变态的、病的、残废的。

有一个炎夏的下午，我回到家中了。第二天的傍晚，我领了四个孩子——九岁的阿宝，七岁的软软，五岁的瞻瞻，三岁的阿韦——到小院的槐荫下，坐在地上吃西瓜。夕暮的紫色中，炎阳的红味渐渐消减，凉夜的青味渐渐加浓起来。微风吹动孩子们的细丝一般的头发，身体上的汗气已经全消。百感畅快的时候，孩子们似乎已经充溢着生的欢喜，非发泄不可了。最初是三岁的孩子的音乐的表现，他满足之余，笑嘻嘻摇摆着身子，口中一面嚼西瓜，一面发出一种像花猫偷食时候的"ngam ngam"的声音来。这音乐的表现立刻唤起了五岁的瞻瞻的共鸣，他接着发表他的诗："瞻瞻吃西瓜，宝姊姊吃西瓜，软软吃西瓜，阿韦吃西瓜。"这诗的表现又立刻引起了七岁与九岁的孩子的散文的、数学的兴味——他们立刻把瞻瞻的诗句的意义归纳起来，报告其结果："四个人吃四块西瓜。"

于是我就做了评判者，在自己心中批判他们的作品。我觉得三岁的阿韦的音乐的表现最为深刻而完全，最能全般表出他的欢喜的感情。五岁的瞻瞻把这欢喜的感情翻译为（他的）诗，已打了一个折扣，然尚带着节奏与旋律的分子，犹有活跃的生命流露着。至于软软与阿宝的散文的、数学的、概念的表现，比较起来更肤浅一层。然而看他们的态度，全部精神没入在吃西瓜的一事中，其明慧的心眼，比大人们所见的完全得多。天地间最健全者的心眼，只是孩子们的所有物，世间事物的真相，只有孩子们能最明确、最完全地见到。我比起他们来，真的心眼已经因了世智尘劳而蒙蔽、斫丧，是一个可怜的残废者了。我实在不敢受他们"父亲"的称呼，倘然"父亲"是尊崇的。

我在平屋的南窗下暂设一张小桌子，上面按照一定的秩序而布置着稿纸、信笺、笔砚、墨水瓶、糨糊瓶、时表和茶盘等，不欢喜别人来任意移动，这是我独居时的惯癖。我——我们大人——平常的举止，总是谨慎、细心、端详、斯文。例如磨墨、放笔、倒茶等，都是小心从事，故桌上的布置每日依然，不致破坏或扰乱。因为我的手足的筋觉已经因了屡受物理的教训而深深地养成一种谨慎的惯性了。然而孩子们一爬到我的案上，就捣乱我的秩序，破坏我的桌上的构图，毁损我的器物。——他们拿起自来水笔来一挥，洒了一桌子又一衣襟的墨水点；又把笔尖蘸在糨糊瓶里。他们用劲拔开毛笔上的铜笔套，手背撞翻茶壶，壶盖打碎在地板上……这在当时实在使我不耐烦，我不免哼喝他们，夺脱他们手里的东西，甚至批他们的小颊。然而我立刻后悔——哼喝之后立刻继之以笑，夺了之后立刻加倍奉还，批颊的手在中途软却，终于变批为抚。因为我立刻自悟其非——我要求孩子们的举止同我自己一样，何其乖谬！我——我们大人——的举止谨慎，是为了身体手足的筋觉已经受了种种现实的压迫而痉挛了的缘故；孩子们尚保有天赋的健全的身手，与真朴活跃的元气，岂像我们的穷屈。揖让、进退、规行、矩步等大人们的礼貌，犹如刑具，都是戕贼这天赋的健全者的身手的。于是活跃的人逐渐变成了手足麻痹、半身不遂的残废者。残废者要求健全的举止同他自己一样，何其乖谬！

　　儿女对我的关系如何？我不曾预备到这世间来做父亲，故心中常是疑惑不明，又觉得非常奇妙。我与他们（现在）完全是异世界的人，他们比我聪明、健全得多，然而他们又是我所生的儿女。这是何等奇妙的关系！世人以膝下有儿女为幸福，希望以儿女永续其自我，我实在不解他们的心理。我以为世间人与人的关系，最自然、最合理的莫如朋友。君臣、父子、昆弟、夫妇之情在十分自然合理的时候都不外乎是一种广义的友谊。所以朋友之情，实在是一切人情的基础。"朋，同类也。"并育于大地上的人都是同类的朋友，共为大自然的儿女。世间的人忘却了他们的大父母，而只知有小父母，以为父母能生儿女，儿女为父母所生，故儿女所以永续父母的自我，而使之永存。于是无子者叹天道之无知，子不肖者自伤其天命，而狂进杯中之物，其实天道有何厚薄于其齐生并育的儿女！我真不解他们的心理。

近来我的心为四事所占据了——天上的神明与星辰，人间的艺术与儿童。这小燕子似的一群儿女，是在人世间与我因缘最深的儿童，他们在我心中占有与神明、星辰、艺术同等的地位。

（《缘缘堂随笔》）

老　舍（1899—1966），本名舒庆春，字舍予。现代著名小说家、文学家、戏剧家。1918 年毕业于北京师范学校。1924 年赴伦敦大学东方学院华语学系任华语讲师，并开始文学创作。1929 年回国。20 世纪 30 年代先后任教于齐鲁大学和山东大学。1946 年接受美国国务院邀请赴美讲学，1949 年回国。"文化大革命"中遭受迫害，于 1966 年 8 月 24 日深夜含冤自沉于北京西北的太平湖。著有《老张的哲学》《四世同堂》《骆驼祥子》《茶馆》等。

有了小孩子以后

老　舍

艺术家应以艺术为妻，实际上就是当一辈子光棍儿。在下闲暇无事，往往写些小说，虽一回还没自居过文艺家，却也感觉到家庭的累赘。每逢困于油盐酱醋的灾难中，就想到独人一身，自己吃饱便天下太平，岂不妙哉。

家庭之累，大半由儿女造成。先不用提教养的花费，只就淘气哭闹而言，已足使人心慌意乱。小女三岁，专会等我不在屋中，在我的稿子上画圈拉扯，且美其名曰"小济会写字！"把人要气没了脉，她到底还是有理！再不然，我刚想起一句好的，在脑中盘旋，自信足以愧死莎士比亚，假若能写出来的话。当是时也，小济拉拉我的肘，低声说："上公园看猴？"于是我至今还未成莎士比亚。小儿一岁整，还不会"写字"，也不晓得去看猴，但善亲亲，闭眼，张口展览上下四个小牙。我若没事，请求他闭眼，露牙，小胖子总会东指西指地打岔。赶到我拿起笔来，他那一套全来了，不但亲脸，闭眼，还"指令"我也得表演这几招。有什么办法呢?!

这还算好的。赶到小济午后不睡，按着也不睡，那才难办。到这么四点来钟吧，她的困闹开始，到五点钟我已没有人味。什么也不对，连公园的猴都变成了臭的，而且猴之所以臭，也应当由我负责。小胖子也有这种困而不睡的时候，大概多数是与小济同时发难。两位小醉鬼一齐找毛病，我就是诸葛亮恐怕也得唱空城计，一点办法没有！在这种干等束手被擒的时候，偏偏会来一两封快信——催稿子！我也只好闹脾气了。不大一会儿，把太太也闹急了，一家大小四口都成了醉鬼，其热闹至为惊人。大人声言离婚，小孩怎说怎不是，于离婚的争辩中瞎打混。一直到七点后，二位小天使已困得动不得，离婚的宣言才无形地撤销。这还算好的。遇上小胖子出牙，那才真叫厉害，不但白天没有情理，夜里还得上夜班。一会儿一醒，若被针扎了似的惊啼，他出牙，谁也不用打算睡。他的牙出利落了，大家全成了红眼虎。

不过，这一点也不妨碍家庭中爱的发展，人生的巧妙似乎就在这里。记得 Frank Harris 仿佛有过这么点记载：他说王尔德为那件不名誉的案子过堂被审，一开头他侃侃而谈，语多幽默。及至原告提出几个男妓做证人，王尔德没了脉，非失败不可了。Harris 以为王尔德必会说："我是个戏剧家，为观察人生，什么样的人都当交往。假若我不和这些人接触，我从哪里去找戏剧中的人物呢?"可是,王尔德竟自没这么答辩,官司就算输了!

把王尔德且放在一边。艺术家得多去经验,Harris 的意见,假若不是特为王尔德而发的,的确是不错。连家庭之累也是如此。还拿小孩们说吧——这才来到正题——爱他们吧,嫌他们吧,无论怎说,也是极可宝贵的经验。

在没有小孩的时候,一个人的世界还是未曾发现美洲的时候的。小孩是科仑布①,把人带到新大陆去。这个新大陆并不很远,就在熟习的街道上和家里。你看,街市上给我预备的,在没有小孩的时候,似乎只有理发馆、饭铺、书店、邮政局等。我想不出婴儿医院、糖食店、玩具铺等等的意义。连药房里的许许多多婴儿用的药和粉,报纸上婴儿自己药片的广告,百货店里的小袜子、小鞋,都显得多此一举,劳而无功。及至小天使自天飞降,我的眼睛似乎戴上了一双放大镜,街市依然那样,跟我有关系的东西可是不知道增加了多少倍!婴儿医院不但挂着牌子,敢情里边还有医生呢。不但有医生,还是挺神气,一点也得罪不得。拿着医生所给的神符到药房去,敢情那些小瓶子、小罐都有作用。不但要买瓶子里的白汁黄面和各色的药饼,还得买瓶子、罐子,轧粉的钵,量奶的漏斗,乳头,卫生尿布,玩艺多多了!百货店里那些小衣帽、小家具,也都有了意义;原先以为多此一举的东西,如今都成了非它不行;有时候铺中缺乏了我所要的那一件小物品,我还大有看不起它

①今译哥伦布。——编者注。

们的意思——既是百货店，怎能不预备这些东西呢？慢慢地，全街上的铺子，除了金店与古玩铺，都有了我的足迹；连当铺也走得怪熟。铺中人也渐渐熟识了，甚至可以随便闲谈，以小孩为中心，谈得颇有味儿。伙计们，掌柜们，原来不仅是站柜做买卖，家中还有小孩呢！有的铺子竟自敢允许我欠账，仿佛一有了小孩，我的人格也好了些，能被人信任。三节的账条来得很踊跃，使我明白了过节过年的时候怎样出汗。

小孩使世界扩大，使隐藏着的东西都显露出来。非有小孩不能明白这个。看着别人家的孩子，肥肥胖胖，整整齐齐，你总觉得小孩们理应如此，一生下来就戴着小帽，穿着小袄，好像小雏鸡生下来就披着一身黄绒似的。赶到自己有了小孩，才能晓得事情并不这么简单。一个小娃娃身上穿戴着全世界的工商业所能供给的，给全家人以一切啼笑爱怨的经验，小孩的确是位小活神仙！

有了小活神仙，家里才会热闹。窗台上，我一向认为是摆花的地方。夏天呢，开着窗，风儿轻轻吹动花与叶，屋中一阵阵的清香。冬天呢，阳光射到花上，使全屋中有些颜色与生气。后来，有了小孩，那些花盆很神秘地都不见了，窗台上满是瓶子、罐子，数不清有多少。尿布有时候上了写字台，奶瓶倒在书架上。大扫除才有了意义，是的，到时候非痛痛快快地收拾一顿不可了，要不然东西就有把人埋起来的危险。上次大扫除的时候，我由床底下找到了但丁的《神曲》。不知道这老家伙干吗在那里藏着玩呢！

人的数目也增多了，而且有很多问题。在没有小孩的时候，用一个仆人就够了，现在至少得用俩。以前，仆人"拿糖"，满可以暂时不用；没人做饭，就外边去吃，谁也不用拿捏谁。有了小孩，这点豪气趁早收起去。三天没人洗尿布，屋里就不要再进来人。牛奶等项是非有人管理不可，有儿方知卫生难，奶瓶子一天就得烫五六次，没仆人简直不行！有仆人就得捣乱，没办法！

好多没办法的事都得马上有办法，小孩子不会等着"国联"慢慢解决儿童问题。这就长了经验。半夜里去买药，药铺的门上原来有个小口，可以交钱拿药，早先我就不晓得这一招。西药房里敢情也打价钱，不等他开口，我就提出："还是四毛五？"这个"还是"使我省五分钱，而且落个行家。这又是一招。找老妈子有作坊，当票儿到期还可以入利延期，也都被我学会。没工夫细想，大概自从有了儿女以后，我所得的经验至少比一张大学文凭所能给我的多着许多。大学文凭是由课本里掏出来的，现在我却念着一本活书，没有头儿。

连我自己的身体现在都会变形，经小孩们的指挥，我得去装马装牛，还须装得像个样儿。不但装牛像牛，我也学会牛的忍性，小胖子觉得"开步走"有意思，我就得百走不厌；只做一回，绝对不行。多咱他改了主意，多咱我才能"立正"。在这里，我体验出母性的伟大，觉得打老婆的人们满该下狱。

中秋节前来了个老道，不要米，不要钱，只问有小孩没有？看见了小胖子，老道高了兴，说十四那天早晨须给小胖子左腕

上系一根红线，备清水一碗，烧高香三炷，必能消灾除难。右
邻家的老太太也出来看，老道问她有小孩没有，她惨淡地摇了
摇头。到了十四那天，倒是这位老太太的提醒，小胖子的左腕上
才拴了一圈红线。小孩子征服了老道与邻家老太太。一看胖手
腕上的红线，我觉得比写完一本伟大的作品还骄傲，于是上街
买了两尊兔子王，感到老道、红线、兔子王，都有绝大的意义！

丰子恺（1898—1975），著名漫画家、散文家、文艺理论家和翻译家。1919 年毕业于浙江省立第一师范学校。1921 年获亲友资助赴日留学，10 个月后因经济困难回国，先后在上海、浙江、重庆等地任教，并曾任上海开明书店编辑、《中学生》杂志编辑。1924 年在文艺刊物《我们的七月》上第一次发表漫画《人散后，一钩新月天如水》。1942 年在重庆自建"沙坪小屋"，专事绘画和写作。

从孩子得到的启示

丰子恺

晚上喝了三杯老酒，不想看书，也不想睡觉，捉一个四岁的孩子华瞻来骑在膝上，同他寻开心。我随口问：

"你最欢喜什么事？"

他仰起头一想，率然地回答：

"逃难。"

我倒有点奇怪："逃难"两个字的意义，在他不会懂得，为什么偏偏选择它？倘然懂得，更不应该欢喜了。我就设法探问他：

"你晓得逃难就是什么？"

"就是爸爸、妈妈、宝姊姊、软软……娘姨，大家坐汽车，去看大轮船。"

啊！原来他的"逃难"的观念是这样的！他所见的"逃

难"，是"逃难"的这一面！这真是最可欢喜的事！

一个月以前，上海还属孙传芳的时代，国民革命军将到上海的消息日紧一日，素不看报的我，这时候也订一份《时事新报》，每天早晨看一遍。有一天，我正在看昨天的旧报、等候今天的新报的时候，忽然上海方面枪炮声起了。大家惊惶失色，立刻约了邻人，扶老携幼地逃到附近的妇孺救济会里去躲避。其实倘然此地真果进了战线，或到了败兵，妇孺救济会也是不能救济的。不过当时张皇失措，有人提议这办法，大家就假定它为安全地带，逃了进去。那里面地方很大，有花园、假山、小川、亭台、曲栏、长廊、花树、白鸽，孩子们一进去，登临盘桓，快乐得如入新天地了。忽然兵车在墙外轰过，上海方面的机关枪声、炮声愈响愈近，又愈密了。大家坐定之后，听听，想想，方才觉到这里也不是安全地带，当初不过是自骗自罢了。有决断的人先出来雇汽车逃往租界。每走出一批人，留在里面的人增一次恐慌。我们结合邻人来商议，也决定出来雇汽车，逃到杨树浦的沪江大学。于是立刻把小孩子们从假山中、栏杆内捉出来，装进汽车里，飞奔杨树浦了。

所以决定逃到沪江大学者，因为一则有邻人与该校熟识，二则该校是外国人办的学校，较为安全可靠。枪炮声渐远渐弱，到听不见了的时候，我们的汽车已到沪江大学。他们安排一个房间给我们住，又为我们代办膳食。傍晚，我坐在校旁的黄浦江边的青草堤上，怅望云水遥忆故居的时候，许多小孩子采花，卧草，争看无数的帆船、轮船的驶行，又是快乐得如入新天地了。

次日，我同一邻人步行到故居来探听情形的时候，青天白日的旗子已经招展在晨风中，人人都面有喜色，似乎从此可庆承平了。我们就雇汽车去迎回避难的眷属，重开我们的窗户，恢复我们的生活。从此"逃难"两字就变成家人的谈话的资料了。

这是"逃难"。这是多么惊慌、紧张而忧患的一种经历！然而人物一无损丧，只是一次虚惊。过后回想，这回好似全家的人突发地出门游览两天。我想假如我是预言者，晓得这是虚惊，我在逃难的时候将何等有趣！素来难得全家出游的机会，素来少有坐汽车、游览、参观的机会。那一天不论时，不论钱，浪漫地、豪爽地、痛快地举行这游历，实在是人生难得的快事！只有小孩子真果感得这快味！他们逃难回来以后，常常拿香烟篓子来叠作栏杆、小桥、汽车、轮船、帆船，常常问我关于轮船、帆船的事；墙壁上及门上又常常有色粉笔画的轮船、帆船、亭子、石桥的壁画出现。可见这"逃难"，在他们脑中有难忘的欢喜的印象。所以今晚我无端地问华瞻最欢喜什么事，他就立刻选定这"逃难"。原来他所见的，是"逃难"的这一面。

不止这一端：我们所打算、计较、争夺的洋钱，在他们看来个个是白银的浮雕的胸章；仆仆奔走的行人，血汗涔涔的劳动者，在他们看来个个是无目的地在游戏、在演剧；一切建设，一切现象，在他们看来都是大自然的点缀、装饰。

唉！我今晚受了这孩子的启示了：他能撤去世间事物的因果关系的网，看见事物的本身的真相。他是创造者，能赋给生命于一切的事物。他们是"艺术"的国土的主人。唉，我要从他学习！

(《缘缘堂随笔》)

梁启超（1873—1929），字卓如，号任公、饮冰室主人。广东新会人。20世纪初中国新旧交替时代著名政治活动家、启蒙思想家、教育家、史学家和文学家，戊戌变法领袖之一，民国初年清华大学国学院四大导师之一。梁启超学术研究涉猎广泛，在哲学、文学、史学、经学、法学、伦理学、宗教学等领域均有建树，以史学研究成就最大，被公认为中国近代史上百科全书式的人物；其著作后被合编为《饮冰室合集》。

给孩子们书

梁启超

一个多月没有写信，只怕把你们急坏了。

不写信的理由很简单，因为向来给你们的信都在晚上写的。今年热得要命，加以蚊子的群众运动十分厉害，晚上不是在院中外头，就是在帐子里头，简直五六十晚没有挨着书桌子，自然没有写信的机会了，加以思永回来后，谅来他去信不少，我越发落得躲懒了。

关于忠忠学业的事情，我新近去过一封电，又思永有两封信详细商量，想早已收到。我的主张是叫他在威士康逊①把政治学告一段落，再回到本国学陆军，因为美国绝非学陆军之地，而且在军界活动，非在本国有些"同学系"的关系不可以。至

---

① 即威斯康星。——编者注。

于国内何校最好，我在这一年内切实替你调查预备便是。

思成再留美一年，转学欧洲一年，然后归来最好。关于思成学业，我有点意见。思成所学太专向了，我愿意你趁毕业后一两年，分出点光阴多学些常识，尤其是文学或人文科学中之某部门，稍为多用点工夫。我怕你因所学太专门之故，把生活也弄成近于单调，太单调的生活容易厌倦，厌倦即为苦恼，乃至堕落之根源。再者，一个人想要交友取益，或读书取益，也要方面稍多，才有接谈交换，或开卷引进的机会。不独朋友而已，即如在家庭里头，像你有我这样一位爹爹，也属人生难逢的幸福，若你的学问兴味太过单调，将来也会和我相对词竭，不能领着我的教训，你全生活中本来应享的乐趣也削减不少了。我是学问趣味方面极多的人，我之所以不能专积有成者在此。然而我的生活内容异常丰富，能够永久保持不厌不倦的精神，亦未始不在此。我每历若干时候，趣味转过新方面，便觉得像换个新生命，如朝旭升天，如新荷出水，我自觉这种生活是极可爱的，极有价值的。我虽不愿你们学我那泛滥无归的短处，但最少也想你们参采我那烂漫向荣的长处（这封信你们留着，也算我自作的小小像赞）。我这两年来对于我的思成，不知何故常常像有异兆的感觉，怕他渐渐会走入孤峭冷僻一路去。我希望你回来见我时，还我一个三四年前活泼有春气的孩子，我就心满意足了。

这种境界，固然关系人格修养之全部，但学业上之熏染陶熔，影响亦非小。因为我们做学问的人，学业便占却全生活之主要部分。学业内容之充实扩大，与生命内容之充实扩大成正比例。所以我想医你的病，或预防你的病，不能不注意及此。这些话许久要和你讲，因为你没有毕业以前，要注重你的专门，不愿你分心，现在机会到了，不能不慎重和你说。你看了这信，意见如何（徽音意思如何），无论校课如何忙迫，是必要回我一封稍长的信，令我安心。

你常常头痛，也是令我不能放心的一件事，你生来体气不如弟妹们强壮，自己便当自己格外撙节补救，若用力过猛，把将来一身健康的幸福削减去，这是何等不上算的事呀。前所在学校功课太重，也是无法，今年转校之后，务须稍变态度。我国古来先哲教人做学问方法，最重优游涵饮，使自得之。以我几十年之经验结果，越看越觉得这话亲切有味。凡做学问总要"猛火熬"和"慢火炖"两种工作，循环交互着用去。在慢火炖的时候才能令所熬的起消化作用融洽而实有诸己。思成，你已经熬过三年了，这一年正该用炖的工夫。不独于你身子有益，即为你的学业计，亦非如此不能得益，你务要听爹爹苦口良言。

庄庄在极难升级的大学中居然升级了，从年龄上你们姊妹、弟兄们比较，你算是最早一个大学二年级生，你想爹爹听着多么欢喜。你今年还是普通科大学生，明年便要选定专门了，你现在打算选择没有？我想你们弟兄姊妹，到今还没有一个学自然科学，很是我们家里的憾事，不知道你性情到底近这方面不。我很想你以生物学为主科，因为它是现代最进步的自然科学，而且为哲学社会学之主要基础，极有趣而不需粗重的工作，于女孩子极为合宜，学回来后本国的生物随在可以采集试验，容易有新发明。截止到今日，中国女子还没有人学这门（男子也很少），你来做一个"先登者"不好吗？还有一样，因为这门学问与一切人文科学有密切关系，你学成回来可以做爹爹一个大帮手，我将来许多著作还要请你做顾问哩！不好吗？你自己若觉得性情还近，那么就选它，还选一两样和它有密切联络的学科以为辅。你们学校若有这门的好教授，便留校，否则在美国选一个最好的学校转去，姊姊哥哥们当然会替你调查妥善，你自己想想定主意吧。

专门科学之外，还要选一两样关于自己娱乐的学问，如音乐、文学、美术等。据你三哥说，你近来看文学书不少，甚好甚好。你本来有些音乐天才，能够用点功，叫它发荣滋长最好。

姊姊来信说你因用功太过，不时有些病。你身子还好，我倒不十分担心，但做学问原不必太求猛进，像装罐头样子，塞得太多太急不见得便会受益。我方才教训你二哥，说那"优游涵饮，使自得之"，那两句话，你还要记着受用才好。

你想家想极了，这本难怪，但日子过得极快，你看你三哥转眼已经回来了，再过三年你便变成一个学者回来帮着爹爹工作，多么快活呀！

思顺报告营业情形的信已到。以区区资本而获利如此甚丰，实出意外，希哲不知费多少心血了。但他是一位闲不得的人，谅来不以为劳苦。永年保险押借款剩余之部及陆续归还之部，拟随时汇到你们那里经营。永年保险明年秋间便满期。现在借款认息八厘，打算索性不还它，到明年照扣便了。又国内股票公债等，如可出脱者（只要有人买），打算都卖去，欲再凑美金万元交你们（只怕不容易）。因为国内经济界全体做产即在目前，旧物只怕都成废纸了。

我们爷儿俩常打心电，真是奇怪。给他们生日礼物一事，我两月前已经和王姨谈过，写信时要说的话太多，竟忘记写去，谁知你又想起来了。耶稣诞我却从未想起。现在可依你来信办理。几个学生都照给他们压岁钱，生日礼、耶稣诞各二十元。桂儿姊弟压岁、耶稣诞各二十元，你们两夫妇却只给压岁钱，别的都不给了，你们不说爹爹偏心吗？

我数日前因闹肚子，带着发热，闹了好几天，旧病也跟着发得厉害。新病好了之后，唐天如替我制一药膏方，服了三天，旧病又好去大半了。现在天气已凉，人极舒服。

这几天几位万木草堂老同学韩付国、徐启勉、伍宪子，都来这里共商南海先生身后事宜，他家里真是八塌糊涂，没有办法。最糟的是他一位女婿（三姑爷）。南海生时已经种种捣鬼，连偷带骗。南海现在负债六七万，至少有一半算是欠他的（他串通外人来盘剥）。现在还是他在那里把持，二姨太是三小姐的生母，现在当家，唯女儿女婿之言是听，外人有什么办法？启勉任劳任怨想要整顿一下，便有"干涉内政"的谤言，只好置之不理。他那两位世兄，和思忠、思庄同庚，现在还是一点事不懂（远不及达达、司马懿），活是两个傻大少（人当不坏，但是饭桶，将来亦怕变坏）。还有两位在家的小姐，将来不知被那三姑爷摆弄到什么结果，比起我们的周姑爷和你们弟兄姊妹，真成了两极端了。我真不解，像南海先生这样一个人，为什么全不会管教儿女，弄成这样局面。我们共同商议的结果，除了刊刻遗书由我们门生负责外，盼望能筹些款，由我们保管着，等到他家私花尽（现在还有房屋、书籍、字画亦值不少），能够稍为接济那两位傻大少及可怜的小姐，算稍尽点心罢了。

思成结婚事，他们两人商量最好的办法，我无不赞成。在这三几个月，当先在国内举行庄重的聘礼，大约须在北京，林家由徽的姑丈们代行，等商量好再报告你们。

福鬘来津住了几天，现在思永在京，他们当短不了时时见面。

达达们功课很忙，但他们做得兴高采烈，都很有进步。下半年都不进学校了，良庆（在南开中学当教员）给他们补些英文、算学，照此一年下去，也许抵得过学校里两年。

老白鼻越发好顽了。

爹爹
民国十六年八月二十九日

两点钟了，不写了。

丰子恺（1898—1975），著名漫画家、散文家、文艺理论家和翻译家。1919 年毕业于浙江省立第一师范学校。1921 年获亲友资助赴日留学，10 个月后因经济困难回国，先后在上海、浙江、重庆等地任教，并曾任上海开明书店编辑、《中学生》杂志编辑。1924 年在文艺刊物《我们的七月》上第一次发表漫画《人散后，一钩新月天如水》。1942 年在重庆自建"沙坪小屋"，专事绘画和写作。

给我的孩子们

——自题画集卷首

丰子恺

　　我的孩子们！我憧憬于你们的生活，每天不止一次！我想委屈地说出来，使你们自己晓得。可惜到你们懂得我的话的时候，你们将不复是可以使我憧憬的人了。这是何等可悲哀的事啊！

　　瞻瞻！你尤其可佩服。你是身心全部公开的真人。你什么事体都像拼命地用全副精力去对付。小小的失意，像花生米翻落地了，自己嚼了舌头了，小猫不肯吃糕了，你都要哭得嘴唇翻白，昏去一两分钟。外婆去普陀烧香买回来给你的泥人，你何等鞠躬尽瘁地抱他、喂他；有一天你自己失手把它打破了，你的号哭的悲哀，比大人们的破产、失恋、Broken Heart①、丧

---

　　①即心碎。——编者注。

考妣、全军覆没的悲哀都要真切。两把芭蕉扇做的脚踏车，麻雀牌堆成的火车、汽车，你何等认真地看待，挺直了嗓子叫"汪——""咕咕咕……"，来代替汽笛。宝姊姊讲故事给你听，说到"月亮姊姊挂下一只篮来，宝姊姊坐在篮里吊上去，瞻瞻在下面看"的时候，你何等激昂地同她争说："瞻瞻要上去，宝姊姊在下面看！"甚至哭到漫姑面前去求审判。我每次剃了头，你真心地疑我变了和尚，好几时不要我抱。最是去年夏天，你坐在我膝上发现了我腋下的长毛，当作黄鼠狼的时候，你何等伤心！你立刻从我身上爬下去，起初眼瞪瞪地向我端详，继而大失所望地哭，看看、哭哭，如同哭判定了死罪的亲友一样。你要我抱你到车站里去，多多益善地要买香蕉，慢慢地擒了两手回来，回到门口时你已经熟睡在我的肩上，手里的香蕉不知落在哪里去了。这是何等可佩服的真率、自然与热情！大人间的所谓"沉默""含蓄""深刻"的美德，比起你来，全是不自然的、病的、伪的！

你们每天做火车，做汽车，办酒，请菩萨，堆六面画，描图画，唱歌，全是自动的、创造创作的生活。大人们的呼号"归自然！""生活的艺术化！""劳动的艺术化！"在你们面前真是献丑得很了！依样画几笔画、写几篇文的人称为艺术家、创作家，对你们更要愧死了！你们一定想起：终天无聊地伏在案上弄笔的爸爸，终天闷闷地坐在窗下弄引线的妈妈，是何等无气性的奇怪的动物！你们的创作力、表现力，比大人真是强盛得多哩！瞻瞻！你的身体不及椅子的一半，却常常要搬动它，与它一同翻倒在地上；你又要把一杯茶横转来藏在抽斗里，要皮球停在壁，要拉住火车的尾巴，要月亮出来，要天停止下雨。在这等小小的事件中，明明表示着你们的小弱的体力与智力不足以应付强盛的创作欲、表现欲的驱使，因而遭逢失败。然而你们是不受大自然的支配，不受人类社会的束缚的创造者，所以你们的遭逢失败，例如火车尾巴拉不住、月亮呼不出来的时候，你们决不承认是事实的不可能，总以为是爸爸妈妈不肯帮你们办到，同不许你们弄自鸣钟同例，所以愤愤地哭了。你们的世界何等广大！

你们所视为奇怪动物的我与你们的母亲，有时确实难为了你们，摧残了你们。回想起来，真是不安心得很！

阿宝！有一晚你拿软软的新鞋子，和自己脚上脱下来的鞋子，给凳子脚穿了划袜①，立在地上，得意地叫"阿宝两只脚，凳子四只脚"的时候，你母亲喊着"齷齪了袜子要洗！"立刻擒你到藤榻上，动手毁坏你的创作，当你蹲在榻上注视你母亲动手的时候，你的小心里一定感到"母亲这种人何等杀风景而野蛮"吧！

瞻瞻！有一天开明书店送了几册新出版的毛边的《音乐入门》来，我用小刀把书页一张一张地裁开来，你侧着头，站在桌边默默地看。后来我从学校回来，你已经在我的书架上拿了一本连史纸印的中国装的《楚辞》，把它裁破了十几页，得意地

①划袜：李煜词"划袜步香阶"，意味袜子着地代鞋。——原编者注。

对我说："爸爸！瞻瞻也会裁了！"瞻瞻！这在你原是何等成功的欢喜，何等得意的作品！却被我一个惊骇的"哼！"字喊得你哭了。那时候你也一定抱怨"爸爸何等不明"吧！

软软！你常常要弄我的长锋羊毫，我看见了总是无情地夺脱你。现在你一定轻视我，想道"你终于要我画封面？"

最不安心的，是有时我还要拉一个你们所最怕的陆露沙医生来，无端地教他用他的大手来摸你们的肚子，甚至用刀来在你们臂上割几下，还要教妈妈和漫姑擒住了你们的手脚，捏住了你们的鼻子，把很苦的水灌到你们嘴里去。这在你们一定认为太无人道的野蛮举动吧！

孩子们！你们真果抱怨我，我倒喜欢；到你们的抱怨变为感谢的时候，我的悲哀来了！

我在世间，永没有逢到像你们样出肺肝相示的人。世间的人群的结合，永没有像你们样的彻底的真实而纯洁。最是我到上海去干了无聊的所谓"事"回来，或者去同不相干的人们做了叫作"上课"的一种把戏回来，你们在门口或车站旁等我的时候，我心中何等惭愧又欢喜！惭愧我为什么去做这等无聊的事，欢喜我又得暂时放怀一切地加入你们的真生活的团体。

但是，你们的黄金时代有限，现实终于要暴露的。这是我经验过来的情形，也是大人们谁也经验过来的情形。我眼看见儿时的伴侣中的英雄、好汉，一个个退缩、顺从、妥协、屈服起来，到像绵羊的地步。我自己也是如此。"后之视今，亦犹今之视昔"，你们不久也要走这条路呢！

　　我的孩子们！憧憬于你们现在的生活的我，痴心要为你们永远挽留这黄金时代在这册子里。然这真不过像留春的蜘蛛的网落花，略微保住一点春的痕迹而已。且到你们懂得我这片心情的时候，你们早已不是这样的人，我的画在世间已全然无可印证了！这是何等可悲哀的事啊！

　　　　　　　　　　　　　　　　　　　（《子恺画集》）

叶圣陶（1894—1988），原名叶绍钧，字圣陶。现代著名作家、语文教育家，中国第一位童话作家。1911 年中学毕业。1915 年到上海尚公小学任教，同时为商务印书馆编写小学国文课本。1923 年任商务印书馆编辑，1927 年代理主编《小说月报》，1931 年主编《中学生》杂志。著有小说、散文集、童话集及多部语文教育论著，编辑课本数十种。其中童话集《稻草人》是具有开拓意义的作品，长篇小说《倪焕之》被誉为划时代的扛鼎之作。

儿子的订婚

叶圣陶

十六岁的儿子将要和一个十五岁的少女订婚了。是同住了一年光景的邻居，彼此都还不脱孩子气，谈笑嬉游，似乎不很意识到男女的界限。但是，看两个孩子无邪地站在一块，又见到他们两个的天真和忠厚正复半斤八两，旁人便会想道：“如果结为配偶倒是相当的呢。”一天，S 夫人忽然向邻居夫人和我妻提议道：“我替你们的女儿、儿子做媒吧。”两个母亲几乎同时说“好的”，笑容浮现到脸上，表示这个提议正中下怀。几天之后，两个父亲对面谈起这事来了，一个说“好的呀”，一个用他的苏州土白说“呒啥”，足见彼此都合了意。可是，两个孩子的意见如何是顶要紧的，便分头征询。征询的结果是这个也不开口，那个也不回答。少年对于这个问题的羞惭心理，我们很能够了解，要他们像父母一般，若无其事地说一声“好的”或者

"呒啥"，那是万万不肯的。我们只需看他们的脸色，那种似乎
不爱听而实际很关心的神气，那种故意抑制欢悦而把眼光低垂
下来的姿态，便是无声的"好的"或者"呒啥"呀。于是事情
决定，只待商定一个日期，交换一份帖子，请亲友们喝一杯酒，
两个孩子便订婚了。

有"媒妁之言"，而媒妁只不过揭开了各人含意未伸的意
想。也可以说是"父母之命"，而实际上父母并没有强制他们什
么。照现在两个孩子共同做一件琐事以及彼此关顾的情形看来，
只要长此不变，他们便将是美满的一对。

这样的婚姻当然很寻常，并不足以做人家的模范。然而比
较有一些方式却自然得多了。近来大家知道让绝不相识的一男
一女骤然在一起生活不很妥当，于是发明了先结识后结婚的方
式。介绍人把一男一女牵到一处地方，或者是公园，或者是菜
馆的雅座，"这位是某君，这位是某女士"，一副尴尬的面孔，
这样替他们"接线"，而某君、某女士各自胸中雪亮，所为何事
而来，还不是和"送入洞房"殊途同归？觌面的羞惭渐渐消散
了，于是想出话来对谈，寻出题目来约定往后的会晤，这无非
为着对象既被指定，不得不用人工把交情制造起来。两个男女
结婚以后如何且不必说，单说这制造交情的一步工夫，多么牵
强、不自然啊！

又有一种方式是由交际而恋爱，由恋爱而结婚。交际是广
交甲、乙、丙、丁乃至庚、辛、壬、癸，这不过朋友的相与。
恋爱是一支内发的箭，什么时候射出去是不自知的。一朝射出

去而对方接受了，方才谈得到结婚。这种说法颇为一部分青年男女所喜爱。但是，我国知识男女共同做一种事业的很少，所谓交际，差不多只限于饮食、游戏那些事情上。若不是有闲阶级，试问哪里有专门去干饮食、游戏那些事情的份儿？并且，因为交际只限于饮食、游戏那些事情上，所以谨愿的人往往向隅，而浮滑的人方才是交际场中的骄子。我们曾经看见许多的青年男女瞩望着交际场，苦于无由投身进去，而青春已渐渐地离开了他们，他们于是忧伤、颓丧、歇斯底里。这是很痛苦的。再说一部分青年心目中的恋爱境界，差不多是一幅美丽而朦胧的图画。那是诗、词和小说教给他们的，此外，电影也是有力的启示。这美丽的、朦胧的图画实在只是瞬间的感觉，如果憧憬着这个，认为终极的目的，那么，恋爱成功以后，一转眼便将惊诧于完全不是这么一回事，这时候是很无聊的。

伴侣婚姻是美国的出品，而且在美国也未见怎样通行。我国如果仿行起来，将会感到"此路不通"吧。

青年男女能从恋爱呀、结婚呀这些问题上节省许多精神和时间，移用到别的事情上去，他们是幸福的。若把这些问题看作整个的人生，或者认作先于一切的大前提，那么，苦恼便将伺候在他们的背后了。

附　录

家[*]

苏雪林

家的观念也许是从人类天性带来的。你看鸟有巢，兽有穴，蜜蜂有窠，蚂蚁有地底的城堡；而水狸还会做木匠，做泥水匠，做捍堤起坝的功夫，经营它的住所哩。小儿在外边玩了小半天，便嚷着要家去。从前在外面做大官的，上了年纪，便要告老回乡，哪怕外面有巴黎的繁华、纽约的富丽，也牵绊他不住，这叫作树高千丈，叶落归根。楚霸王说富贵不归故乡，如衣锦夜行。道士以他企图达到的境界为仙乡，为白云乡。西洋宗教家也叫天国为天乡。"家乡"二字本有连带的意义，乡土不就是家的观念的扩大吗？

我曾在另一篇文章里说过：鸟儿到了春天便有筑巢的冲动，人到中年也便有建立家庭的冲动。这话说明了一种实在情况。

---

　　[*] 苏雪林（1897—1999），笔名绿漪。享誉国内外的文学大师、学者。1919年毕业于安庆省立初级女子师范，后考入北京女子高等师范学校国文系。"五四运动"时期以散文《绿天》与小说《棘心》轰动一时。1921年赴法留学，1925年回国。历任东吴大学、沪江大学、安徽大学、武汉大学以及台湾师范大学、成功大学教授。其一生出版著作40部，作品涵盖小说、散文、戏剧、文艺批评，在中国古代文学和现当代文学研究中成绩卓著。

我们仔细观察那些巢居的鸟类，平常的日子只在树枝上栖身，或者随便在哪里混过一夜。到了快孵卵了，才着忙于筑巢，燕子便是一个例。人结婚之后，有了儿女，家的观念才开始明朗化起来，坚强化起来。少年时便顾虑家的问题，呸，准是个没出息的种子！

我想起过去的自己了。——当文章写到转不过弯时，或话说到没有得说时，便请出自己来解围，这是从吴经熊博士学来的方法。一半是天性，一半是少时多读了几种中世纪式的传奇，便养成了一种罗曼蒂克的气质。美是我的生命，优美，壮美，崇高美，无一不爱。寻常在诗歌里、小说里、银幕里，发现了哀感顽艳、激昂慷慨的故事时，我决不吝惜我的眼泪。有时候，自觉周身血液运行加速，呼吸加急，神经纤维一根根紧张得像要绷断。好像面对着什么奇迹，一种人格的变换，情感的升腾，使我忘失了自己，又神化了自己。我的生命像整个融化在故事英雄生命里，本来渺小的变伟大了，本来龌龊的变崇高了。无形的鞭策鼓舞我要求向上，想给自己造成一个美的人格，虽然我的力量是那么薄弱。

那时候我永远没想到家是什么，一个人要家有什么用。因为自己是学教育出身的，曾想将自己造成一个教育家，并非想领略得天下英才而教育之的私人乐趣，其实是想为国储才。初级师范卒业后，当了一年多小学教师，盲目的热心不知摧残了几个儿童嫩弱的脑筋，过度的勤劳又在自己身体里留下不少病痛的种子。现在回想，真是一场可爱而又可笑的梦。在某些日子里，我又曾发了一阵疯，想离开家庭，独自跑向东三省垦荒去，赚了钱好救济千万穷苦的同胞。不管自己学过农业没有，也不管自己是否具有开创事业的魄力与干才，每日黄昏望着故乡西山尖的夕阳默默出神，盘算怎样进行的计划。那热烈的心情、痛苦的滋味，现在回想，啊，又是一场可爱而可笑的梦。

于今这一类的梦想，好像盈盈含笑的朝颜花，被现实的阳光一灼，便立刻萎成一绞儿枯焦的淡蓝了。教育家不是我的份，实业家不是我的份，命定只配做个弄弄笔头的文人。于今连笔也想放下，只想有一个足称为自己主有物的住所，每天早起给我一盏清茶，几片涂着牛油的面包，晚上有个温暖的被窝，容我伸直身子睡觉，便其乐融融，南面王不易也。

家，我并不是没有。安徽太平县乡下有一座老屋，四周风景，分得相离不远的黄山的雄奇秀丽，隐居最为相宜。但自从我的姓氏上冠上了另一个字以后，它便没有了我的份。南昌也有一座几房同居的老屋，我不打算去住。苏州有一座小屋倒算得是我们自己的，但建筑设计出于一个笨拙的工程师之手。本来是学造船出身的，却偏要自作聪明来造屋，屋子造成了一只轮船，住在里面有说不出的不舒服，所以我又不大欢喜。于今这三座屋子，有两座是落在沦陷区里，消息阻隔，也不知变成怎样了。就说幸而瓦全，恐怕已经喂了白蚁。这些戴着人头的白蚁是最好拣那无主的屋子来蛀。先蛀窗棂门扇，再蛀顶上的瓦、墙壁的砖，再蛀承尘和地板。等你回来，屋子只剩下一个空壳，甚至全部都蛀完，只留给你一片白地。所以我们的家的命运，早已成了未知数，将来战事结束，重回故乡，想必非另起炉灶不可了。

记得少壮时性格善于变动，不喜住在固定的地方。当游览名山胜水，发现一段绝佳风景时，我定要叫着说："喔，我们若能在这里造座屋子住多好！"于是康，即上述的笨拙工程师，就冷冷地讪嘲我："我看你不必住房子，顶好学蒙古人住一种什么毡庐或牛皮帐。他们逐水草而迁徙，你呢，就逐好风景而迁徙。"对呀，屋子能搬动是很合理的思想，未来世界的屋子一定都是像人般长了脚能走的。忘记哪位古人有这么一句好诗，也许是吾家髯公吧，"湖山好处便为家"，其中意境多可爱。行脚僧烟蓑雨笠，到处栖迟，我常说他们生活富有诗意，就是为了这个。

由髯公联想到他的老表程坺。他的书舟词，有使我欣赏不已的《满江红》一首云：

> 葺尾为舟，身便是、烟波钓客。况人间元似，浮家泛宅。秋晚雨声蓬背稳，夜深月影窗棂白。满船诗酒满船书，随意索。也不怕，云涛隔。也不怕，风帆侧。但独醒还睡，自歌还拍。卧后从教鳅鳝舞，醉来一任乾坤窄。恐有时、撑向大江头，占风色。

这词中的舟并非真舟，不过想象他所居之屋为舟，以遣烟波之兴而已。我有时也想，假如有造屋的钱，不如拿来造一只船。三江五湖，随意遨游，岂不称了我"湖山好处便为家"的心愿。不过船太小了，像张志和的舴艋，于我也不大方便，我的生活虽不十分复杂，也非一竿一蓑的简单，而且我那几本书先就愁没处安顿；太大了，惹人注目，先就没胆量开到太湖。我们不能擘破三万六千顷青琉璃，周览七十二峰之胜，就失却船的意义了。

　　以水为家的计划既行不通，我们还是在陆地上打主意吧。

　　像我们这类知识分子，每日都需要新的精神食粮，至少一份当天报纸非入目不可。所以家的所在地点离开文化中心不可太远，但又不必定在城市之中，若能半城半郊，以城市而兼山林之乐，那就最好没有了。为配合那时经济情形起见，屋子建筑工料愈省愈好。墙壁不用砖面用土，屋顶用茅草也可以。但在地板上不可不多花几文，因为它既防潮湿又可保持室中温度，对卫生关系极为重大。地板离地高须二尺，装置要坚固，不平或动摇最为讨厌。一个人整天在杌陧不安的环境里度日，精神是最感痛苦的。屋子尽可以不油漆，而地板必抹以桐油。我们全部生命几乎都消耗于书斋之中，所以这间屋是必须加意经营的。朝南要有一面镶玻璃大窗，冬受暖日，夏天打开，又可以招纳凉风。东壁开一二小窗。西北两壁的地位则留给书架。后面一间套房，作为我的寝室，只需容得下一榻二橱之地。套房和书斋的隔断处要用活动的雕花门扇，糊以白纸，或浅蓝、鹅黄色的纸。雕花是中国建筑的精华，图样多而美观，我们故乡平民家的窗棂门户，多有用之者，工价并不贵。它有种种好处：

光线柔和可爱，空气流通，一间房里有了炭火，另一间房可以分得暖气。这种艺术我以为应当予以恢复。造屋子少不了一段游廊，风雨时可以给你少许回旋之地，夏夜陈列藤椅竹榻，可与朋友煮茗清谈，或与家人谈狐说鬼，讲讲井市琐闻或有趣味的小故事，豆棚瓜架的味儿是最值得人怀恋的。

屋旁要有二亩空旷之地，一半莳花，一半种菜，养几只鸡生蛋，一只可爱的小猫晚上赶老鼠，白昼给我做伴。书，从前梦想的是万卷琳琅，抗战以后，物力维艰，合用的书有一二千卷也够了。要参考时不妨多跑几趟图书馆，所以图书馆距离要近，顶好就在隔壁。外文书也要一些。去旧书铺访求，当然比买新的便宜，又可替国家节省外汇，岂非一举两得？图书馆或旧书铺弄不到的书，可以向藏书最多的朋友去借。我别的品行不敢自信，借书信用之好，在朋友间是一向闻名的，想朋友们绝不至于拿"借书一瓻"的话来推托吧。书有了，于是花前灯下，一卷陶然，或于纸窗竹榻之间，抒纸伸笔，写我心里一些想说的话。写完之后，抛向字篓可以，送给报纸杂志发表也可以。有时用真姓名与读者相见，有时捏造个笔名也可以。再重复一句，我写的文字无论如何不好，总是我真正心里想说的话。我决不为追逐时代潮流，迎合世人口味，而歪曲了我创作的良心。我有我的主见，我有我的骄傲。

只有做皇帝的人才能说富有四海、臣属万民的话。但我们若肯用点脑筋，将自然给予我们的恩惠仔细想想，每个人都有这一项资格的。飞走之物的家，建筑时只有两口儿的劳力，所以大都因陋就简。据说喜鹊的窝做得最精巧，所以常惹斑鸠眼红，但你若将鹊巢研究一下，咳，可怜，大门是向天开的，育儿时遇见风雨，母鸟只好拱起背脊硬抵，请问人类的母亲受得这苦不？就说那硬尾巴、毛光如漆的小建筑师吧，它能采木，能运石，可算最伶俐了，但我敢同你打赌，请你进它屋子去住吧，你一定不肯。人呢，就不然了。譬如我现在客中所住的一间书斋，虽说不上精致，但建筑时先有人制图，而后有木匠、泥水匠来构造。木材是从雅安一带森林砍下，该锯成板的锯成板，该削成条子的削成条子，扎成木排，顺青衣江而下淌，达到嘉定城外，一堆堆、一堆堆积着。要用时，由江边一些专靠运木为生的贫民扛来，再由木匠搭配来用。木匠的斧子、锯子、刨子、钉子，原料是由本城附近某矿山出产的，又用某矿山的煤来锻炼的，开矿的，挖煤的，运铁煤的，烧炉的，打铁的，你计算计算看，该有多少人？全房的油漆，壁上糊的纸，窗上的玻璃和帘幕，制造和贩卖的，又该有多少人？我桌上有一架德国制造的小闹钟，一管美国制造的派克自来水笔，一瓶喀莱尔墨水，几本巴黎某书店出版的小说，一把俄国来的裁纸刀。在抗战前，除那管笔花了我二十元代价之外，其余都不值什么。但你也别看轻这几件小东西，它们渡过鲸波万重的印度洋和太平洋，穿过数千里雪地冰天的西比利亚①，一路上不知换了多少轮船、火车、木船、薄笨车，不知经过多少人的手，方能聚首

---

①今译西伯利亚。——编者注。

于我的书斋，变成与我朝夕盘桓的雅侣。

飞走之物无冬无夏，只是一身羽毛。孔雀锦鸡文采最绚烂，但这一套美丽衣服若穿烦腻了，想同白鹭或乌鸦换一身素雅的穿，换换口味，竟不可能。我们则夏纱、秋夹、冬棉皮，还有羊毛织的外套。要什么样式就什么样式，要什么颜色就什么颜色。谈及吃的，则虎豹之类吃了肉便不能吃草，牛马之类吃了草又不能吃肉。蚊子除叮人无别法生活，被人一巴掌拍杀，也绝无埋怨。苍蝇口福比较好，什么吃的东西都要爬爬嗅嗅，但苍蝇也最受憎恶，人类就曾想出许多法子消灭它。人则对于动植物，甚至矿物都吃，而有钱人则天天可以吃荤。有些好奇的有钱人则从人参、白木耳、猩猩的唇、黑熊的掌、骆驼的峰、麋鹿的尾、猴子的脑、燕儿的窝吃到兼隶动植二界的冬虫夏草。人是从平地的吃到山中的、水底的；从甜的吃到苦的，香的吃到臭的。猥琐如虫豸总可饶了吧，也不饶，许多虫类被人指定了当作食料，连毒蛇都弄下了锅作为美味。这才真的是"玉食万方"哩。

可见上帝虽将亚当、夏娃赶出地上乐园，待遇他们的子孙，其实不坏。我们还要动不动怨天咒地，其实不该。譬如做父母的辛辛苦苦养育儿女，什么东西都弄来给他享受，还嫌好道歹，岂不教父母寒心？回头他老人家真恼了，你可要当心才好。——有人说人不但是上帝的爱子，同时是万物的灵长、自然界的主人，我想无论是谁，对于这话是不能否认的。

你虽则是丝毫没有做统治者的思想，但是在家里，你的统治意识却非常明显。这小小区域便是你的封邑、你的国家。你可以自由支配，自由管理。你有你的百官，你有你的人民，你有你的府库。你添造一间屋，好似建立一个藩邦，开辟一畦草莱，好似展拓几千里的疆土；筑一道墙，又算增加一重城堡；种一棵将来足为荫庇的树，等于造就无数人才；栽一株色香俱美的花，等于提倡文学艺术。家里桌、床、榻的位置，日久不变，每易使人厌倦，你可以同你的谋臣——你的先生或太太——商议，重新布置一番。布置妥帖之后，在室中负手徐行，踌躇满志，也有政治上除旧布新的快感。或把笔床茗碗的地位略为移动，瓦瓶里插上一枝鲜花，墙壁间新挂一幅小画，等于改革行政，调动人员，也可以叫人耳目一新，精神焕发。怪不得古人有"山中南面"之说，人在家里原就不啻九五之尊啊。

够了，再说下去，人家一定要疑心我得了什么帝王迷，想关起门来做皇帝。其实因为有一天和朋友袁兰子女士谈起家的问题，他说英国有一句俗语："英国人的家，就是他的城堡。"具有绝对的主权，绝对的尊严性。觉得很有意思，就惹起我上面那一大堆废话罢了。

实际上，家的好处还是生活的自由和随便。你在社会上与人周旋，必须衣冠整齐，举止彬彬有礼，否则人家就要笑你是名士派。在家你口衔烟卷，悠然躺在廊下；或靸着一双拖鞋，手拿一柄大芭蕉扇，园中来去；或短发赤脚，披襟当风，都随你的高兴。听说西洋男人在家庭里想抽支烟也要得太太的许可，上餐桌又须换衣服，打领结，否则太太就要批评他缺少礼貌，甚或有提出离婚的可能。啊，这种丈夫未免太难做吧。幸而我不是西洋的男人，否则受太太这样拘束，我宁可独身一世。

没有家的人租别人房子住，时常会受房东的气。房租说加多少就多少，你没法抗议。他一下逐客之令，无论在什么困难情形之下，你也不得不拖儿带女一窝儿搬开。若和房东同住，共客厅，共厨房，共大门进出，你不是在住家，竟是住旅馆。住旅馆不过几天，住家却要论年论月，这种喧闹杂乱的痛苦，最忍耐的心灵也要失去它的伸缩性。虽说人生如逆旅，但在短短数十年生命里，不能有一日的自由，做人也未免太可怜，太不值得了。

人到中年，体气渐衰，食量渐减，只要力之所及，不免要讲究一点口腹之奉。对于食谱、烹饪单一类的书，比少年时代的爱情小说还会惹起注意。我有旨蓄，可以御冬：腌菜，酸齑，腐乳，芝麻酱，果子酱，无论哪个穷措大的家庭，也要准备一些。于是大罐小罐也成为构成家庭乐趣的成分，对之自然发生亲切之感。这类坛罐之属，旅馆是没地方让你安置的，不是固定的家也无意于购备，于是家就在累累坛罐之中显出它的意味。人把感情注到坛罐上去，其庸俗宁复可耐，但"治生哪免俗"，老杜不早替我们解嘲了吗？

但一个人没有家的时候就想家，有了家的时候，又感到家的累赘。我们现在不妨谈谈家的历史，原始时代家庭设备很简单，半开化时代又嫌其太复杂。孟子虽曾提倡分工合作之说，但中国人日常生活的需要，几乎件件取诸宫中。一个家庭就等于一个社会。乡间富人家里有了牛棚、豕牢、鸡埘、鹅棚不算，米豆黍麦的仓库不算，还有磨房、舂间、酒食坊、纺车、织布机、染坊，只要有田有地有人，关起门来度日，一世不愁饿肚子，也不愁没衣穿。现在摩登化的小家庭，虽删除了这些琐碎节目，但一日三餐也够叫人麻烦。人类进化已有了几千年，吃饭也有了几千年，而这一套刻板文章总不想改动一下，不知是何缘故。假如有人将全地球所有家庭主妇每日所费于吃饭问题的时间、心思、劳力做一个统计，定叫你吃一大惊。每天清早从床上滚下地，便到厨房引燃炉火，烧洗脸水，煮牛乳，烤面包，或者煮粥，将早餐送下全家肚皮之后，提篮上街买菜。买了菜回家，差不多十点钟了，赶紧削萝卜，剥大蒜，切肉，洗菜，淘米煮饭，一面注意听饭甑里蒸气的升腾，以便釜底抽薪，一面望着锅里热油的滚沸，以便倒下菜去炒。晚餐演奏的还是这样一套序目。烹饪之余，更须收拾房子，洗浆衣服，缝纫，补缀，纺织毛织物。夜静更深，还要强撑倦眼在昏灯下记录一天用度的账目。

　　有了孩子，则女人的生活更加上两三倍的忙碌。这里我不必详细描写，反正有孩子的主妇听了就会点头会意的。有钱人家的主妇，虽不必井臼躬操，而家庭大，人口多，支配每天生活也够淘神。你说放马虎些，则家中盐米不食自尽，不但经济发生问题，丈夫也要常发内助无人之叹，假如男人因此生了外心，那可不是玩的。我以为生活本应该夫妇合力维持的，可是男人每每很巧妙地逃避了，只留下女人去抵挡。虽说男人赚钱养家不容易，也很辛苦，但他究竟不肯和生活直接争斗，他总在第二线。只有女人才是生活勇敢的战士，她们是日日不断面对面同生活搏斗的。每晨一条围裙向腰身一束，就是摆好甲胄、踏上战场的开始。不要以为柴米油盐酱醋茶微末不足道，它就碎割了我们女人全部生命，吞蚀尽了我们女人的青春、美貌和快乐。女人为什么比男人易于衰老，其缘故在此。女人为什么比男人琐碎、凡俗，比男人显得更爱斤斤较量，比男人显得更实际主义，其缘故亦在此。

未来世界家庭生活的需要，应该都叫社会分担了去。如衣服有洗衣所，儿童有托儿所和学校，吃饭有公共食堂。不喜欢到公共食堂的，每顿看膳可以由饭馆送来。那时公共食堂和饭馆的饮食品，用科学方法烹制，省人工，价廉物美。具有家庭烹饪的长处，而滋养份搭配得更平均，更合乎卫生原则。自己在家里弄点私菜，只要你高兴，也并非不允许的事。将来的家庭眷属，必紧缩得仅剩两三口。家庭的设备，只有床榻几椅及少许应用物件而已。不愿意住个别的家便住公共的家，每人有一二间房子，可以照自己趣味装潢点缀。各人自律甚严，永不侵犯同居者的自由。好朋友可以天天见面，心气不相投合的，虽同居一院，也老死不相往来。这样则男人女人都可以省出时间精力，从事读书、工作、娱乐及有益自己身心和有益社会文化的事。

理想世界一天不能实现，当然我们每人一天少不了一个家。但是我们莫忘记现在中国处的是什么时代——整个国土笼罩在火光里，浸渍在血海里；整个民族在敌人刀锋枪刺之下苟延残喘。我们有生之年莫想再过从前的太平岁月了。我们应当将小己的家的观念束之高阁，而同心合意地来抢救同胞大众的家要紧。这时代我们正用得着霍去病将军那句壮语：

"匈奴未灭，何以家为！"

（《屠龙集》）